井字格取名法
之研究與教學實踐

———————— 謝明輝—著

五南當代學術叢刊

五南圖書出版公司 印行

自序

　　在文學領域或再擴及人文社科領域是筆者一生欲投注心力的職志。秉持教研熱忱，在殫精竭慮之苦熬下，隨著一篇篇關於井字格取名法為議題的研究論文問世後，其未來將不僅可作為海內外文學相關領域大學教師的借鑑，甚至可推及中小學的教學現場，略盡個人小小之貢獻。

　　出版此書的主要目的之一，是要讓海內外學者明白井字格取名法有其廣度及深度，且未來仍有其發展的可能。所謂的廣度，從本書目次即可得知，它不只是閱讀與寫作理論而已，尚包含華語及漢字教學、教學活動，未來仍兼及文學理論或閱讀寫作。而其深度則是包含姓名文化、我名對聯、民俗學等面向。

　　筆者之所以將本書定名為「井字格取名法之研究與教學實踐」，乃因井字格取名法是一種文學、閱讀寫作、華語文、漢字教學及姓名學等跨領域的創造發明，尤其是將其提升為閱讀寫作理論的探索。井字格閱讀寫作理論包含兩種主要內涵：井字格時鐘意象法和井字格取名法。前者可幫助讀者清晰分析作者和文本，這是本書所謂的閱讀理論。而後者則透過幫文本中的萬物取名帶出創作的靈感，進而產出文本，文本可以是我名對聯、自傳寫作、各類文體創作，這是本書所謂的寫作理論。

　　很明顯看出近幾年來，筆者的研究興趣在語文教學這一區塊，不過要研發出一種獨特的寫作理論或教學活動不是一件簡單之事。井字格取名法是一種創新的原子，由此可擴大成原子彈的巨大能量，它不會使世界毀滅，反而透過在語文教育上的革新能量，感染一種溫潤的人格素質，開出一朵真善美的茉莉花，猶如此花曾開在北非突尼西亞的國土上，迅即遍地開花，所謂的「茉莉花革命」。

　　井字格寫作理論重視閱讀這件事，它告訴我們讀者可從文本中的萬物連結感動之物來進行取名，這樣就像父母和子女的親情連結，文本則不再那麼遙遠難讀。它也重視寫作這件事，透過兩道提問，逐步開展創作之旅。它更重視教學現場的師生互動，只有設計一道生活取名問題，

然後在課堂上大家一起解決問題，這樣的課堂氣氛就會很輕鬆自在，提高學習成效及興趣。它又重視漢字的學習和創意的思考，上了井字格寫作理論的一課後，說人生沒學到什麼，是不可能的事。

　　本書共有十四篇論文，無論是研討會或是期刊論文都已經由同行匿名學者審查通過並已完成口頭及書面發表。因不同期刊有相異的撰寫格式，筆者盡量要求統一，這是主體，再加上導論、結論和參考文獻後，則構成一本學術專書，這些論文早已分散在各種學術期刊當中，不過在此須特別說明，各篇論文中有些概念闡釋會重複，這是因為井字格取名法是創新理論，匿名審查學者為了理解理論的要旨，進而要求我補充，故而理論或實例會再三強調。以增進讀者們獲得知識上的啟迪！但在此書中，你將享受主題式的專屬佳餚，細嚼慢嚥後，你將大呼過癮！樂不可支！

　　能促成此書誕生之喜，筆者不得不先感謝所教過的學生，南部和中部的大學生，北部尚無機緣。他們和筆者所出版的專書及論文一起流傳於世，對語文教育有具體的貢獻。其次，筆者要感謝教育部計畫支持下全校型中文閱讀書寫的所有教師團隊，筆者常向他們研習討教。最重要的是，匿名審查的多位學者，尤其是匿名審查本書的學者，他們能接受創新的學問，通過筆者的論文而刊登出來，打破所謂文人相輕的魔咒。更舉足輕重的幕後功臣要屬五南文化公司慨允出版拙著，其擁護經典現代化的本書，不遺餘力。此外，還有許多不知名的社會群眾，默默地將本書收藏上架，如獲珍寶般呵護。雖然筆者未寫出具體人名，但認識筆者的人，你們都知道筆者在感恩你。

　　值此書即將付梓，筆者殷殷期盼世界上的各個角落，都能照著書中提供的方法，源源不絕地閱讀文本中的萬物，進而變造出屬於你個人的文字符號！書寫你面對人生層層關卡的生命境界！

　　此刻全球正處於新冠病毒的肆虐之中，疫情延燒不退，而本書所倡導的井字格創新正能量或許可稍稍安定世人的靈魂吧！

謝明輝誌於台中自宅
2020年3月

目錄

第一章
導論

一、本書之學術價值

　　如果說學術研究不宜太過主觀，必須提供客觀材料以證明自己的學術觀點的話，那麼以「井字格取名法」和「井字格時鐘意象法」為語文教學運用的一系列研究則具有高度的學術價值。因為筆者廣閱豐富的參考文獻資料，從而提出個人獨特構想，且運用古今相關文獻材料為佐證，提煉出簡明扼要的語文理論並付諸教學實踐。再者，具體證明個人觀點具有學術意義和價值的最重要判斷和依據乃在於論文被刊登於學術期刊上。從這個角度來看，本書的學術價值已具備了，因為本書多篇論文皆在學術期刊及研討會上發表。以下則說明本書十四篇論文在研討會及期刊的發表情況。

　　〈從閱讀他創文本〈鐵魚〉到書寫自創文本〈鐵魚〉：以井字格閱讀寫作理論為教學策略〉於2018年11月2日在亞洲大學第七屆文學與生命教育研討會口頭發表，並將出版論文集。由於有些學者較著重文本的解讀，而對井字格取名法的看法則聚焦在查字典學習漢字的誤解，其實井字格取名法必須通過閱讀文本才會有後來的寫作，但本文的重要意義是，更直接對閱讀文本的分析方法，此方法稱作「井字格時鐘意象法」。自此，我們可以這樣說，對於閱讀，採用「井字格時鐘意象法」來分析，而對於寫作，則引用井字格取名法的二道提問方法。兩者並用，更加強對文學的一種生命感悟能力的提升。

　　〈字典取名學與章法學關係析論〉一文已刊載於《臺中教育大學：人文藝術》29卷1期，該文於2015年6月透過學術期刊正式發表，主要論述一門新學問「字典取名學」與章法學的關係，而井字格取名法正是字典取名學的重要元素。該文原先在2013年10月以〈論字典取名學與章法學之供應關係〉為題在臺灣師範大學所舉辦「第二屆語文教育暨第八屆辭章章法學學術研討會」宣讀。

　　〈井字格取名法寫作格式之形成〉於2014年5月在高雄實踐大學所主辦「2014文化創意產業發展趨勢國際研討會——中英日語教學與應用」中宣讀，讓各國學者先行接觸臺灣有一種創新的寫作格式。施即在同年8月筆者委由麗文文化公司出版《井字格取名法的創意寫作》一書，其在教學上的貢獻更勝於學術。不過，已可證明，該文是研究和教學完美結合的嘗試。

　　研發及創造一種新的寫作理論之後，當然要有貢獻，具體的受惠者則是來授課班級的學生，尚加上有意採用此理論的大學教師，其影響力不容小覷[1]。具體的教學實踐則實施在課堂上，雖然至目前已運用多篇文本在課堂現場上實施，但以學術方式發表者，則是先後在《國文天地》和《第三屆全國大一國文創新教學研討會論文集》正式發表。〈井字格取名法之寫作格式設計：以王勃〈送杜少府之任蜀州〉一詩為例〉在《國文天地》發表的內容，是改自《井字格取名法的創意寫作》一書，在出版前早就投稿，只是《國文天地》期刊審查和刊登通常可能耗時二年之久，特此說明，以免遭受其他學者誤解本人犯了自我抄襲之學術倫理法則。〈結合井字格取名法設計王勃〈送杜少府之任蜀州〉一詩的創意寫作活動〉一文最先在2014年6月14日於致理技術學院主辦「第三屆全國大一國文創新教學研討會」中發表，此時《井字格取名法的創意寫作》一書尚未出版。換句話說，該書在2014年初已完成，但為增進其學術性，於8月出版前，筆者將其中部分內容分投《國文天地》和「致理科大研討會」，一為期刊，一為研討會，內容上仍有些出入，從嚴格意義上說，研討會不算正式出版，故無一稿兩投之爭議。另外，〈從〈歲暮到家〉一詩設計借物抒情的生命敘事書寫：以井字格取名法為引導策略〉一文則是於2018年6月在「2018中文閱讀書寫課程教學學術研討會」中宣讀。

---

[1]　我非常感謝承蒙下列機構單位的邀請，講述與井字格取名法主題相關的內容。臺中市新光國中、修平科大、美和科大、臺南應用科大、弘光科大、遠東科大、臺中市葫蘆墩文化中心、亞洲大學等以及大陸公立大學三明學院。

　　在語文教學上，本書除了提供寫作理論與實踐上的參考外，亦提供教學活動上的活化。教師只須設計一道取名提問即可進入課堂活動。例如，筆者已發表〈略談井字格取名法對語文教學之創新意義〉、〈井字格取名法對國文教學之創新思維——以老子、白居易和許慎為例〉、〈試論井字格取名法的教學活動設計對學生人文素養及社會能力之培養〉、〈井字格取名法在美術館巡禮和校園散步的教學活動設計〉、〈井字格取名法在翻轉教學上的運用〉等五篇論文即是以井字格取名法為主題之相關語文教學活動。其中，〈井字格取名法對國文教學之創新思維——以老子、白居易和許慎為例〉、〈試論井字格取名法的教學活動設計對學生人文素養及社會能力之培養〉、〈井字格取名法在美術館巡禮和校園散步的教學活動設計〉三文，則是先後在致理科大、亞洲大學和逢甲大學等三所大學所主辦的學術研討會中宣讀論文，之後皆以論文集正式出版。

　　為使井字格取名法具有國際化的價值，筆者發表〈運用井字格取名法進行華語識字教學〉、〈運用井字格取名法替賈伯斯（Steve Jobs）取中文名：一種創新的漢字教學課程設計〉、〈透過井字格取名法建立對漢字形音義的理解：以許慎開書店取店名為教學活動引導〉等三篇論文。其中，〈運用井字格取名法替賈伯斯（Steve Jobs）取中文名：一種創新的漢字教學課程設計〉、〈透過井字格取名法建立對漢字形音義的理解：以許慎開書店取店名為教學活動引導〉等二文，分別在「第十二屆臺灣華語文教學年會暨國際學術研討會」和「2017漢字與漢字教育國際研討會」宣讀論文。而〈試論一種創新的漢字教學課程設計：以井字格取名法替賈伯斯（Steve Jobs）取中文名為例〉則改自〈運用井字格取名法替賈伯斯（Steve Jobs）取中文名：一種創新的漢字教學課程設計〉一文刊登於《臺中教育大學：人文藝術》學術期刊。

　　綜合以上說明，本書已具客觀的學術價值。試想，一篇論文若有二位匿名學者審查，則十四篇則有二十八位，這尚不包括研討會的匿名審查，像逢甲、致理科大和亞洲大學的會後論文集的匿名學者審查。以最保守估計，本書至少亦有二十位以上的匿名學者認同與肯定。

二、研究動機

　　筆者常思索，學術研究的成果能否充分應用於教學實踐呢？能否呼
應現代的語文教學？是否有一種教學理念可以通行於各大學國文教學或
相關中小學語文教學現場之中？筆者的學術專長在古典詩學，已出版
《王建詩歌研究》、《中唐山水詩研究》等二部學術專書。然而，就實
際的授課經驗中，英雄苦無用武之地，關於以前在學校研究所所研究的
學問，竟極少應用於教學現場之中，難道學術研究和教學實踐是分離的
嗎？因此本書要研發一種創新的語文教學理論與確實可行的課程實踐。
清楚來說，研究動機有二：一是如何創新語文教學；二是所研發出的井
字格閱讀寫作理論，是否能應用於各種語文教學現場？如寫作、教學活
動設計、華語及漢字教學等等。以下分此二端簡述：

　1.如何創新語文教學？井字格閱讀寫作理論的誕生

　　在語文教學中，學生一般來說對閱讀比較沒興趣，如何提升他們的
閱讀興趣呢？筆者認為要研發一種閱讀方法，類似學習單的方式，明確
告訴學生如何去對文本進行分析，而這個方法會是什麼呢？此外，對文
本提問亦是一種有效的閱讀方法，那又會是什麼呢？

　　為了展現筆者在中文學界的獨立研究精神，故選擇學界以外的創新
研究議題「井字格取名法」[2]。此一學問已漸為世人所理解，它不是一
般坊間的算命工具，而是包含及承載古人先賢的生命智慧，諸如漢字、
取名文化、閱讀寫作、民俗學、姓名學等多元經典現代化的探索。不
過，卻引起學術價值不夠的批判。

　　正因井字格取名法是一種創新學問，故而極少學者理解。不過，在
筆者發表多篇學術論文、專書及各類演講後，筆者的理解是：學術價值
的重點必然要有文獻回顧及探討，然後再綜觀的廣闊視角下，提出個人

---

[2]　井字格取名法目前與寫作、教學活動、漢字與華語教學等領域結合。另一種井字格時鐘意法，
　　則有待日後再行補充，本書已先提出這樣的一種閱讀概念。

的創新見解。而本書的文獻回顧則散見各篇論文。

在本書之前，筆者最初是在《應用華語文：以字典取名學為例》一書提出如何從眾多的文獻中，探索出一種可作為世人實用的生活智慧[3]。從文獻的啟發中，淬煉出個人創新想法，筆者歸納創造出「姓氏取名參考表」。此表背後的根據來自於先賢的陰陽五行與農民曆的筆畫吉凶。此表並非憑空而出，乃經由廣泛閱讀人文社科類的書籍，然後再加上個人的重新詮釋而得。另一種創新的概念，即是「井字格漢字配對圖」。此圖亦是筆者博覽群書之後，加以個人理解而得。它與閱讀文學及創作文學有著密不可分的關係，這就結合了筆者本身在經典文學的專長。

2. 井字格閱讀寫作理論能否應用於各種語文教學形態？

若說本書已研發出一種既對閱讀又對寫作有效的理論，那麼這理論可以進行於教學現場之中嗎？可以進行哪些語文教學活動呢？除了寫作課程外，其他領域亦可行嗎？像是華語、漢字教學之類的語文教學。

筆者所研究的議題，是中文學界空前未有，因此有極大的風險。當學者從未聽聞相關研究時，極容易持否定態度審查本人所撰寫的論文。本人的研究動機必須先提出學術問題來。理論上來說，筆者所探究的問題是如何將經典應用於教學活動之中。例如，王勃所寫的一首唐詩〈送杜少府之任蜀州〉，對於古典詩研究者，他必須了解此詩的研究者有哪些、曾用何種方法探究，進而開發出一種屬於個人的研究成果。

那麼是否有一種兼顧研究和教學的哲思成果呢？或者再聚焦一點來說，在國語文教學中，是否有一種促進師生互動且能習得語文方面的知識、情意與技能的研究成果呢？如果有的話，此亦能證明，原來我們所閱讀的無論是古代或現代的文學作品，都能活化於現代生活之中，如此則古代經典始有現代意義。此外，有些語文教學活動不一定需要閱讀文

---

[3] 先對傳統取名文化做一文獻探討後，得出井字格取名法的結論。其論述過程，可參第五章〈運用井字格取名法進行華語識字教學〉一文，本文在該書出版前就已投稿學術期刊。

本,則有何種教學方法可能融入語文教學之中,而又可提升語文能力的呢?本書可提供語文研究者在創新概念上的一種啓發:研究即教學,教學即研究,這樣的一種觀點。且所謂的創新語文教學,是兼顧到文本及非文本兩種的語文教學活動的設計[4],使學生無論在閱讀或是寫作都能獲得一定程度上的進步。

三、研究方法與步驟

　　井字格取名法應用於語文教學活動中,主要來自於兩個重要元素:「姓氏取名參考表」和「井字格漢字配對圖」。其來源自有其理論基礎,即中華傳統文化中的陰陽五行和農民曆筆畫吉凶以及姓名學,還有查字典。關於這些理論的部分已分別在《應用華語文:以字典取名學爲例》和《井字格取名法的創意寫作》二書中說明清楚。然而,由於發表論文時,筆者並未注重理論的詮釋,導致評審委員對井字格取名法的哲學理論不甚理解,故對其學術價值則會大打折扣。然而,經由補充說明,已被接受且刊登出來了。

　　本書雖然不是針對某學術問題去微觀解決,然所運用的研究方法是要去宏觀解決研究能否應用於教學現場這一大問題,且其背後所根據的文獻資料運用,所研發出的理論方法,可謂對中文相關教學領域有很大的學術貢獻,因爲本書的一些概念思維或可作爲其他學者的引用文獻,其學術價值不可謂不大。

　　研究方法乃根據研究問題而來,一系列與井字格取名法相關的議題[5],本書可謂使用兩種科學方法:歸納法和演繹法。簡言之,歸納法是指透過眾多文獻的消化歸納而得出「姓氏取名參考表」。演繹法則是透過姓氏取名參考表的操作,推出「井字格漢字配對圖」。研究方法解

---

[4] 非文本的取名提問可參考《應用華語文:以字典取名學為例》或〈井字格取名法對國文教學之創新思維——以老子、白居易和許慎為例〉;而文本式的提問可參考《井字格取名法的創意寫作》或〈井字格取名法之寫作格式設計:以王勃〈送杜少府之任蜀州〉一詩為例〉等。

[5] 尚有一篇討論到井字格時鐘意象法,兩者才是完整的井字格理論。

決問題後，應可得出結論，但學者通常把那個結論做什麼用呢？他們可能把研究結論放在課堂上補充話題，例如，筆者曾發表一篇〈論賈島五律體山水詩中之動點和定點式章法布局〉的論文[6]，若在「詩選與習作」的課程中，則補充筆者的研究成果，大學生對古典詩則有進一步理解。但在教學活動上，這種補充仍不脫傳統的單向講述教學模式，若有教學活動促進師生互動，則能提升教學效果。而本書的研究則強調除了研究成果外，尚加上教學方法及課堂活動。

1. 姓氏取名參考表的理論基礎：歸納法

以下筆者先講姓氏取名表的理論基礎，此部分內容亦分散在後面的各篇論文之中。此表如下：

表1
附錄一　姓氏取名參考表

(1)	(1)	(1)	(1)	(1)	(1)	(1)	(1)	(1)	(1)	(1)	(1)
2	2	2	3	3	4	4	4	5	5	5	6
19	13	11	20	18	19	13	3	12	20	18	10
4	20	20	12	14	2	4	14	6	4	6	7
—	—	—	—	—	—	—	—	—	—	—	—
25	35	33	35	35	25	21	21	23	29	29	23
(1)	(1)	(1)	(1)	(1)	(1)	(1)	(1)	(1)	(1)	(1)	(1)
6	7	7	7	8	8	8	8	8	9	9	9
12	9	18	10	23	9	9	7	13	9	12	22
23	16	6	15	2	16	7	16	20	6	20	10
—	—	—	—	—	—	—	—	—	—	—	—
41	32	31	32	33	33	24	31	41	24	41	41

---

[6]　謝明輝：〈論賈島五律體山水詩中之動點和定點式章法布局〉，《國文天地》30卷2期（2014年7月），頁58-61。

(1)	(1)	(1)	(1)	(1)	(1)	(1)	(1)	(1)	(1)	(1)	(1)
9	10	10	10	10	11	11	11	11	12	12	12
7	21	3	13	3	12	10	24	12	13	11	13
16	2	12	12	10	12	20	13	14	10	10	4
—	—	—	—	—	—	—	—	—	—	—	—
32	33	25	35	23	35	41	48	37	35	33	29
(1)	(1)	(1)	(1)	(1)	(1)	(1)	(1)	(1)	(1)	(1)	(1)
12	12	13	13	13	13	14	14	14	14	15	15
19	9	3	12	12	12	9	9	11	21	20	10
14	12	15	4	6	12	6	22	12	12	4	8
—	—	—	—	—	—	—	—	—	—	—	—
45	33	31	29	31	37	29	45	37	47	39	33
(1)	(1)	(1)	(1)	(1)	(1)	(1)	(1)	(1)	(1)	(1)	(1)
15	15	16	16	16	16	17	17	17	17	18	18
2	10	9	13	2	9	8	22	18	12	17	11
14	6	14	4	14	6	7	9	17	6	6	10
—	—	—	—	—	—	—	—	—	—	—	—
31	31	39	33	32	31	32	48	52	35	41	39
(1)	(1)	(1)	(1)	(1)	(1)	(1)	(1)	(1)	(1)	(1)	(1)
18	19	19	19	20	20	20	21	21	21	22	22
17	12	6	22	13	3	1	20	8	12	13	3
10	20	7	7	12	2	12	4	10	4	2	12
—	—	—	—	—	—	—	—	—	—	—	—
45	51	32	48	45	25	33	45	39	37	37	37

　　表1中的每個欄位都包含姓名三字的數字筆畫，每個欄位都隱喻取這個姓名筆畫數的名字，將能過著美好的人生。這美好人生是經由自我在處理對上、對下和平輩及內在等四種關系的和諧相生而得，而自我與上述的這四種關係，據姓名學的觀點來看，如以下姓名圖式：

```
                         1

                         2
                                              > A  3吉

                         19
                                              > B21吉
   吉5E <
                                              > C23吉
                         4

                       ─ ─ ─
                       D25吉
```

圖1

　　圖1中，以2、19、4爲中心結構，三個數字即代表姓名筆畫數，
若姓丁可查此欄位來進行取名動作。外圍順時針方向，有ABCDE等符
號，其所代表的意義從B出發，意指自我，然後對上關係爲A，對下關
係爲C，對平輩關係爲E，個人外在行爲的關係爲D。其間的關係良善
與否，則根據農民曆筆畫吉凶和陰陽五行生剋，若這兩種原理綜合後，
若是吉多於凶，生多於剋，則在民俗學的觀點詮釋，將一生順遂，反
之，則命運多舛。而姓氏取名參考表的各欄位皆符合好名的標準[7]。故
而此表可助吾人日後解決各種取名問題，亦能提供語文教師在閱讀寫作
相關的參考。

2.井字格取名法產出井字格漢字配對圖：演繹法

　　除了「姓氏取名參考表」來源於民俗學中的姓名學，但上列的姓名
圖式之分析是筆者個人的詮解，且製成表格亦是筆者的獨創。另一種理
論基礎是「井字格漢字配對圖」，如圖2所示：

　　圖2中，由右至左共分三個區塊：右邊三個數字是根據取名問題來
查姓氏取名參考表所填入的，中間三格則是依部首查字典所填入的漢字
形音義，最左三格則是漢字配對成名字，亦即取名結果。本書所主張的

---

[7]　關於姓名圖式的各種分析，詳見謝明輝：《應用華語文：以字典取名學爲例》，頁62-136。

	陳	16
3 2 1 泳 俞 侯	信：信實的美德。 侯：周代五等爵之第二位。 俠：勇敢而能扶弱抑強。侶：同伴。 保：護衛。 後：從容自得的。 俞：才智過人的。 哽：狀偉的。（人部，8/35） 品：等級，德性。咸：和睦，法則。（口部，2/4） 峙：山高貌。岠：嶇：喻做人剛毅正直。（山部，4/12） 河：水道的通稱。泳：在水中游動。 治：地方政府所在地。 泓：宏大深廣。 決：清澈的深水。 沺：逆流而上。 沴：淘洗米的水。 沛：清純的酒。（水部，8/58）	9
鍼 褘 銓	瑝：天子所執玉器。玉名。 瑾：似玉的美石。瑋：似玉的美玉名。 珹：似玉的美石。 瑪：似玉的白石。（玉部，5/17） 銓：權衡，考選官吏。銘：以文字刻在石上以記功名。銑：最具光澤的金屬。用於人名。鐵：明末阮大鐵。（金部，4/30） 禎：祥瑞的徵候。褘：美好。褆：安定。禓：路神。（示部，4/11） 誌：記錄。誥：告誡性文體。（言部，2/18） 熙：興盛，光明。熊：野獸名（火部，2/13） 暢：通達。曇：明亮的。（日部，1/5） 齊：完備的。（齊部，1/2）	14

圖2

第一道取名問題提問，在語文教學活動中，都必須產出類似上圖形式的井字格漢字配對圖，而利用此圖可幫助寫作或華語對話或師生問答等課堂活動。

3. 井字格取名法應用於寫作：演繹法

　　若上列兩種圖表都能理解其來源及操作步驟，則可進而掌握井字格取名法與閱讀寫作的關係。在學術研究上，筆者採用寫作相關方面的研究，進而提出創意寫作的寫作模式，如圖3所示：

　　圖3中，有兩個提問：第一個提問是根據文本設計，中間有一井字格則是解決取名問題，另一道提問則是將已完成的「井字格漢字配對

「井字格取名法融入語文與寫作教學之成效研究」（雙面）

主題：友情愛性與婚姻關係　課程：文學與生活（含習作）　授課教師：謝明輝

科系：　　　　　姓名：

一、引起動機：
閱讀唐代《夏日南亭懷辛大》一詩後，文本中出現許多意象，如山、月、荷花、竹子、琴等，這些物象皆在營造對遠方友人的戀念氛圍，既然被詩人選取入詩，表示詩人對它們已有感動，而對你而言，你對誰有感動呢？試用井字格取名法替其中一種物象取名。

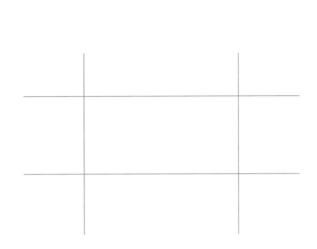

二、引起動機：
本詩旨在呈現孟浩然想透過琴間以傳達對遠方友人的思念。而就課文延伸到自己生命經驗，請鎖定某位對你具有特別意義的友人或受人，無論是節日或生日時機，試從井字格中任選一字送給他，並就此字發揮相關的聯想，文中可營造一些氣氛或故事。題目自訂，文體不拘，文長至少三段。（書寫背面，可加上插圖，版面自行設計）

圖3

圖」當成自己的寫作資產，透過送字的概念以引導寫作[8]。

4.井字格取名法的各種應用：演繹法

井字格取名法的兩個重要元素：姓氏取名參考表和井字格漢字配對圖，其背後所承載的姓名文化及民俗學等相關論述已在《應用華語文：以字典取名學為例》一書，有詳細論證與說明，其研究方法仍採文獻考察與整理後，提出個人創見。而本書思考如何結合中文教學相關領域的視角切入，主要切入寫作這一面向，兼及教學方法與活動，這就呈現出學術的客觀價值，且能提供其他學者或教師一種教學或論文上的參考貢獻。

在本書研究中，井字格取名法的應用在於寫作、語文課堂活動、華語及漢字教學等，關鍵只要設計提問即可實施。若要提升寫作能力的，

8　關於文本如何提問以及寫作相關引導，詳見謝明輝：《井字格取名法的創意寫作》一書。

則依據文本設計兩道提問（詳如第三章），若要活化課堂活動，則設計一道提問即可（詳如第四及五章）。

　　研究方法使用過程中，援引證據是表達個人觀點及研究議題重要的任務。如果說，一篇論文必須要有論證，那麼證據一定要引用古代文獻嗎？一定要引用名人的文獻嗎？沒沒無聞的學生作品算不算文獻材料呢？若再從學問對社會影響力的角度看，文獻材料宜聚焦在學生或社會大眾的文章作品。當我們提出一種新議題時，只要適度引用適當文獻做一探究，再提出個人新觀點，內文所提之證據，不一定非得要古代文獻不可。像筆者研究井字格取名法這樣的新議題，其證據當然是學生作品或是寫作方面相關研究的資料，其貢獻不僅是給其他學者在論文上的參考，亦對學生的學習上有所具體助益，因此本書是兼具學術與教學實踐的雙重貢獻。

四、研究目的與架構

1. 目的

　　在中文相關領域的教學中，井字格取名法是否能承載每篇文本的閱讀及寫作任務？且教學活動能否促進師生互動？此一問題將在本書獲得解決。

　　在本書的研究中，筆者得出兩種具關鍵性的圖表：「姓氏取名參考表」和「漢字配對圖」。前者是固定的表格，而後者則千變萬化。這兩種圖表在國語文教學活動中，則可解決教師無聊的單向灌輸教學問題，進而促進師生互動有趣，充分展現了研究和教學合一的學術實用價值與貢獻。

　　井字格取名法在國文教學或中文相關領域的研究上，是一種空前的研究主題。筆者已發表以井字格取名法為主題之一系列來解決語文教學相關的問題。本書先依目前已發表的論文來歸類：共分「理論詮釋」、「創意寫作」、「教學活動」和「華語及漢字教學」等四章以探究如何活化及創新語文教學。

　　在本書中所謂的語文教學問題是指語文能力的提升及文學閱讀及寫作能力的進步，且皆具有教學現場的實戰經驗，並產出學生的具體教學成果。在「理論詮釋」之章中，提出井字格時鐘意象法解決閱讀的問題，有系統地去分析文本及作者內涵。亦提出井字格取名法的文本及非文本的提問方法，有效地解決語文課堂師生單調的授課環境，活化語文教學活動，以及提升文學閱讀的趣味及引導寫作。「創意寫作」之章中，主要說明文本式的二道提問方法：第一道是文本中的萬物取名提問，第二道是送字及配合文本的引導寫作，激發學生的寫作靈感，寫出有生命感受的文章，實際提升寫作能力。「教學活動」之章節中，提供多項與井字格取名法相關的教學活動，在活動中，學生自然無形地感染語文氛圍，從而形塑語文表達及相關應用能力。「華語及漢字教學」之中，強調井字格取名法亦可應用於其他領域的課堂裡，並有效地提升華語識字及漢字形音義的基本語文能力。

2. 架構

　　全書各章節的討論皆賴「姓氏取名參考表」和「井字格漢字配對圖」之兩種關鍵元素完成，前後各章節只有一個重要主軸「井字格取名法」貫穿全書，邏輯清楚明白。首先，在理論詮釋之章節中，除了略談井字格時鐘意象法之閱讀理論外，主要論述自創的井字格取名法之寫作理論，即經由閱讀文本進而設計二道提問來引導寫作文章作品，這些文章作品可作為章法學的研究者分析文章。其目的是要表達經典現代化的重要意義，所謂字典取名學或說井字格取名法，俱是筆者廣泛閱讀人文社科的書籍或論文而研發出的理論。

　　其次，理論研發之後，接著應用於語文教學中的創意寫作，目前僅舉唐詩〈送杜少府之任蜀州〉和清詩〈歲暮到家〉二詩為例，藉由實際操作來說明理論和實踐是並行不悖的[9]，其目的在提供大學教師創新寫作理論與實踐的參考。

9　第一篇論文所分析〈鐵魚〉一文，亦可作為閱讀寫作理論的具體實踐之例。

　　再者，井字格取名法理論可分文本式提問及非文本式提問。前者指的是透過一篇文章來提問，包含兩道提問來引導寫作。另外，還有一種非文本式的提問，不須藉由文本進而導出師生對話，此僅落實於課堂活動，不用寫作，只須設計一道提問即可，第二道不設提問，而是設計對話來進行師生互動。此章目的是可展現跨領域的實現，提供取名的實用技能，甚至人文社會領域方面的課程皆可透過非文本式的提問來進行教學活動。本書的理論架構如圖4所示：

井字格理論架構圖

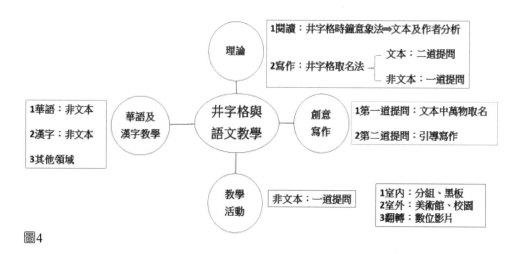

圖4

　　由上列架構圖來看，在理論中，井字格閱讀寫作理論分別以井字格時鐘意象法來進行閱讀文本的作者及文本分析，此可鼓勵人們或學生多閱讀古今文學作品。或以井字格取名法來進行文本式的二道提問，或非文本式的一道提問。二道提問主要是引導寫作，一道提問主要是用於教學活動。其次，在創意寫作中，所謂的兩道提問是指，熟悉文本中萬物，並設計第一道取名問題。第二道提問是運用漢字配對圖來設計送字提問以引導寫作方向。再者，在教學活動中，運用一道取名提問，即可進行活潑的師生互動，活化教學，無論室內外及翻轉等各式的教學方法

皆能發揮學習成效。在華語及漢字教學中，亦可透過一道式的非文本提問，增進華語及漢字教學的目的。

最後，無論是文本式或非文本式的提問，皆可帶入華語或漢字教學現場[10]，提供學華語的趣味活動，筆者亦曾教過外籍生，確實有助益。而漢字教學部分，亦可透過此創新教學，強調繁體字勝於簡體字的結果。其目的在於井字格取名法的議題亦可國際化，學生對象亦可推廣至世界各國籍，尤其是日本人。

綜上的鳥瞰式說明，可知本書係以井字格取名法為主題的一系列論文的合集，透過十四篇論文的內涵分類，給予國文教學或語文教學的創新思維。

---

[10] 在華語和漢字教學的文本式提問，目前尚未放入本書，但已寫成論文，日後再補充。

第二章
井字格閱讀寫作之理論詮釋
經典古爲今用

提要

　　本章主要論述井字格閱讀寫作之相關理論。第一篇論文提出「井字格時鐘意象法」來分析作者及他創文本，再提出「井字格取名法」來創作出生命感受的自創文本。第二篇論文設想藉由井字格取名法可產生無窮盡的文本，這些文本可供章法學來分析。第三篇論文則設想：井字格取名法的寫作格式爲何？文本如何引導產生？

　　第一篇論文主要提出「井字格閱讀理論：以井字格時鐘意象法爲思維基礎」及「井字格寫作理論：以井字格取名法爲思維基礎」之兩種閱讀寫作理論，透過此二種理論幫助我們分析文本及創作文本，並以〈鐵魚〉作爲實際操作實例。

　　第二篇論文指出字典取名學的寫作三部曲爲：姓名寫作、對聯寫作和自傳寫作。所謂字典取名學是由兩個子系統所組合而成，一是井字格取名法，一是我名對聯（或稱姓名對聯），兩者皆能產出章法學分析的素材。筆者將試舉陳滿銘教授取嬰兒名爲例，先用井字格取名法幫他取一個很棒的兒子名，再將此名的詮釋擴充成一短文，然後分析其章法，再爲其兒子名創作一嵌首式的姓名對聯，並詮釋而成一短文，再分析其章法，又將姓名對聯融入自傳，形成自傳篇章，再分析其章法。如此則章法學所賴以分析的文本不再依傍古典詩文，這古典詩文僅對中文學界發揮作用而已，一般社會大眾根本視之無物。若能結合字典取名學之實用文本產出，再加以分析，這樣就可兼顧實用及分析文本的雙重目標。

　　第三篇論文則根據閱讀文本和取名活動可以激發寫作靈感的想法，筆者設計出井字格取名法創意寫作格式，主要由他創文本與取名

問題、井字格與查字典和漢字提問與自創文本等三大結構所組成。本文主要分此三點來論述井字格取名法的寫作理論，期使此寫作格式讓更多人知曉，並透過寫作教學，活化語文課程。

第一節　從閱讀他創文本〈鐵魚〉到書寫自創文本〈鐵魚〉：以井字格閱讀寫作理論為教學策略

摘要

　　創新教學的定義已非傳統上教師單向講述文本知識而已，而是再加上是否有讓學生自動學習的教學方法，即透過教師的教學設計以啓發學生思考文本本身意義及延伸的生命感發。有些文學教師可能認為古典文本比現代文本還容易講授，因為至少還可解釋古代詩文的語詞及翻譯。而現代文本屬白話文，學生自行閱讀就好，都看得懂，何必再教呢？即便他們看得懂，但是否有先預習呢？教師必須提供一套教學機制來指引學生有方向地閱讀文本，並從中獲得生命感動。職是之故，本文擇一長篇小說式散文〈鐵魚〉，透過井字格閱讀寫作理論來引領學生閱讀文本〈鐵魚〉的精華，藉以提升學生閱讀文學的能力，期對課文有一基本的自然萬物平等的省思。

　　筆者擬先簡述井字格閱讀寫作理論之內涵，再就學生所撰寫的井字格預習單說明〈鐵魚〉文本的閱讀方法，最後亦分析學生對〈鐵魚〉一文所延伸出的井字格作文，由此強調長篇文本〈鐵魚〉可以透過井字格閱讀寫作理論來引導學生對自然環保議題的關注以及對生命書寫的真實感動！從閱讀他創文本〈鐵魚〉到書寫自創文本〈鐵魚〉的教學方法呈現，亦即標誌著學生已吸收文本的精華所在，達成文學鑑賞的目的，且抒發了心靈深處的生命感懷。

關鍵詞：鐵魚、閱讀寫作理論、自然萬物、國文教學、井字格

壹、前言

　　在大一國文的課程中，主要的重頭戲即是閱讀文本。如何讓學生先行閱讀文本而到課室來進行分組討論或解決疑問，已成為現今國文教師的基本教學任務。筆者自2013年起至2018年參與靜宜大學所主辦的「閱讀書寫經典創意教學工坊」之研習，獲得教學上的啟發，尤其取得會議與文本手冊時，有種如獲至寶的滿足感。手冊中提供多種關於教學方法、教學活動、閱讀與書寫之引導等等的教案實例，此有助教學現場的教師選用實施。

　　從閱讀文本來說，預習單的設計有助提升學生對文本的理解。總的來說，形式上約略有兩種：一種是文本提問，一種是分析圖。例如說，楊雅琄曾運用這兩種形式來引導學生閱讀文本。她在引導學生閱讀陳義芝〈異鄉人〉一文時，所設計的學習單即是以提問的方式，如：「請用3-5個關鍵字歸納陳義芝〈異鄉人〉的重點。」[1]此種方式應該是許多教師常用的閱讀教學策略，只是提問的詳略不同。楊雅琄在〈捕一隻大魚‧看兩種人生 —— 廖鴻基〈鐵魚〉與夏曼‧藍波皮〈黑色的翅膀〉之教案設計分享〉中提供繪製敘事結構圖來分析鐵魚文本，但結構圖為何，並未在教案呈現結構圖[2]。其他還有用九宮格[3]或是心智圖[4]的方

---

[1]　楊雅琄：〈袁中道《遊居柿錄》與陳義芝〈異鄉人〉參照閱讀之教案設計分享〉，《閱讀書寫經典創意教學工坊會議手冊》（臺中：全校型中文閱讀書寫課程革新推動計畫辦公室主辦，2016年），頁40。

[2]　楊雅琄：〈捕一隻大魚‧看兩種人生 —— 廖鴻基〈鐵魚〉與夏曼‧藍波皮〈黑色的翅膀〉之教案設計分享〉，《閱讀書寫經典創意教學工坊會議手冊》（臺中：全校型中文閱讀書寫課程革新推動計畫辦公室主辦，2014年），頁81。

[3]　本文之井字格與傳統九宮格是有不同的。此九宮格中，以中心核心格出發，向右再往上逆時針方向，完成九格的問題，如過去別人眼中的我、現在別人眼中的我等等，格內要說明上述的問題。此種方式與本文的井字格有些不同：其一是，井字格無邊界；其二，核心格是從上格開始，格內的問題也不一樣，本文將有說明。薛建蓉：〈說出影響力、寫出生命力 —— 以唐傳奇〈杜子春〉引領情緒探索和聽說讀寫的教學設計〉，《閱讀書寫經典創意教學工坊會議手冊》（臺中：全校型中文閱讀書寫課程革新推動計畫辦公室主辦，2017年），頁122。

[4]　魏素足曾用心智圖方式引導學生繪製〈母親的祕密〉一文。詳見魏素足：〈愛‧不愛 —— 林海

式請學生預習文本。另外，尚有運用數位科技在雲端上即時反饋系統出題，像是ZUVIO或是kahoo等[5]，透過選擇題計分方式來理解學生預習文本的情況。至於寫作引導方式，基本上是命題作文，或是引導作文，或是故事續寫、自由書寫等形態。

　　以上雖然可見豐富多彩的閱讀書寫之引導策略，但許多文本幾乎是隨機呈現，並未形成一種固定的閱讀寫作理論[6]，即便心智圖的文本分析模式已成固定，但其理論則是從英國而來。因此，是否有一種通行任一文本都能運用某種理論來分析呢？而且又是從本土發展起來的，非境外傳入的呢？本文試從井字格閱讀寫作理論著手，並擇一長篇小說式散文〈鐵魚〉為例，透過井字格閱讀寫作理論來引領學生閱讀文本〈鐵魚〉的精華，藉以提升學生閱讀文學的能力，期對課文有一基本的自然萬物平等的省思。

　　筆者擬先簡述井字格閱讀寫作理論之內涵，再就學生所撰寫的井字格預習單說明〈鐵魚〉文本的閱讀方法，最後亦分析學生對〈鐵魚〉一文所延伸出的井字格作文，由此強調長篇文本〈鐵魚〉可以透過井字格閱讀寫作理論來引導學生對自然環保議題的關注以及對生命書寫的真實感動！從閱讀他創文本〈鐵魚〉到書寫自創文本〈鐵魚〉的教學方法呈現，亦即標誌著學生已吸收文本的精華所在，達成文學鑑賞的目的，且抒發了心靈深處的生命感懷。

音〈母親的祕密〉與《左傳・鄭伯克段於鄢》對讀教案設計〉，《閱讀書寫經典創意教學工坊會議手冊》（臺中：全校型中文閱讀書寫課程革新推動計畫辦公室主辦，2017年），頁28。

[5] 王惠鈴等：〈回到未來，走出自我——唐・沈既濟〈枕中記〉教案設計〉，《閱讀書寫經典創意教學工坊會議手冊》（臺中：全校型中文閱讀書寫課程革新推動計畫辦公室主辦，2016年），頁59。

[6] 例如，洪靖婷提出情緒曲線的體驗教學，請同學畫出孫悟空三次面對白骨精作亂及唐僧責罵的情緒起伏曲線，這個做法不錯，但並非所有文學文本皆適用。詳見洪靖婷：〈英雄的成長之路——〈孫悟空三打白骨精〉教案設計〉，《閱讀書寫經典創意教學工坊會議手冊》（臺中：全校型中文閱讀書寫課程革新推動計畫辦公室主辦，2017年），頁228。

貳、簡述井字格閱讀寫作理論

　　理論是指針對萬事萬物的現象統攝歸納成一可行的規律，運用這規律以解決人類的某一問題。而筆者所研發出的井字格理論[7]即是從文本或是姓名現象歸納及統攝出一種可創造出寫作文本的規律，可幫助人們解決取名及寫作的問題，故而在此稱之井字格閱讀寫作理論。據《維基百科》對「理論」的詮釋是：「理論（英語：Theory），又稱學說或學說理論，指人類對自然、社會現象，按照已有的實證知識、經驗、事實、法則、認知以及經過驗證的假說，經由一般化與演繹推理等等的方法，進行合乎邏輯的推論性總結。」[8]閱讀寫作可視為人類社會現象，而井字格理論正是依照已有的社會現象，如姓名學實證知識或經驗，經由演繹推理之後所形成的一種推論性總結，且合乎邏輯。以下將分井字格閱讀理論和寫作理論兩部分來論述：

一、井字格閱讀理論：以井字格時鐘意象法為思維基礎

　　無論有字或無字的世界連結，筆者皆稱之為閱讀。一個男人深情盯著一個女人，也是一種閱讀女人心。不過，就國文教學而言，閱讀任務牽涉作者和文本兩個要素，兩者互為補充。為了達到教學的效果，且培養學生有方向的自主閱讀，筆者設計井字格閱讀預習單：一種是作者分析，一種是文本分析，筆者稱之為井字格時鐘意象法。理論說明如下：

　　圖1中，以井字格時間模式來思考作者的內涵，先從中心格填寫，寫下作者篇名。接著想像井字格是一個時鐘，由最上中格12點鐘方向，向右順時針依序填寫，直到左上方那格。其次，思考：作者要從哪些方向來理解呢？筆者認為閱讀作者可從時代背景、專長興趣及地位、相關故事或成語、著作及其他等四個面向思考。井字格以此四個面向為主軸，以幾個關鍵詞標註即可，另外一格即是它們的補充說明，用關鍵

7　井字格學問的內涵主要有兩種：一是井字格時鐘意象法，一是井字格取名法。

8　詳見維基百科，2018年9月9日查詢https://zh.wikipedia.org/wiki/%E7%90%86%E8%AB%96

井字格作者分析（若不夠，再另畫一個井字格）

補充說明 1關鍵句 2關鍵句	時代背景 1關鍵詞2-6字 2關鍵詞	補充說明 1關鍵句20字以內 2關鍵句
著作及其他 1關鍵詞 2關鍵詞	篇名 作者	專長興趣及地位 1關鍵詞 2關鍵詞
補充說明 1關鍵句 2關鍵句	相關故事或成語 1關鍵詞 2關鍵詞	補充說明 1關鍵句 2關鍵句

你對作者的看法是什麼？2-3行

圖1

句來延伸。最後，在井字格下面再用段落式的文句對作者做一整體的評價與看法。這樣，可看出學生從關鍵詞→關鍵句→段落文句的層次延伸，對作者的理解，條理清晰，井然有序。接著是文本的理解，如圖2：

閱讀與理解文本可從作者與讀者兩種角度切入。當我們閱讀文章

井字格文本分析（不足時，再另畫一個井字格）

補充說明 1關鍵句 2關鍵句	意義段1 1關鍵詞2-6字 2關鍵詞	補充說明 1關鍵句20字以內 2關鍵句
意義段4 1關鍵詞 2關鍵詞	篇名 主旨15字以內	意義段1 1關鍵詞 2關鍵詞
補充說明 1關鍵句 2關鍵句	意義段1 1關鍵詞 2關鍵詞	補充說明 1關鍵句 2關鍵句

你對此文的心得和感想為何？2-3行

圖2

時，通常會看到空二格爲區分的段落，此稱之爲自然段，是就作者當時寫這篇文章時的分段。而身爲讀者的我們而言，也可就我們的理解來重新歸納統整成段落大意，此稱之爲意義段。經由意義段的分析，讀者也較能理解文章的結構及內容。圖2井字格文本分析圖即是依此構想來設計。

　　首先，中心格寫上篇名及主旨關鍵句，此可訓練學生統整篇文章的簡單概念的能力。其次，井字格是一個時鐘外形，由上中格12點鐘開始，順時針繞一圈思考。書寫時，依照關鍵詞和關鍵句的層次擴充，重點是自行歸納幾個自然段爲一意義段。一格寫意義段，另一格寫意義段的補充說明，依此類推，直到完成通篇文章結構分析後，大概也理解文章的內涵了。最後在井字格下方，再補充段落式的心得或感受，這樣即完成井字格文本分析的任務。

二、井字格寫作理論：以井字格取名法為思維基礎

　　井字格寫作理論要求學生從閱讀文本中提出取名問題，再進入井字格取名法的運作，接著再透過送字或生命提問引導出寫作產品。這裡所稱的閱讀文本即是「他創文本」，是作者所寫的文本，而「自創文本」則是扣合他創文本的二道提問後而產出的文本，是讀者所寫的文本。其理論結構如圖3所示[9]：

　　圖3中，有三個組合部分，由右至左，依序爲：第一道提問；井字格；第二道送字提問。第一道提問是由他創文本的萬物感動而設計的取名問題，替文本中的萬物取名是爲了連結讀者和作者的情感，充分理解文本，就像父母替子女取名一樣，無形中產生情感連結。提出取名問題後，接著進入井字格問題解決，這部分對教師而言，是一種專業表現，亦可是促進師生互動的教學活動[10]，在漢字教學或華語識字上亦有助

---

[9]　謝明輝：《井字格取名法的創意寫作》（高雄：麗文文化公司，2014年），頁15。

[10]　請參謝明輝：〈井字格取名法在美術館巡禮和校園散步的教學活動設計〉，《從生命轉彎處再

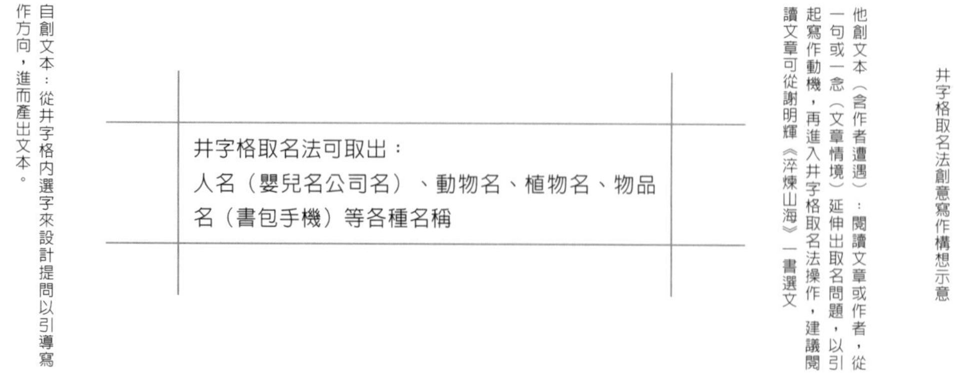

井字格取名法創意寫作構想示意

他創文本（含作者遭遇）：閱讀文章或作者，從一句或一念（文章情境）延伸出取名問題，以引起寫作動機，再進入井字格取名法操作，建議閱讀文章可從謝明輝《淬煉山海》一書選文

井字格取名法可取出：
人名（嬰兒名公司名）、動物名、植物名、物品名（書包手機）等各種名稱

自創文本：從井字格內選字來設計提問以引導寫作方向，進而產出文本。

圖3

益[11]。

　　井字格由右至左可分三個部分：右三格，中三格，左三格。右三格必須依照取名問題的性質，查「姓氏取名參考表」填入姓名筆畫數字[12]。中間三格則是依據右三格的筆畫數字，填入查部首後所選的漢字群。左三格則是根據中三格填入名字，尤其是中二格的漢字配對後的名字結果。完成此井字格的三道程序後，所產出的圖即稱為井字格漢字配對圖。

　　讀者可根據此圖來引導寫作，最常見的方式即是送字的連結。理由很簡單，我們都不否認「送禮」可以連結雙方的情感，所以我們可以把漢字配對圖中的漢字群都當作禮物，透過選一字當禮物送給文本中的物象，這樣一方面可幫助我們可融入文本世界，一方面也可加強對漢字的

　　出發》（臺中：真行文化出版社，2017年），頁93-110。謝明輝：〈試論井字格取名法的教學活動設計對學生人文素養及社會能力之培養〉，《閱讀書寫‧建構反思》（臺中：逢甲大學語文教學中心主編及出版，2016年），頁3-31。

[11]　請參謝明輝：〈運用井字格取名法進行華語識字教學〉，《臺灣科技大學人文社會學報》9卷2期（2013年6月），頁107-126。謝明輝：〈試論一種創新的漢字教學課程設計：以井字格取名法替賈伯斯（Steve Jobs）取中文名為例〉，《臺中教育大學：人文藝術》31卷2期（2017年12月），頁23-39。

[12]　請參謝明輝：《井字格取名法的創意寫作》（高雄：麗文化公司，2014年），頁118。

外延意義的創造與想像。

參、閱讀他創文本〈鐵魚〉：井字格預習單

根據上述的井字格閱讀理論，筆者選用廖鴻基〈鐵魚〉一課[13]來體現學生如何從文本閱讀中獲得啓發。關於作者廖鴻基的井字格預習單如圖4：

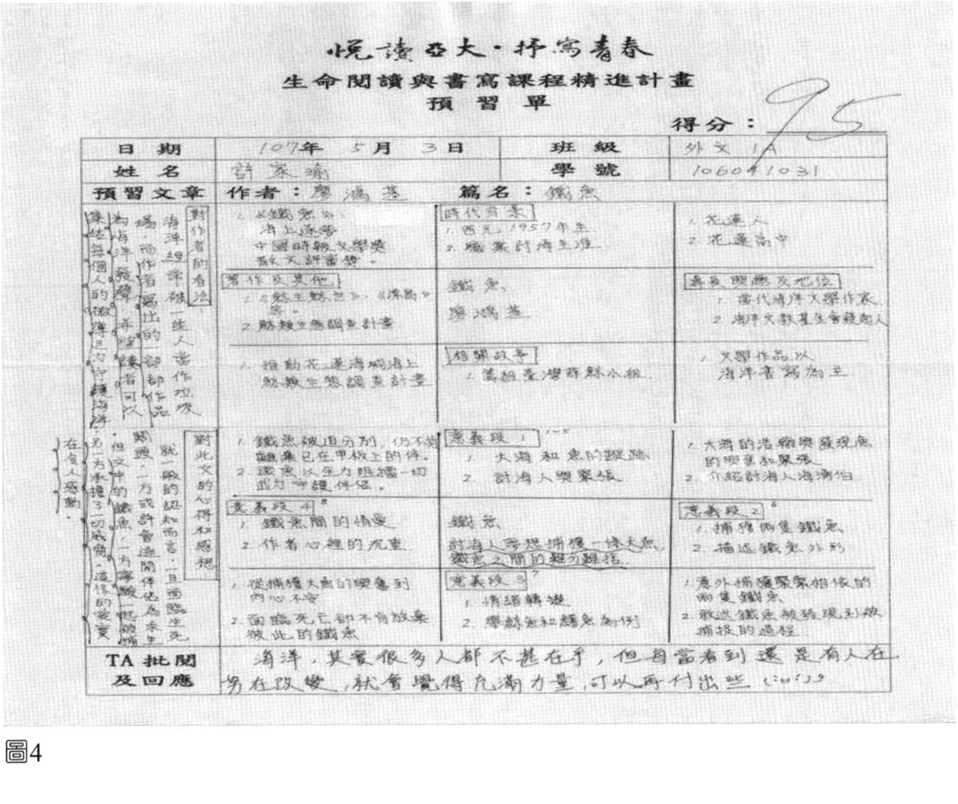

悅讀亞大・抒寫青春
生命閱讀與書寫課程精進計畫
預習單

得分：95

日期	107年 5月 3日	班級	外文1A
姓名	許家瑜	學號	106041031
預習文章	作者：廖鴻基 篇名：鐵魚		
TA批閱及回應	海洋，其實很多人都不甚在乎，但每當看到還是有人在努力改變，就會覺得充滿力量，可以再付出些		

圖4

預習單上有兩個井字格圖：一個是分析作者廖鴻基，一個是分析作

[13] 請參亞大國文教師群共同編著：《文學與生活：閱讀與書寫》（新北：高立圖書公司，2018年），頁216-225。

品〈鐵魚〉。我們想像這兩個井字格圖就像是兩個時鐘，由上而下順時針思考下來。

第一個作者井字格分析圖中，首先，學生由時代背景先切入，學生填第一格為「1957年生」和「職業討海生涯」。接著補充「花蓮人」和「花蓮高中」。其實依照井字格閱讀理論，第一格先關鍵詞，再來用關鍵句，這樣才顯示出語詞拉長的效果。其次是呈現他專長興趣及地位，許同學寫兩個：「當代海洋文學作家」和「海洋文教基金會發起人」，並補充「文學作品以海洋書寫為主」。不過，若是補充其他海洋作家做比較，亦能顯示其文學地位。再者相關故事則寫「籌組臺灣尋鯨小組」，並補充「推動花蓮海域海上鯨類生態調查計畫」。最後，著作及其他，許同學寫道「《鯨生鯨世》、《漂島》等」，另一格則補充作者獲得文學獎的情況。從關鍵詞和關鍵句到段落式的敘述，她總結對作者的看法：「作者寫出的一部部作品為海洋發聲，希望讀者可以集結每個人的微薄之力守護海洋。」

第二個文本井字格分析圖中，中心格的主旨寫道：「討海人夢想捕獲一條大魚，鐵魚之間的難分難捨。」從〈鐵魚〉這篇長文，確實看出討海人與一條巨大鐵魚的搏鬥過程，且捕撈過程中，見證鐵魚難分難捨的愛情奉獻。其次，每個意義段都以言簡意賅的方式表達出來。今製下表1，以清眉目：

表1

意義段一：	1.大海和魚的蹤跡 2.討海人與緊張
補充	1.大海的浩瀚與發現魚的興奮和緊張 2.介紹討海人海湧伯
意義段二：	1.捕獲兩隻鐵魚 2.描述鐵魚外形
補充	1.意外捕獲緊緊相依的兩隻鐵魚 2.敘述鐵魚被發現到被捕捉的過程

意義段三：	1.情緒轉變 2.舉鯨魚和鱰魚為例
補充	1.從捕獲大魚的興奮到內心不安 2.面臨死亡卻不肯放棄彼此的鐵魚
意義段四：	1.鐵魚間的情愛 2.作者心裡的沉重
補充	1.鐵魚被迫分別，仍不肯離棄已在甲板上的伴。 2.鐵魚以全力阻擋一切武力，守護伴侶。
總結心得	就一般的認知而言，一旦面臨生死關頭，一方或許會逃開伴侶為求生。但文中的鐵魚，一方寧願被捕，另一方承擔了一切威脅。這樣的愛實在令人感動。

我們再對照本課課文的題解如下：

本文內容描寫討海人海湧伯，心中期待捕獲一條大魚，這
跟多數捕魚人是一樣的夢想，他們放棄了季節魚群的誘
惑，遠離鼓譟成群的漁船，在海上馳騁逐夢。經過了幾天
海上的煎熬等待，終於驚喜的發現目標，是從容自在的鐵
魚（曼波魚），屏息、凝望深怕驚動這位嬌客，倏忽間海
湧伯射出魚標，居然刺中的是兩隻鐵魚，兩條鐵魚幾乎沒
有距離摩擦著肌膚緊緊依偎在一起，這是多麼令人驚喜歡
欣的一幕，接下來血氣味瀰漫、人與魚的搏鬥、體能與鬥
智的拉鋸戰、這對伴侶魚展現的情意、生命堅韌的表現、
內心的衝擊與矛盾，一一在廖鴻基的筆下展現出來。

從題解來看，沒有提到海湧伯和鐵魚的外形的敘述描寫，也沒提到
情緒的轉變。這對有看文本的學生而言，可證明她已仔細看過內容，因
為文中確實有多處細摹鐵魚外形。而且她也點出廖鴻基情緒的轉變：從

興奮到不安。最後，學生似乎對鐵魚間的愛情深受感動。或許許同學正嚮往著為愛犧牲的偉大感情也說不定。

　　兩相對照下，許同學的井字格預習單可看出她分析課文及表達能力，並從中獲得對海中生物的情感連結，尤其是愛情的想像，這種真實的情意感受，體現她對文本的理解。若要上臺口語表達的話，用這一張井字格圖，她就可以說很多故事了。而不同的學生目睹同一文本，井字格圖中的意義段劃分，或是關鍵詞及關鍵句的造法必然相異，但無論如何，學生都已充分閱畢文章。

肆、書寫自創文本〈鐵魚〉：井字格作文的二道提問

　　學生閱讀他創文本〈鐵魚〉後，先是運用井字格預習單理解文本大意，接著則是要經由閱讀的延伸思考產出個人的作品。依據井字格寫作理論的話，必須設計與文本相關的二道提問，第一道必然是取名問題。問題描述如下：

> 閱讀〈鐵魚〉一文後，作者廖鴻基和海湧伯共同協力捕獲大魚，但意料之外，中鏢的是緊緊相貼的兩隻情侶鐵魚。事實上，鐵魚，一般稱作翻車魚，周身柔軟，和「鐵」字所呈現的堅硬意思毫無關聯。請依據文中所描寫的鐵魚種種形象，運用井字格取名法替這兩隻情侶鐵魚取個貼切之名。

　　取名問題的描述中，我們可看出是扣合「鐵魚」文本來設計，其中文本有多處描寫的鐵魚形象，其實都可作為摹寫技巧的借鑑。例如，作者廖鴻基提到：「鐵魚會在大太陽及南風天浮出海面，像在海上做日光浴般翻倒平躺在水面上。南風徐徐，海波為床，牠大片身體懸浮在波浪頂端，兩片尾翼舒張鬆垂，那是慵懶無骨無比舒適的姿態。看著鐵魚沉

睡的模樣，我想到南洋海灘椰影樹下隨風搖擺的吊床。」這段關於鐵魚在海面上沉睡做日光浴的皇帝享受姿態，感覺描繪功力極爲生動活潑。這在許同學的井字格預習單則有寫到「描述鐵魚的外形」。而廖鴻基對鐵魚的外形描寫，十分精彩。

　　不過，就散文本身重點而言，似乎所有讀者（包含題解、許同學以及筆者）都對鐵魚的愛情奉獻甚爲感動，這種感動爲取名問題提供連結讀者和文本的契機，亦即身爲讀者的我們可以替鐵魚取名，就可連結到如同父子之親情一樣，父母如同讀者，鐵魚猶如子女，父母替子女取名，連結的是血緣關係，但這裡是連結讀者和文本中萬物的關係。於是許同學完成下列的井字格漢字配對圖，見圖5。

　　圖5中，許同學要完成此圖大約也要一小時左右，這過程無形習得漢字結構以及對鐵魚的眞誠關懷，試圖取出貼切之名。落實在教學策略上，其實這可以是一種教學活動，幫助課堂活化的文學活動[14]。

　　文本進行到這裡，大概學生對課文已有扎實的理解，此時我們再將文本延伸到單元主題「尊重自然與環保省思」來設計第二道提問，激起學生們對鐵魚的多元思索。而引導寫作的問題如下：

　　　廖鴻基在文末說：「都讓我們這場海上戰鬥失盡了光彩，
　　　讓我們大魚的夢沾染了血腥罪惡。」似乎在暗示讀者作者
　　　已良心發現，不該殘殺生物。其主旨導出尊重自然萬物與
　　　省思環保的關懷議題，請依此爲寫作範圍，擇一自然界物
　　　象爲關懷對象，如流浪狗、鐵魚、黑面琵鷺、放天燈等。
　　　文中請運用井字格替關懷對象取名，並說明理由。並再從

---

[14]　詳見謝明輝：〈略談井字格取名法對語文教學之創新意義〉，《中國語文》月刊668期（2013年2月），頁69-74。謝明輝：〈井字格取名法對國文教學之創新思維──以老子、白居易和許慎爲例〉，《第二屆全國大一國文創新教學研討會論文集》（新北：致理科技大學，2015年），頁175-192。

「悅讀亞大・抒寫青春」—生命閱讀與書寫課程精進計畫　作業三　單元七（雙面）

主題：尊重自然與環保省思　課程：文學與生活　授課教師：謝明輝

科系：生醫系所　姓名：廖思涵

一、引起動機：

閱讀《鐵魚》一文後，作者廖鴻基和海湧伯共同協力捕獲大魚，但意料之外，中鏢的是緊緊相貼的兩隻情侶鐵魚。事實上，鐵魚，一般稱作翻車魚，周身柔軟，和「鐵」字所呈現的堅硬意思毫無關連。請依據文中所描寫的鐵魚種種形象，運用井字格取名法替這兩隻情侶鐵魚取個貼切之名。

二、引導寫作：

廖鴻基在文末說：「都讓我們這場海上戰鬥失盡了光彩，讓我們大魚的夢沾染了血腥罪惡。」似乎在暗示讀者作者已良心發現，不該殘殺生物。其主旨導出尊重自然萬物與省思環保的關懷議題，請依此為寫作範圍，擇一自然界物象為關懷對象取名，並說明理由。並再從井字格中選一字送給殘害者或正義者，和他們對話，尋求生存與環保之平衡，只有一個地球的觀念，自行發揮。題目自訂，文長至少四段。

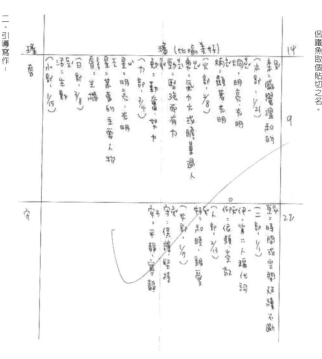

圖5

井字格中選一字送給殘害者或正義者，和他們對話，尋求生存與環保之平衡，可適時切入萬物平等、只有一個地球的觀念，自行發揮。題目自訂，文長至少四段。

既然是從文本延伸，所以引用文本中的一段省思：

廖鴻基在文末說：「都讓我們這場海上戰鬥失盡了光彩，讓我們大魚的夢沾染了血腥罪惡。」似乎在暗示讀者作者已良心發現，不該殘殺生物。其主旨導出尊重自然萬物與省思環保的關懷議題。

接著筆者界定思索範圍為「擇一自然界物象為關懷對象，如流浪

狗、鐵魚、黑面琵鷺、放天燈等」，接著學生要怎麼寫呢？這時上一道已做完的井字格漢字配對圖則如同他們的資產可供靈活運用，因此筆者引導為：第一，文中請運用井字格替關懷對象取名，並說明理由。第二，並再從井字格中選一字送給殘害者或正義者，和他們對話，尋求生存與環保之平衡。第三，可適時切入萬物平等、只有一個地球的觀念，自行發揮。經由這三點的引導，必能豐富思考，以免無病呻吟或是文思枯滯。以下是廖同學的作品，見圖6：

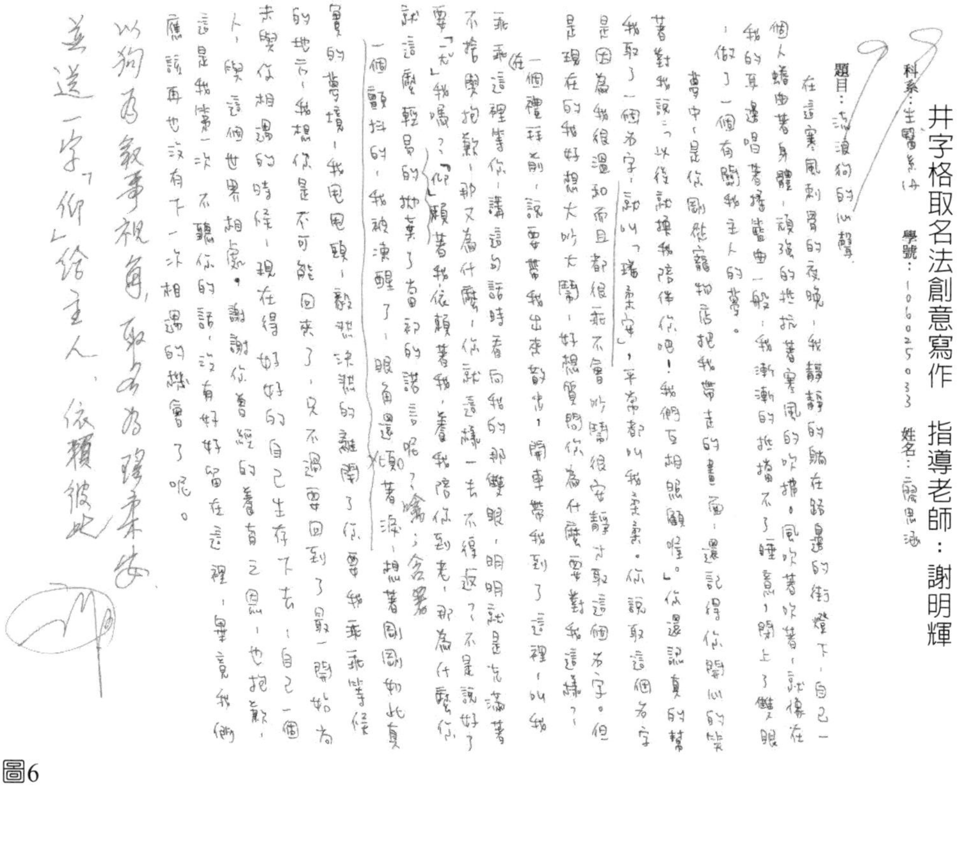

圖6

　　廖同學文分四段，第一段以流浪狗的視角敘寫，寫得很生動，引人入勝，符合引導寫作的擇一關懷對象，如下列文句：

在這寒風刺骨的夜晚，我靜靜的躺在路邊的街燈下，自己一個人蜷曲著身體，頑強的抵抗著寒風的吹拂。風吹著吹著，就像在我的耳邊唱著搖籃曲一般，我漸漸的抵擋不了睡意，閉上了雙眼，做了一個有關我主人的夢。

或許有人會說，能寫出這樣的文學技巧是她本身的才華，與老師的引導有關嗎？但在第二段的敘寫，可不能說沒被引導，如下文句：

……你還認真的幫我取了一個名字，就叫「瑤柔安」，平常都叫我柔柔。你說取這個名字是因為我很溫和，而且都很乖，不會吵鬧很安靜，才取這個名字。但是現在的我好想大吵大鬧，好想質問你為什麼要對我這樣？

「瑤柔安」這個流浪狗之名，正是運用井字格取名法所取，這已可證筆者對學生寫作時的助益。此段呼應題目「流浪狗的心聲」，承接第一段牠被主人拋棄在寒風刺骨的無人街頭。接著，要從井字格中選一字送給殘害者或正義者，她選擇「仰」字送給殘害者（主人），如下文句：

……不是說好了要「一九ˇ」我嗎？「仰」賴著我，依賴著我，養我陪你到老，那為什麼你就這麼輕易的拋棄了當初的諾言呢？

這段主要是要以「仰」字來延伸，抒發當時正義者的主人給牠承諾，但現在又變成殘害者，流浪狗的心聲，令人心悲！最後一段，仍順著心聲接續下去，直到最後一句的遺憾：「畢竟我們應該再也沒有下一次相遇的機會了呢。」

有時小動物看起來很可愛惹人憐愛，我們會把牠們抱回家養，但小

動物之後變得不可愛了，就可能會被棄養，該文正是以此角度關懷流浪狗，藉由牠的心聲，宣達萬物平等之概念。

　　還有其他同學關懷許多對象，如海洋塑膠、流浪貓、北極熊、海龜、都市叢林、地球暖化、櫻花鉤吻鮭等等，不一而足。他們都順著選一個動物名，再送一字給正義或破壞者，在書寫中，配合井字格漢字配對圖與引導方向，激發他們生命的思考，於是都寫出很有生命感的文章。

　　試想，教師只給一個題目「流浪狗的心聲」，或是多種類似的題目給他們選寫，那寫出來的會像本篇文章一樣有血肉的內容嗎？還是有可能，但要看教師如何引導。本文提供具體可行的引導策略，使學生產出關懷自然生態的作品，此即是筆者所謂的自創文本，學生自己創作的文本，而引導方向是從〈鐵魚〉一文而來，加上筆者獨創的井字格寫作理論，如此則可說教師眞正指導學生寫作，進而顯示出教師的用心教學。

　　由以上論述可知，從〈鐵魚〉文本中，設計兩道提問：一道是取名問題，一道是關懷萬物。尤其是第二道引導寫作，原則上是連結第一道解決取名問題所產出的漢字配對圖，共列三項（取名、選字、萬物平等）之引導方向來刺激學生思考，果然產出佳作，突顯生命價值之平等且可貴，其意義自然彰顯出來。

伍、結論

　　本文旨在提供一種目前在學界正在興起的井字格學問，其具備許多樣貌，在本文則定調爲閱讀寫作理論。在廣閱教育部全校型生命閱讀書寫革新計畫團隊老師所發表的《閱讀書寫經典創意教學工坊會議手冊》教案分享中，筆者獲益良多，不過，在此亦必提供一些教研心得，就教方家指正。

　　井字格經由筆者多年來的研究已上升到教學理論的高度。透過井字格教學策略，只須選定一篇文本，即可進行課堂操作。本文選取廖鴻基〈鐵魚〉一文，試圖運用井字格閱讀寫作理論在課堂上帶給學生豐富的

文本閱讀與創作的自主學習，以達最有效的閱讀書寫成效，抒發最眞摯的生命感受。

　　本文分「井字格閱讀寫作理論」、「井字格預習單」、「井字格作文」等三個論點展開論述。在閱讀理論中，筆者以井字格時鐘意象法爲思維基礎，將井字格視作一個時鐘，分析文本及作者，皆採順時針方向完成分析，而在寫作理論中，則以井字格取名法爲思維基礎，針對文本提出兩個提問以完成寫作任務。其次，筆者實際舉學生分析廖鴻基和「鐵魚」文本兩種井字格預習單爲例加以說明，論述學生自主學習後，對廖鴻基和〈鐵魚〉文本有基本了解。最後，針對「鐵魚」文本設計兩道提問，引導學生對自然萬物平等的尊重，創作出有生命溫度的佳篇妙文。

　　在大一國文教學中，井字格閱讀寫作理論建議實施一次，一學期花二週即可，任選一篇文本來進行，應該有很不錯的學習成效。至於心智圖或是九宮格等教學活動則可交替使用，這樣就可給予學生多元而豐富的文學視野了！

From Reading this Article "Tie Yu" Created by a Author to Write a Composition Conducted by that "Tie Yu": to Guide for Teaching by the Reading-Writing Theory with 井

Abstract

　　The definition of Innovational teaching is not only tradictionally one-way lectureing text knowledge but additonally adding a teaching method for the students learning actively. That is to say, teachers need to have a teaching design to inspire students to think about the meanings of a article and they can be touched in life from it. Some literature teachers perhaps think a classic teaching material is taught more easily than modern one, because a teacher at least can explain the words and translation of ancient literature text. However, modern articles belong to simple oral literature , students can read by themselves and then understand it. Why does a teacher need to teach it again? Even if they can realize the reading text, however whether they preread that? Teachers must provide a set of teaching system to guide the students to read efficiently and gain the touch of life as well. Therefore this paper chose a long fiction-essay "Tie Yu", I will guide students to read good information from the text in it by the theory of reading-writing with 井, in order to promote the ability for their reading literature, and then they will have the thoughts with the equal to universal objects basically.

I will narrate the main ideas in the theory of reading-writing with 井 simply, and then take the students' prereading works for a example to explain a reading method of the text "Tie Yu". Finally, I will analyze the composition created by a student inspired by a article "Tie Yu", and it will emphsize on the care about the issue of environmental protection and real move for the life writing. What I provide the teaching method is that From reading the text "Tie Yu" created by a author to write the text "Tie Yu" by the students, and then it is marked that they have absorbed the pure ideas. Now we can say that students have accomplished the purpose of appreciating the literature and launch the feelings of life in the heart deeply .

Keywords："Tie Yu", The Theory of Reading-Writing, Universe all Objects, Chinese literature teaching, The Method of Name-Choosing with 井

第二節　字典取名學與章法學關係析論[15]

摘要

　　章法學主要研究文本資料並分析其內容，而這些文本資料須仰賴別人創作的素材，而分析的目的只是為了了解文本意思而已，而這文本分析主要在短篇的古典詩文，若是長篇的現代文章，則章法學無法做出有效分析。綜觀現今科技時代，研究文學者已比三四十年前的時代還少，章法學不能只在狹小的暗房玩自己的遊戲，應該注重更實用的知識和技能，方法上應更重視創造性，材料上應隨心產出，隨時有分析的文本。

　　鑑此，謝明輝發明了字典取名學，這語文新學問將不斷產出新的短文和對聯素材，以供章法學去分析，分析之餘，又可提供讀者實用的取名技能，這兩種學問的聯姻將成為語文教育的新樂園。字典取名學是由兩個子系統所組合而成：一是井字格取名法，一是姓名對聯，兩者皆能產出章法學分析的素材。筆者將試舉陳滿銘教授取嬰兒名為例，先用井字格取名法幫他取一個很棒的兒子名，再將此名的詮釋擴充成一短文，然後分析其章法，再為其兒子名創作一嵌首式的姓名對聯，並詮釋而成一短文，再分析其章法，又將姓名對聯融入自傳，形成自傳篇章，再分析其章法。如此則章法學所賴以分析的文本不再依傍古典詩文，這古典詩文僅對中文學界發揮作用而已，一般社會大眾根本視之無物。若能結合字典取名學之實用文本產出，再加以分析，這樣就可兼顧實用及分析文本的雙重目標。

關鍵詞：井字格取名法、姓名對聯、章法分析、語文教學

---

[15] 本文基本資訊：謝明輝：〈論字典取名學與章法學之供應關係〉，「第二屆語文教育暨第八屆辭章法學學術研討會」（2013年10月），臺北：臺灣師範大學。之後刊登在謝明輝：〈字典取名學與章法學關係析論〉，《臺中教育大學：人文藝術》29卷1期（2015年6月），頁23-42。以下註明論文來源，依此類推。本文中的姓名對聯，目前已進化為我名對聯，並已發表成論文。

一、前言

　　一門新學問的興起必有其因。對章法的討論，可追溯至南朝的《文心雕龍》。《文心雕龍·章句》說：「夫人之立言，因字而生句，積句而爲章，積章而成篇。篇之彪炳，章無疵也。」[16]而眞正將章法系統化而稱之爲章法學應起始於陳滿銘教授。他研究這門學問的起因是如何教國文，亦即如何切入國文教材的文本，使學生能理解文章大義，達到閱讀目的[17]。除了發表章法相關論文或專書，他也建立研究團隊，指導研究生，推廣章法學理念。首先，辨明章法定義，他說：

> 所謂「章法」，探討的是篇章內容的邏輯結構，也就是聯句成節（句群）、聯節成段、聯段成篇的關於內容材料之一種組織。[18]

　　其次，又拈出章法四大律，涵蓋章法學的內容。他指出：

> 其他的意見經整理之後，我們可以發現「秩序」、「變化」、「聯絡」、「統一」四大原則，可以大致涵蓋章法的內容。因爲辭章首先必須言之有序，才能使人一目瞭然；其次要注意加以變化，才不致板滯；再說辭章若沒有

---

[16] 梁朝劉勰著，陸侃如、牟世金：《文心雕龍譯注》（濟南：齊魯書社，1996年11月第2次印刷），頁426。

[17] 陳滿銘曾表示：「就在三十幾年前，爲了講授『國文教材教法』這門課程之需要，不得不接觸『章法』。記得有滿長一段時間，爲了要弄懂章法，只好埋在古今人書堆裡摸索，卻始終不得要領。於是改弦更張，先以捕捉到的有限『章法』，切入各類文章，作一檢視；再就所發現的『章法』現象，加以、統整，以求得通則。」詳見陳滿銘：《章法學綜論》（臺北：萬卷樓圖書公司，2003年），頁1。

[18] 陳滿銘：《多二一（0）螺旋結構論》（臺北：文津出版社，2007年），頁89。

顧及聯絡照應的話，便會如同一盤散沙；而最重要的是，創作的目的乃在表達意旨，因此使全篇向主旨（綱領）靠攏，形成統一，是必不可少的。[19]

目前已分析出四十種章法[20]，並認為還有新的章法和結構待發現[21]。而篇章結構有縱向和橫向[22]，在分析情理事景時，須多方考量，才能做出正確判斷[23]。

筆者再放眼海峽兩岸的章法學研究概況，鄭韶風在〈漢語辭章學四十年述評〉一文指出，四十年來，研究漢語辭章學有三支隊伍，最早一支在北京，以呂淑湘和張志公為首；一支在福州，由鄭頤壽帶領；一

---

[19] 仇小屏：《文章章法論》（臺北：萬卷樓圖書公司，1998年），頁22。

[20] 他說：「而目前所能掌握之章法，將近四十種，那就是：今昔、久暫、遠近、內外、左右、高低、大小、視角轉換、時空交錯、狀態變化、本末、淺深、因果、眾寡、並列、情景、論敘、泛具、虛實（時間空間假設與事實虛構與真實）、凡目、詳略、賓主、正反、立破、抑揚、問答、平側（平提側注）、縱收、張弛、插補、偏全、點染、天（自然）人（人事）、圖底、敲擊等。這些章法，都可以依秩序原則，形成『順』與『逆』的兩種結構。」詳見陳滿銘：《章法學論粹》（臺北：萬卷樓圖書公司，2002年），頁302。

[21] 在已發現的約四十種章法，就可以形成一百六十種的結構。而這種章法與結構，也會繼續增加。因為章法是「客觀的存在」，只要有作者將這種「客觀的存在」的邏輯條理新用於辭章之創作上，即可被發現，而增加新的章法與結構。詳見陳滿銘：《篇章結構學》（臺北：萬卷樓圖書公司，2005年），頁130。又可參考仇小屏對三十四種章法做簡介，仇小屏：《深入課文的一把鑰匙：章法教學》（臺北：萬卷樓圖書公司，2001年2月初版，2002年6月再版），頁291-308。

[22] 文章的篇章結構，含縱、橫兩向。其中縱向的結構，由內容，也就是情、理、景、事等組成；而橫向的結構，則由邏輯層次，也就是各種章法，如今昔、遠近、大小、本末。詳見陳滿銘：《章法學綜論》（臺北：萬卷樓圖書公司），頁176。

[23] 陳佳君指出：「由於物像紛繁，思維多端，故情、理、事、景的搭配皆有可能出現，因此在處理上須特別注意。大致上來說，寫景言情屬本節所言之『情景法』，敘事議論者，則是『敘論法』，而即景說理或敘事抒情者，則可用『泛具』法分析。總之，在選擇章法分析結構時應多方考量，以最能表現作品的特色為要。」詳見陳佳君：《虛實章法析論》（臺北：文津出版社，2002年11月），頁66。

支在臺灣，陳滿銘為核心領袖[24]。由此可知，章法學在這四十年來的推廣，已成為國文教學的新學問[25]。

　　不過，每種學問都有它生存的時空環境，章法學在未來幾十年應該與字典取名學合作。綜觀現今科技時代，研究文學者已比三四十年前的時代還少，章法學不能只在狹小的暗房玩自己的遊戲，應該注重更實用的知識和技能，方法上應更重視創造性，材料上應隨心產出，隨時有分析的文本。鑑此，謝明輝發明了字典取名學[26]，這語文新學問將不斷產出新的短文和對聯素材，以供章法學去分析，分析之餘，又可提供讀者實用的取名技能，這兩種學問的聯姻將成為語文教育的新樂園。字典取名學是由兩個子系統所組合而成：一是井字格取名法，一是姓名對聯，兩者皆能產出章法學分析的素材。筆者將試舉陳滿銘教授取嬰兒名為例，先用井字格取名法幫他取一個很棒的兒子名，再將此名的詮釋擴充成一短文，然後分析其章法，再為其兒子名創作一嵌首式的姓名對聯，並詮釋而成一短文，再分析其章法，又將姓名對聯融入自傳，形成自傳篇章，再分析其章法。如此則章法學所賴以分析的文本不再依傍古典詩文，這古典詩文僅對中文學界發揮作用而已，一般社會大眾根本視之無物。若能結合字典取名學之實用文本產出，再加以分析，這樣就可兼顧實用及分析文本的雙重目標。

　　若章法學和字典取名學要合作的話，從寫作觀點切入，可連結這兩種學問。字典取名學的寫作三部曲為：姓名寫作、對聯寫作和自傳寫作，透過以姓名文字為線貫串寫作模式，從而產生文本，再用章法學分析。亦即由學生創作文本，而非經由古人文本，學生自行分析，而非老

---

[24] 詳見鄭韶風：〈漢語辭章學四十年述評〉，收入陳滿銘，《章法學論粹》，頁435-442。

[25] 例如，《翰林版無敵高中國文（六）隨身讀》，書中正是採用章法結構來分析課文。只是書中所用的詞與陳滿銘教授的章法術語不同，我覺得不須去套這四十種章法術語，直接就課本本身的詞語去分析，較佳。

[26] 字典取名學之相關理論和實踐，詳參謝明輝：《應用華語文：以字典取名學為例》（高雄：麗文文化公司，2012年8月）。

師分析給學生看。以下筆者則是要依此觀點展開論述。

二、井字格取名法提供章法學分析材料：漢字延伸成短文

文學作品構成基因是從單字開始，然後構詞。井字格取名法恰可製造這些單字和詞語。以下筆者以章法學始祖陳滿銘教授為例，試用井字格取名法幫其兒子取個名字。先從姓氏陳的筆畫入手，「陳」16畫，接著查「姓氏取名參考表」[27]，16畫欄位有四種選擇，任意選擇一欄，筆者選16、9、14、39那欄，開始於紙上畫上井字格，並在右三格填上這些數字。然後依喜歡的部首查字典，其取名過程，圖7所示：

上述井字格取名圖中，結構由右至左，可分右三格、中三格和左三格，右三格要根據姓氏取名參考之數字填入，中三格為漢字產出的所在，這部分要依部首來查字典，左三格則為漢字組合形成有意義的構詞，即名字。最後對這些名字做一詮釋則成一短文。在中三格中，中上格為姓氏漢字「陳」，不用查字，因為取嬰兒名不用改姓氏。中中格中，筆者查了「人、口、山、水」四個部首，此格要求須9畫的漢字。在《國語活用辭典》裡，隨性查了人部7畫的漢字，共有三十五個字：信侵侯便俠俑俏保促侶、俘俟俊俗侮俐俄係俚俎、俞俍俅俓俆倍俉俟俔、俙俔佺俛侹。而筆者選了「信侯俠保侶俊俞俁」等七字，故註明「（人部，7/35）」，其他部首情況，依此類推。中下格中，筆者查了「玉、金、示、言、火、日、齊」等部首，分別選出喜歡的漢字標示於格內。

我們目視井字格圖，很容易發現中間部分存有許多附有形音義的漢字群，其間可用部首區分，此為井字格取名法的一大特色。兩格中的漢

---

[27] 謝明輝：《應用華語文：以字典取名學為例》（高雄：麗文文化公司，2012年8月），頁267。

[28] 井字格內的漢字群主要是查周何總主編：《國語活用辭典》之版本（臺北：五南圖書公司，1990年）。其上格部首依序是人部首，頁113-124。口部在頁330-336，山部在頁571-572，水部在頁1073-1088，而下格金部在頁1224-1225，示部在頁1329-1331，言部在頁1669-1670，火部在頁1182-1183，齊部在頁912-913。

	陳	16
3　2　1 泳　俞　侯	信：信實的美德。 侯：周代五等爵之第二位。 俠：勇敢而能扶弱抑強。 保：護衛。侶：同伴。 俊：才智過人的。 俞：從容自得的。 俣：狀貌偉的。 （人部，8/35） 咸：和睦，法則。品：等級，德性。 （口部，2/4） 崟：山高貌。峋：喻做人剛毅正直。嵂：山高貌。峙：屹立。 （山部，4/12） 河：水道的通稱。泳：在水中游動。治：地方政府所在地。泓：清澈的深水。決：宏大深廣。汩：淘洗米的水。沴：逆流而上。沛：清純的酒。 （水部，8/58）	9
鍼　禕　銓	璜：天子所執玉器。瓘：玉名。珹：似玉的美石。瑋：美玉名。瑀：似玉的白石。 （玉部，5/17） 銓：權衡，考選官吏。銘：以文字刻在石上以記功名。銑：最具光澤的金屬。鍼：用於人名。明末阮大鍼。 （金部，4/30） 禓：路神。禕：美好。褆：安定。禎：祥瑞的徵候。 （示部，4/11） 誥：告誡性文體。誌：記錄。 （言部，2/18） 熙：興盛，光明。熊：野獸名。 （火部，2/13） 暢：通達。曧：明亮的。 （日部，1/5） 齊：完備的。 （齊部，1/2）	14

圖7

字本屬各自意義，但在搭配後，構詞形成更豐富意義，再延伸成短文，則產生更完備的人生意義。上圖中，筆者幫陳滿銘兒子取名為「陳侯銓、陳俞禕和陳泳鍼」等三種選項。第一組「侯銓」之名中，侯是官名，銓是權衡，兩種各有意義，但經名字化後，它們組合後的新義是，期待兒子能當政治人物，步步高升，謀得高官之位，做事公正，不做貪官，奉公守法，做人民愛戴的父母官。第二組「俞禕」之名中，意指人生中行事能從容自得，獲得美好的成果。第三組「泳鍼」之名中，從字形拆開角度看，與其父滿銘的部首相同，從水和金部，合二字可解釋為做任何事永遠成功。在字音上，泳為仄聲，鍼為平聲，聲調有變化。因此，最後筆者選擇「泳鍼」作為滿銘之子名。

　　以上筆者透過井字格取名法產出許多漢字和名字詞語，接下來是如何利用這些名字詞語產生篇章，然後再分析章法。注意的是，傳統的課堂上，是由教師分析古詩文章法，幫助學生理解課文涵義，但這文本是仰賴古聖賢而完成。但本文主張文本由學生創作，章法由學生分析，因此課堂上，以學生為主體，教師傳授章法後，主要由學生去思考自己所創作的文本。這將激發學生更多文學創意，達到師生學習雙贏局面。而這源源不絕的文本產生可以借助井字格取名法。

　　同時具備章法學和字典取名學知識的老師，在實施井字格取名法後，開始設計問題與學生互動，試著運用井字格內的漢字來產生文本。如以下三個問題：(1)「試將井字格取名法之心得寫下，自訂題目，文體不拘。」(2)「井字格中，哪個字代表你現在的心情，為什麼？」(3)「試以井字格中任一字為題，寫一篇作文。」就第一題而言，欲將心得寫下，必然對取名法有深刻的認識，筆者運用井字格取名法為陳滿銘教授之子取為「泳鍼」，過程中一定思想紛紜，經由學生自行取名，自行就此問題寫心得，自然就產生文本，筆者試作範文如下：

　　1.試將井字格取名法之心得寫下，自訂題目，文體不拘。

從井字格撈出泳鍼

　　我的名字取為泳鍼，是運用井字格取名法取的。上完這堂課，我發現此法的特點有二：一是落實語文教學，二是增加漢字敏感度。

　　就我所知，有些老師會幫學生取名，他們大都用的是經典法，因為看的書多，而從古書去挑取名字，如姓顏的同學，從古籍「書中自有顏如玉」之句摘錄下來，取名為顏如玉。除了經典法外，還有較常見的算命法。算命師排你的生辰八字，配合陰陽五行，取出的名字，號稱是前途無量，像謝明輝三字，就是他父母去找算命師，付了一些錢

取出來的。

現在謝明輝發明了井字格取名法，超越前賢的取名成果，兼具教學和語文兩大意義。我叫陳泳鋮，是井字格取名法的受益者。取名過程中，原先有陳侯銓、陳俞禕和陳泳鋮三組可供選擇，後來我選泳鋮，是因為父親滿銘的字偏旁有水和金部，且經由我的字義創造解讀，讓我感到做任何事都將永遠成功的喜悅，也因此培養樂觀積極的人生態度。課堂中，我學到這個取名方法後，將來也能幫我小孩取名，這樣的語文教學讓我獲益不少。

其次，我學了一些漢字，像禕、岯和琿等字，從它們的部首得知，這三字分別和「示、山、玉」等意義有關，訓練出我的漢字敏銳度，「禕」解釋為美好，應該是與求神得福連結。而查字典時的選字，我必須逐一將漢字形音義看清楚，咀嚼一番，然後挑選出有意義的字填上井字格內，這無形中都讓我對漢字有新的體認。

井字格取名法若能運用於各級學校的語文課程中，必然受到學生的歡迎，畢竟他們學到了取名藝術或實用技能，這種落實於教學和漢字敏銳度的取名法，在過去的中西方課堂上，確實不曾見過，的確是一項語文新學問，我期待它能開花結果，做出更大的貢獻！[29]

　　就章法學角度，本文分析結構爲論敍法[30]。本文共分四段，旨在說明

---

[29]　本文經投稿已刊登在《臺灣新聞報·西子灣副刊》2013年9月3日，網址：http://www.newstaiwan.com.tw/index.php?menu=newst&ms=9&nnid=147625

[30]　論敍法的定義是，將抽象的道理與具體的事件結合起來，使之相輔相成的一種章法。詳參陳滿銘：《章法學綜論》，第二章〈章法概說〉，十五、論敍法，頁25。

井字格取名法的特點及作者對其感想。第一段先揭出此法的特點有二，第二段敘述其他種取名方法，經典法和算命法，第三段則論此法的特點，第四段敘述強調此法之特點。換句話說，其結構爲主要是由先敘後論的結構組成。一、二段爲敘，三段爲論，四段爲敘。圖8所示：

圖8

　　第一、二段敘中，指出井字格取名法之兩個特點，兼提另兩種取名法，經典法和算命法。第三段論中，主要從取名過程和觀摩漢字兩方面來論述井字格取名法的特點，兼具教學和語文學習的意義。取名過程是就井字格中選出三組名稱，再對其做內涵詮解，亦能透過部首觀察而增加漢字敏感度。第四段再總結本文所論的井字格取名法乃兼具語文教學和增加漢字敏感度。由上列的章法結構圖的層次分析，的確對文本的理解收到極好的效果。而文本的產出是在操作井字格取名法後，學生所發想而產出的文本，而非古詩文之文本。

　　除了讓學生產出取名心得的作品外，老師亦可再設計其他與井字格相關的問題，讓學生去思考及創作。學生面對井字格取名法的課程內容，必然覺得很新鮮，心中起伏較大，故配合課程需要，從井字格的字群來挑一個，這種全面的觀察漢字，亦能增進漢字學習效果。筆者試作範文如下：

　　2.井字格中，哪個字代表你現在的心情，為什麼？

心中的褘

褘與我玩躲貓貓/躲在字典裡/用盡各種方法和眼力/就是找不著

躲了幾千年後/在偶然的機緣下/我學了井字格取名法/透過取名參考表/依照特別的查字典步驟/翻撥層層字霧/褘終於出現了

褘與伊同音/所謂伊人/在書一方/我倆雖隔字海/但仍相依/相依則美好

井字格裡/茫茫字海/俊信侯琿熊/只有褘字美好/褘伊依一/在我心中/始終如一[31]

　　此詩共分四節，此詩屬敘論結構。一二節為敘，三四節為論，而下層則為因果結構，如圖9所示：

　　在井字格中，我挑選了「褘」字代表我的心情，它有美好之義，於是用新詩體寫成，主要透過作者經由字典尋找到褘的喜悅為本篇主旨。詩的開頭用一種俏皮口吻表現我與褘玩躲貓貓的遊戲。第一節「褘與我玩躲貓貓」至第二節末句「褘終於出現了」是在敘述褘在幾千年前就創

31　本文經投稿已刊登在《臺灣新聞報‧西子灣副刊》2013年8月22日，網址：http://www.newstaiwan.com.tw/index.php?menu=newst&ms=9&nnid=147062

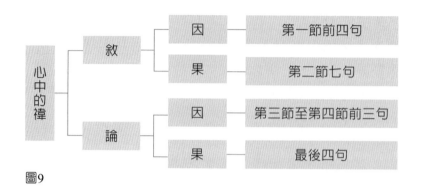

圖9

造出來了，但我卻在井字格取名法中找到了禪，認識了她的美好。接下來論述為何美好，及在我心中的意義。透過同音，延伸「禪」的意義，有專一、相依、伊人等義，強調喜歡「禪」字是因她美好，同時表達專一之情。依結構圖來看，很清楚表達此詩之涵義。就章法而言，第一層是敘論結構，第二層是因果關係。學生在文本產出後，又自我分析，必然對文學創作感興趣，無形提升語文能力。

　　既然學生是從字典依部首挑出喜歡的字，那他們對一些字應該有一些想法，故可就一字為題來抒發己見，筆者試作範文如下：

　　3.試以井字格中任一字為題，寫一篇作文。

俠

俠有兩種涵義，一種是會武功的，一種是俠義精神。俠當形容詞時，都可能具備這兩個意涵，如俠士、俠客、俠骨等。若再加上職業屬性，則可成俠師、俠醫、俠工、俠農、俠政、俠商等。古代的俠或小說中的俠，通常是具備武功的，像金庸《笑傲江湖》筆下的令狐沖，或是司馬遷《史記‧遊俠列傳》中的郭解、朱家。而現代，俠已廢掉武功，突顯俠義精神。

林杰梁醫師，他是長庚醫院臨床毒物科主任，長年洗腎，

因肺部感染併發多重器官衰竭而死，得年五十五歲。由於長期與毒物抗戰，常與執政當局或食品廠商辯駁，為民眾健康把關，素有俠醫之稱。俠醫是指他在醫學領域有卓著的貢獻，並具俠義精神，為民眾把關有毒食品，不受利益誘惑，亦不受強權威脅，勇於揭發廠商偷工減料醜聞。除了破除傳統健康舊觀念，如解毒餐和生機飲食，他還提出健康的十種吃法，在網路上流傳影響。

謝明輝老師，發明字典取名學，他正努力將這門新學問推廣給世人知道。他已將語文新理念發表在專書、期刊論文及開設相關課程。謝老師正處於拓荒的階段，勇於向執政當局建言，雖獲政府相關單位及教育部的正面回應，但尚未形成一股風潮，落實於教育課程。語文教育的創新及國際連結是刻不容緩之事，但未有遠見的部分學者，仍安於現狀，不願改變。謝老師在艱困的時代中，正在流浪博士的浪潮下，載浮載沉，但他不畏惡風惡海，仍堅持信念，勇於推廣新理念，我相信他未來會成功的，我們應尊稱他為俠師。

俠醫和俠師都代表某種領域的俠義精神，不畏時流，勇於創新，堅持理念，接受挑戰，推廣國際，將為時代留下俠的教育典範。[32]

　　本文就章法學可將結構分析為凡目法[33]。本文共分四段，透過俠醫

---

[32] 本文經投稿已刊登在《臺灣新聞報‧西子灣副刊》2013年9月2日，網址：http://www.newstaiwan.com.tw/index.php?menu=newst&ms=9&nnid=147547

[33] 凡目法的定義是，在敘述同一類事、景、情、理時，運用了「總括」與「條分」來組織篇章的一種章法。詳見陳滿銘《章法學綜論》，頁27。

和俠師之例，強調俠的精神，即教育意義。第一段為凡，指出俠的涵義有二，第二、三段則分別舉俠醫和俠師為例，目一和目二。第四段為凡，總結俠義精神，提出俠的教育真諦。章法分析圖如圖10所示：

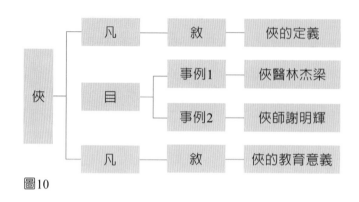

圖10

圖10中，第一段總括俠的定義為二：武力的，精神的，且提出現代意義則是俠的精神。總括精神意義的俠後，二、三段則為兩目，舉出兩個具體事證，一是俠醫，一是俠師。最後再回到總括，俠的精神即在教育意義。

以上舉三段藉由井字格取名法的課堂思考點，筆者讓學生自行創作短文，再運用章法學的知識加以分析個人作文的章法。由於井字格取名法的漢字產出後，會增加學生的文字敏銳度，且查字典的過程中，會激發很多創作的潛能，這種方式的創造文本，總比傳統一句式題目的作文還有趣，並且具實用性。這三種創造文本方式只是起頭而已，老師還可依井字格取名法的課堂實施經驗，再設計更多的問題討論，豐富井字格取名法的寫作方法，如習作井字格內某漢字的起源演變。

三、姓名對聯提供章法學分析文本：名字延伸成短文

當筆者運用井字格取名法取出人名後，接著以名字為首作一姓名對

聯[34]。現試以泳鍼爲首，作一副姓名對聯，如下：

　　泳通章法聞國際，鍼就千文析妙華。

　　對聯僅有兩句，但所含括的意義很廣，可再聯句而成章，產出文本，如下所示：

　　　　此姓名對聯的涵義是，我的專長是研究篇章章法，透過章
　　　　法分析使讀者對文章義理之結構有一清楚了解，並希望此
　　　　項技能揚名國際，得到國際社會的認可。別小看這門章法
　　　　學，它必須經歷千篇文章的分析經驗，始能逐漸獲得文章
　　　　精華，從中得到啓迪。

　　上列短章是根據對聯而擴展，因此筆者主要針對姓名對聯分析章法即可。此對聯可分析爲因果法[35]。由於滿銘之子欲繼承衣缽，故泳鍼須閱讀多篇文章並分析其要旨，這是下句，爲因，而熟練後始能對章法學精通並發揚光大使之成爲國際化學問，這是上句，爲果。章法分析圖如圖11所示：

圖11

　　上圖可看出果在上句，而下句爲因，下句是章法學習歷程，上句則是期望章法學能推銷全世界的結果。而姓名對聯除了內容可用章法分析

34　創作姓名對聯的方法和原則，請參謝明輝：《應用華語文：以字典取名學爲例》（高雄：麗文
　　文化公司，2012年）。
35　所謂因果法，是指由一因一果所組合而成的一種章法。詳參陳滿銘：《章法學綜論》，頁23。

外,其語法分析亦可,請看下列語法分析圖,如圖12:

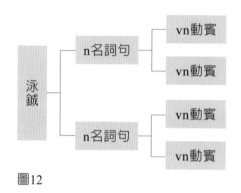

圖12

　　由於泳鍼是人名,代表自我本身之義,先不管其實際涵義[36]。其他六字需要分析,上句「通章法聞國際」,可分析成「通章法」和「聞國際」兩個詞組,其語法為動賓結構,動詞加名詞的組合。下句「就千文析妙華」之語法結構與上句同,屬動詞加名詞的組合。分析後,有助理解姓名對聯涵義。我們再看另一對聯:

煒血果決瀟灑駛,喆學慎守輕鬆超

意義:煒是深紅色的意思,深紅色的血液就是因為血液沒有足夠的流動,代表冷靜的意思,在道路上,唯有冷靜的思緒和果決精準的判斷才能在茫茫車海中瀟灑又自在的奔馳。然而道路的行車規矩卻是繁雜且嚴謹的,因此俗話說:「守法是回家最安全的路。」唯有慎守這些至尊法則,才能在路上輕鬆自在,既不會造成別人的困擾,自身安全也多一分保障。有了諸多優勢後,在超車上自然也能

---

[36] 關於姓名對聯的創作方法及原則,詳參謝明輝:〈初探創作姓名對聯之具體策略及其應用〉,《臺灣科技大學人文社會學報》8卷4期(2012年12月),頁325-345。

做到「眼到、手到、腰到，車就到」的境界。

此理念看似只與道路上的行車較有關聯，其實不然。馬路就像人生一樣，只有冷靜和果斷才能在人生的道路中盡可能得做出正確的決定。除此之外，人生中尚有許多原則必須遵守，就像交朋友的真誠、待人處事的原則一樣。若這些原則都能做到，要超越別人就變得更加得心應手了。

（中山大學國文二午班機一乙林煒喆）

此聯結構爲論敘法。短文是學生詮釋姓名對聯的第二文本，它可幫助我們修正姓名對聯的寫法，但暫不管它，筆者透過短文的詮釋，更能分析出章法。上句是敘述學生能果斷而自在奔馳於車海中，而下句則是論人生意義如同行車，唯有謹愼始能超越他人。分析如圖13：

煒喆 ─┬─ 敘 ─── 上句果決瀟灑駛

　　　└─ 論 ─── 下句喻人生如行車

圖13

經由上圖分析，我們當然可能理解對聯意涵。筆者亦可從語法結構分析，如圖14所示：

由「瀟灑駛」和「輕鬆超」兩個詞組，判出兩句爲動詞句。而上句是主謂結構，說明作者果決，而瀟灑是修飾駛，屬偏正。下句情況同上句。

對聯意義又可結合實用情境，延伸成自我介紹短文，以下則以中山大學大一學生的作品爲例：

1. 小鍊廣通明社會，均文精繪著千書

自我介紹：我熱愛藝文創作，並且對社會現狀與變遷，一

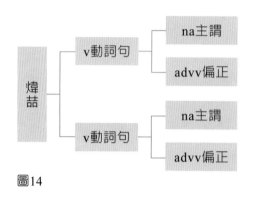

圖14

向有濃厚興趣。在高中三年的尋尋覓覓中,我發現了一個相當適合我的科系——社會系。因此我進入社會學系就讀,在短短的時間之內,我便了解到這就是我想知道的、我想要的。我認為,要是世人都能學習社會學,不一定要多深入,只要具有最基本的概念,這世間一定會劇變。人們會了解社會的架構和運作,能夠思考並且能具有批判的精神,不再盲目盲從,隨波逐流。因此我期許我能在大學這幾年,奠定社會學的基礎,同時加強文筆和畫技。期許畢業後從事文學與知識普及工作,積極與其他傳媒合作,創造第二個「啓蒙」。讓「專門學術」不再「專門」於學術界,能普及於大眾,提升大眾人文素養。(中山大學社會系蘇小均)

短文可分析爲因果結構。我們只要抓住關鍵詞「因此」,可得出學生在敘述她爲何讀社會系,她爲何加強文筆和畫技。其章法結構圖如15所示:

我們再看另一則自我介紹:

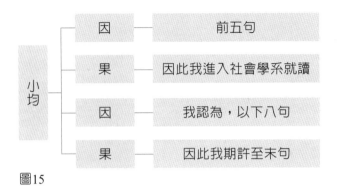

圖15

2.曜儀星辰照政界，禎泰人民享福祉。

自我介紹：曜儀閃耀的意思，禎泰吉祥安定的意思。我想像一顆閃耀的星星照亮臺灣的政治界，現今臺灣的政治已大都流於口水戰，很少是有替人們發聲的，如果有大部分都是為了自己的選票，不然就是只為了大部分選民而棄小選民或是沒有影響力的人民於不顧，所以我以後如果可以的話希望能參與政治，真正替人民求得他們所需，希望我的政治能讓臺灣吉祥安定，讓人民真正的享受他們應有的權利，更希望能透過我替人民著想的心意能讓其他參與政治的政客能真正為臺灣人民著想，讓臺灣的政治更加茁壯成長，人民能無憂無慮過生活，享受政客們帶給他們的福祉。（中山大學政經系游曜禎）

　　此段可分析為因果結構。因為前四行，果為後四行，其間以「所以」一詞做分開標誌，其句為「所以我以後如果可以的話希望能參與政治」。其章法分析圖如圖16：

　　章法圖說明學生欲從政之因為替人民發聲。而參與政治的結果是希望讓臺灣安定，亦希望人民安心。再看下例章法因果結構圖，如圖17：

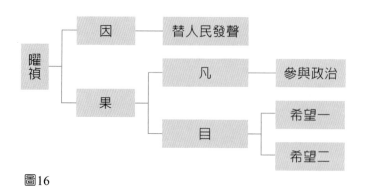

圖16

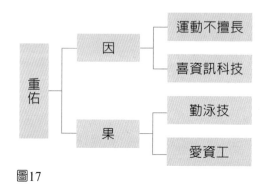

圖17

3.重勤泳技心胸闊，佑愛資工志氣高

自我介紹：我對陸上運動不擅長，舉凡跑步、籃球、羽球等，都一竅不通，但是對水上活動，特別是游泳，卻情有獨鍾。每當我在游泳時，都會想像自己是一條優游的魚，心胸也跟著開闊。因此，上大學後我決定要勤練游泳，希望游泳能成為我的運動強項。我從小就喜愛電腦軟體、程式等資訊科技，因此我選擇就讀資工系，並擇我所愛，愛我所擇。而且我不只是想單純的完成學業，而是立志成為下一個比爾·蓋茲！（中山大學資工系陳重佑）

從重佑自我介紹短文可知，因為運動不擅長及喜愛資訊科技這兩個原

因，才有了勤泳技和讀資工系的人生目標。我們再看虛實章法結構例子：

4.宇通機械傳家業，軒喜樂音撥琴弦

自我介紹：我是劉宇軒，今年十八歲，來自臺中。家中是
從事機械相關行業，所以我選擇中山大學的機電系就讀，
正如我的上聯所描述，我希望在大學四年的求學過程中將
機械這方面的知識學習透徹，未來才能擁有繼承家業的本
事；高中時期我開始學吉他，在一次次努力練習的過程
中，我不斷的體會彈吉他的快樂，我開始跟人家組樂團，
一起玩音樂，甚至還上臺表演，感受到那種榮耀，所以我
的下聯描述的就是我非常熱愛吉他、熱愛音樂。（中山大
學機電一甲劉宇軒）

　　此詩分析為時間的虛實法[37]。文中第三行的高中時期是關鍵語句，
分為昔今兩個時間，今時間表達就讀機電系之因，及繼承家業之果。而
昔時間表達學吉他快樂之因，亦說明能藉此感受榮耀之果。章法分析圖
如圖18所示：

圖18

37　時間的虛實法的定義：是將「實」時間（昔、今）與「虛」時間（未來）糅雜於篇章中，以求
　　敘事（寫景）、抒情（議論）的最好效果的一種章法。

以上我透過姓名對聯及自我介紹短文的章法或語法分析，可知學生創作文本，自行分析章法，可增進對作品的欣賞能力，且姓名對聯及其所延伸的自介短文文本對他們也有實用價值，跟隨他們一輩子。

四、對聯自傳提供章法學分析文本：將姓名對聯融入自傳

經由井字格取名法產出漢字群後，就依循「因字而生句，積句而為章，積章而成篇」的建構程序，漢字而成姓名詞語，再成姓名對聯，再成自我介紹，進而擴充為篇章，即自傳。這個由字寡而多的寫作邏輯，不但實用而且有趣。形成篇章的自傳有一特點，似乎無人說過，即創作時必須加入姓名對聯，使之產生有目的性的創作文本。自傳的體例大致都是從時間的虛實來分段，因此採用時間虛實法則較常見，以下舉兩例說明：

自傳之一

我出生在一個幸福美滿的家庭，我的爸爸是商人，也因為這個職業，所以他在面對問題時，總是以非常嚴厲的態度去處理，而且他總是以一種高標準的態度來教導我們做事所應該具備的嚴謹。他經常告訴我說：「你們學科學的人，就應該要具備這種做任何事都嚴謹的態度，否則就算只是個簡單的實驗也會因為輕浮而被搞砸。」有了爸爸的諄諄教誨，使我養成了做事嚴謹的態度，尤其是在做實驗的時候。

在我國中及國小的時候，我皆有代表班上去參加國語文的競賽，國小時代表班上去閩南語演講，國中時去國語朗讀。有了這些經驗，讓我在面對著人群比較不感到害怕，反而是比較敢於表達意見。此外我在高中時還加入了熱音社，熱音社在期末時都會有一場例行表演，而我也因此必

須要和認識以及不熟的同學組團表演，經歷了這一次的表演，讓我學到和不熟悉的人溝通的技巧，以及如何兼顧學業和表演兩大難題的方法以及心態。

經過中山大學化學系的細心栽培，將我們以前所學的再更加深入探討了解，從最基本的開始學起，打下非常穩固的基礎，以及對各種儀器詳細的介紹解說和操作，相信我的實力會不亞於其他一流大學的學生。

最後我用這個對聯來表達我自己：「胡愛閱讀貫球技；鑫通生化勝眾儕。」我希望能從同儕之中脫穎而出受到許多公司的賞識，成為化學方面的工程師，且利用工作的閒暇之時閱讀以增加人文素養或是打羽球以放鬆平常緊繃的心情。（中山大學化學系胡鑫）

陳滿銘曾說：「在分析辭章時，先要透徹弄清辭章中『情』、『理』、『景』（物）、『事』的成分，再結合章法來掌握它們的邏輯結構。」[38]而自傳是屬實用目的之篇章，基本上是歸在敘事這類的，通常會從人的小時家庭狀況說起，所以幾乎所有自傳類的文章皆可分析為時間的虛實法。本自傳的分析圖如圖19所示：

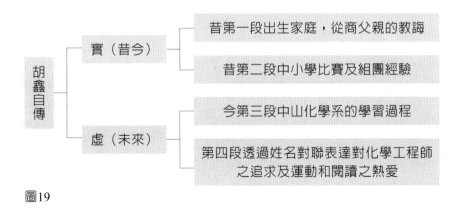

圖19

---

[38] 陳滿銘：《篇章結構學》，頁76。

　　自傳共分四段，前兩段敘述作者高中以前的家庭狀況和語文競賽及組團經歷，時間為昔，第三段敘述目前大學就讀化學系，時間為今，而末段藉由姓名對聯表達將來從事化學工程師和熱愛閱讀及運動之事，時間為未來，為虛。分析圖很清楚，讀者亦可由此學得自傳作法。再看下例：

自傳之二

　　自小生長於高雄縣的某個小鄉鎮，家庭屬小康，父親為工程師，母親為公務員，上有一個哥哥，已就業，雖然是家中的么女，但並沒有養成驕縱的個性，或許是哥哥與我年齡相差較大，父母會凡事都要求我獨立自主，不依賴別人，加上天性樂觀，因此在遇到挫折時，我都能努力爬起來。

　　由於父親與哥哥都於電子產業方面工作，從小耳濡目染之下，大學時期，我就讀於中山電機，在電機方面裡，由於領域眾多，因此我打算選擇電波組，電波組為未來的產業優勢，且精通這領域，一直都是我的興趣與目標。

　　而除了讀書這方面之餘，我也參加了國標舞社，舞蹈及音樂已成為我紓解壓力的休閒活動，閒暇之餘，我偶爾會和同學去打打球，「明通音律善球技，茜精舞藝輔電機。」可說是我目前大學生活的最佳寫照。

　　在大學裡，我的功課雖稱不上頂尖，但也在中上程度，期望自己能更上一層樓，精進自己的實力，也多方面培養自己其他才華，使自己更具多元的智慧及競爭力，能在社會上擁有自己的一席之地。（中山大學電機系明茜）

　　本傳共分四段，前三段為實時間，後段為虛時間。第一段敘述兒時

家庭狀況，為昔。第二段說明為何選擇中山電機系之因，為今。第三段則融入姓名對聯敘寫目前的大學生活，而末段則表達未來之期許，時間為虛。分析圖如圖20：

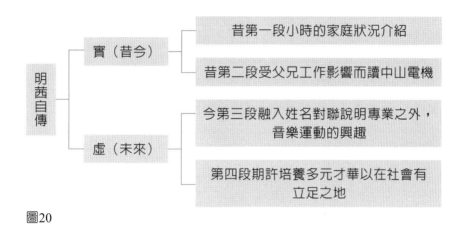

圖20

　　以上經由井字格取名法所產出的諸多文本中，雖然是採用陳滿銘教授的章法學，但其精神在於弄清文本之旨意，讀者看懂文意。因此有時章法分析過程中，我認為亦可針對文本特性而在分析圖的各層註上代表性的語詞則可，像《翰林版無敵高中國文（六）隨身讀》在分析《荀子‧勸學篇》時，所做的分析圖如圖21[39]：

　　圖21中，筆者看不到情景法、因果法、久暫法等等的章法術語，該圖依據文本自身環境而總括一代表性詞語置入分析圖，如「為學之功」、「學之重要」、「學習環境」等等，這樣的做法亦可採納。而陳滿銘所說：「可知分析一篇辭章的結構，要多方的嘗試，從不同的角度切入，做最好的分析。而這種角度的掌握，則非掌握內容之究竟與熟悉

---

[39] 這本隨身讀所做的各課分析圖，不依章法學的術語，而是隨文本需要而設，讀者看完後，亦對文本大意有所掌握。詳見宋裕等七人：《翰林版無敵高中國文（六）隨身讀》（臺南：翰林出版社，未註年月），頁68。

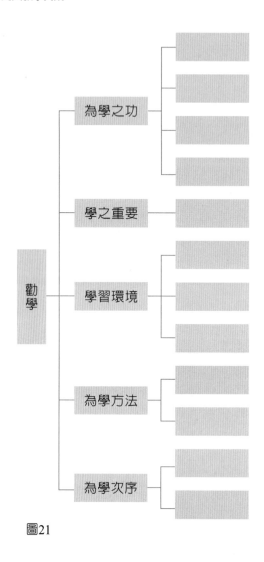

圖21

各種章法之理論與實際不可。」[40]分析章法須熟悉章法理論亦是一種做法，而兩方兼行，則是完滿做法。

---

[40] 陳滿銘：《篇章結構學》，頁189。

五、結論

　　字典取名學是2010年代起逐漸新興的一門語文新學問，其屬跨領域的知識，不僅涵蓋姓名文化、陰陽五行思想、語言學、文學和國文教學等，尚可與章法學做一教學上的連結。本文已嘗試做一清楚的說明，即字典取名學可產出文本供章法學做分析。從創作文本（寫作）的角度看，字典取名學可經由井字格取名法中的漢字字群產出各文體的文本，這須透過老師的問題設計而生產，這些文本皆已投稿並獲《臺灣新聞報・西子灣副刊》刊登。其次，透過名字製成姓名對聯，並產出自我介紹文本，最後則將姓名對聯融入自傳寫作，從而產出自傳文本。這些各類型文本產出後，筆者都運用章法學的理論去分析並製成章法分析圖，文中提供多種章法分析之例圖，皆可顯示字典取名學與章法學之供應關係，前者生產文本後，供章法學分析，在課堂上實施後，一方面增進文學創作能力，一方面對章法學理論的傳播亦有助益。

　　在教學的建議上，章法學本起於國文教學，主要透過分析課文文本以幫助學生理解篇章大意，這是單向的師對生的教授方式。本文提供字典取名學的文本產出方法，就是建議讓學生來自產文本，並自析文本，從中可提升文學創作能力，且增進學生的寫作興趣，這是雙向的師教生且生饋師的教學雙贏局面。此外，當章法學分析作家之作品時，亦請採用筆者的兩本散文日記：《小明教授奮鬥日記：從軍生活》和《文學博士踹共大學的生命體驗》兩書，以增進使用字典取名學發明者的認識。

　　總之，章法學主要能應用於高中國文課程的範文教學，但不適用大學國文，因現代大學生不喜歡範文教學，若停留在選文意識的國文教學，那將失去其生命的現代意義。唯有章法學和字典取名學攜手並進，由後者來產出文本，而前者做分析，並建議由學生自產自析，持續將中華文化扎根於各級教育課堂中。

The Relationship between "Wisdom for Choosing Names in a Dictionary" and "Wisdom to Analyze an Article"

Abstract

The Wisdom to Analyze an Article is mainly to analyze the text and its contents, however, the text would rely on the literary works for the writers to create. The purpose of the analysis is only to understand the meaning of the text. While text analysis is mainly for short classical poetry, it can not analyze long essays. Currently, there are fewer researchers of literature than thirty or forty years ago. The Wisdom to Analyze an Article should focus on more practical knowledge and skills, and put more emphasis on creative methods in order to produce literary materials to be analyzed. Thus The Wisdom for Choosing Names in Dictionary, which can output literary materials like new essays and couplets to help The Wisdom to Analyze an Article to analyze literary works to assist Professor Chen Man-ming to choose a good name for his son by the method with 井. Then I expand this name to a short essay, and analyze its structure, and integrate the Name Couplet into an autobiography. Finally, I analyze the autobiography of Name Couplet. That is to say, The Wisdom for Choosing Names in Dictionary will produce the text for The Wisdom to Analyze an Article.

Key words：The Method of Name-Choosing with 井, The Wisdom for Choosing Names in Dictionary, The Wisdom to Analyze an Article, Name Couplet, education of language.

第三節　井字格取名法寫作格式之形成[41]

摘要

　　目前學界對文體理論、技巧表現及基礎知識和作文教學法等的探討中，尚未發現一種放諸四海皆準的寫作格式，一種既有發明專利支持，又能透過格式激發靈感的寫作方法。鑑此，筆者思考如何激發學生創作靈感的一個寫作問題。由於筆者有個井字格取名法的發明專利，為了讓發明專利更具貢獻力，遂擬將井字格取名法融入寫作教學中，使寫作任務多了取名活動，增加學生的寫作興趣。

　　根據閱讀文本和取名活動可以激發寫作靈感的想法，筆者設計出井字格取名法創意寫作格式，主要由他創文本與取名問題、井字格與查字典和漢字提問與自創文本等三大結構所組成。本文主要分此三點來論述井字格取名法的寫作理論，期使此寫作格式讓更多人知曉，並透過寫作教學，活化語文課程。

關鍵詞：寫作理論、井字格取名法、閱讀文本、語文教育、課程

一、緒論

　　學界對寫作學的探討，大都圍繞在文體理論、技巧表現及基礎知識等方面。例如，論述文體理論方面的有：朱艷英《文章寫作學：文體理論知識部分》主要將文體分記敘、議論、說明、抒情、描寫、應用等六類加以細部分析[42]。劉忠惠《寫作指導下：文體實論》將文體分記敘文、描寫文、說明文、議論文、抒情文、實用文、仿造文等七類並分

---

[41]　本文已通過實踐大學主辦「2014文化創意產業發展趨勢國際研討會──中英日語教學與應用」匿名摘要審查，並於會議中宣讀，感謝審查委員指導。而本文並就專家學者意見修改而成。

[42]　朱艷英：《文章寫作學：文體理論知識部分》（高雄：麗文文化公司，2001年10月），目錄頁。

析其內涵[43]。高瑞卿《文學寫作概要》的文體分類較不同,其分報告文學、散文、詩歌、短篇小說、戲劇文學、影視文學、兒童文學、科普文學等文學體裁[44]。而周慶華《作文指導》稍作不同的寫作學論述,談了寫作的文化意義、抒情性文章、敘事性文章、說理性文章、寫作的新趨勢與指導方針[45]。

再者,論述技巧表現方面的有:劉忠惠《寫作指導上:理論技巧》,主要講解積累材料、運思構想、布局謀篇、表達與用語、修改與謄寫等寫作技巧的重要[46]。而黃清良《文道——作文與應用文寫作方法及範例》兼談文體和技巧,分上中下三篇,上篇談理論與散文,主分理論和寫作技巧兩小篇,而寫作技巧分論說文、記敘文、抒情文、小說和戲劇、中篇韻文,主分詩、詞、曲、對聯[47]。很特別的是,吳當《遊山玩水好作文》結合旅遊與寫作指導,透過歐洲的山水與人文,爲讀者指出寫作的方法[48]。關於論述基礎知識的有:劉世劍《文章寫作學:基礎理論知識部分》主要論述文章與文章寫作、文章寫作過程、主題、材料、結構、語言、文面、作者修養和讀者的研究等知識部分[49]。

也有跨領域的寫作理論,結合心理學或美學作論述,例如,張紅雨《寫作美學》論述寫作美的特徵及本質、寫作美的原生產車間——寫作主體,雕琢美感情緒的工具——語言、美感情緒的凝晶形態——文章、寫作美的再生產車間—讀者等,分由作者、語言、文章和讀者之文學理

---

[43] 劉忠惠:《寫作指導下:文體實論》(高雄:麗文文化公司,1996年),目錄頁。

[44] 高瑞卿:《文學寫作概要》(高雄:麗文文化公司,1995年),目錄頁。

[45] 周慶華:《作文指導》(臺北:五南圖書公司,2001年)。

[46] 劉忠惠:《寫作指導上:理論技巧》(高雄:麗文文化公司,1996年),目錄頁。

[47] 黃清良:《文道——作文與應用文寫作方法及範例》(高雄:復文書局,1996年3月),目錄頁。

[48] 吳當:《遊山玩水好作文》(臺北:爾雅出版社,1999年),頁1。其中講到情緒描寫、景物描寫作技巧等十五種寫作技巧。

[49] 劉世劍:《文章寫作學:基礎理論知識部分》(高雄:麗文文化公司,1996年4月),目錄頁。

論來談寫作[50]。劉雨《寫作心理學》論述寫作主體自身研究、感知心理描述、運思過程研究、物化過程中的言語形成分析等方面的寫作內在心理闡釋[51]。上列的寫作理論研究雖夠專精，但很難實施於語文課程，眞正讓學生體驗寫作樂趣。

　　若再說寫作要實施課堂之中，則要談到作文教學法，這方面的研究有：江惜美《國語文教學論集》主要談小學生作文適用的教學法，她分三段，低年級學生適用的教學方法：⑴看圖作文、⑵剪貼作文、⑶啓發作文。中年級適用的是：⑴情境作文、⑵編序作文、⑶啓發作文、⑷引導作文。高年級適用的是：⑴接句作文、⑵成語作文、⑶生活作文、⑷閱讀作文[52]。而陳弘昌《國小語文科教學研究（修訂版）》亦提出許多關於小學生作文教學法的探討[53]。

　　上述所列出的學界對文體理論、技巧表現及基礎知識和作文教學法等的探討，尚未發現一種放諸四海皆準的寫作格式，一種既有發明專利支持，又能透過格式激發靈感的寫作方法。鑑於筆者是語文教育的研究者，而想有個創新的寫作法，因此井字格取名法創意寫作格式於焉誕生。

　　《文心雕龍・知音》曾對創作做了一個哲喻：「操千曲而後曉聲，觀千劍而後識器。」強調多閱讀和體驗文本，這樣才具備寫作的材料和條件。筆者參考謝明輝的發明專利，名稱是「借助電腦選取名稱之方法、電腦程式產品及電腦可讀取記錄媒體」[54]，句中關鍵詞「選取名

50　張紅雨：《寫作美學》（高雄：麗文文化公司，1995年），目錄頁。
51　劉雨：《寫作心理學》（高雄：麗文文化公司，1994年）。
52　江惜美：《國語文教學論集》（臺北：萬卷樓圖書公司，1998年），頁17-100。
53　陳弘昌：《國小語文科教學研究（修訂版）》（臺北：五南圖書公司，1999年），第七章〈作文教學研究〉，頁319-357。
54　本發明專利由中山大學技審會通過並獲經費補助向經濟部申請發明專利。此申請案是中山大學創校以來，文學院第一人申請。謝明輝：〈借助電腦選取名稱之方法、電腦程式產品及電腦可讀取記錄媒體〉，中華民國發明專利，中山大學校內編號101026TW，中華民國智慧財產局公開編號：TW201348986A，2013年12月1日。

稱之方法」，換言之，就是井字格取名法。期間謝明輝持續在期刊和學術研討會發表以「井字格取名法」為論題的論文，如〈運用井字格取名法進行華語識字教學〉[55]、〈略談井字格取名法對語文教學之創新意義〉[56]、〈運用井字格取名法替賈伯斯（Steve Jobs）取中文名：一種創新的漢字教學課程設計〉[57]、〈井字格取名法對國文教學之創新思維——以老子、白居易和許慎為例〉[58]等四篇。為了讓發明專利更具貢獻力，遂擬將井字格取名法融入寫作教學中[59]，使寫作任務多了取名活動，增加學生的寫作興趣。

　　根據上述閱讀文本和取名活動兩個激發寫作靈感的想法，筆者設計出井字格取名法創意寫作格式，主要由他創文本、井字格和自創文本等三大結構所組成，如圖22所示：

　　他創文本與取名問題：閱讀文章，從一句或一念（文章情境）延伸出取名問題，以引起寫作動機，再進入井字格取名法操作。

　　井字格與查字典

---

[55] 謝明輝：〈運用井字格取名法進行華語識字教學〉，《臺灣科技大學人文社會學報》9卷2期（2013年6月），頁107-126。

[56] 謝明輝：〈略談井字格取名法對語文教學之創新意義〉，《中國語文》月刊668期（2013年2月），頁69-74。

[57] 謝明輝：〈運用井字格取名法替賈伯斯（Steve Jobs）取中文名：一種創新的漢字教學課程設計〉，「第十二屆臺灣華語文教學年會暨國際學術研討會」，高雄：文藻外語大學（2013年12月）。

[58] 謝明輝：〈井字格取名法對國文教學之創新思維——以老子、白居易和許慎為例〉，「第二屆全國大一國文創新教學研討會」，臺北：致理技術學院（2013年6月）。

[59] 謝明輝曾探討如何透過井字格取名法來產出文本的問題，並已發表論文，詳見謝明輝：〈論字典取名學與章法學之供應關係〉，「第二屆語文教育暨第八屆辭章章法學學術研討會」，臺北：臺灣師範大學（2013年10月）。

井字格取名法可取出： 人名（嬰兒名公司名）、動物名、植物名、物品名（書包手機）等各種名稱		

圖22

　　提問與自創文本：從井字格內選字來設計提問以引導寫作方向，進而產出文本。

　　上列結構圖是橫書方式呈現，方便讀者閱讀，若要給學生寫作的話，應該是用直書的方式，如圖23所示：

　　本文主要分此三點來論述井字格取名法的寫作理論，期使此寫作格式讓更多人知曉，並透過寫作教學，活化語文課程。

二、他創文本與取名問題

　　學者專家總是鼓勵人們多閱讀書籍，閱讀後，雖有感想，也只留心上。他們較少提出有效的寫作技巧以提升學生的寫作興趣。換言之，閱讀是為了什麼？少人可以回答清楚，筆者認為閱讀和寫作是一體的，中介是井字格。閱讀後，提出取名問題，並能自創文章，這就是很具體的閱讀目的，這也就是井字格取名法創意寫作的理論。

　　所謂的「他創文本」是相對自創文本而言，他創文本是指閱讀別人的文章，自創文本是自己創作的文章。學習他人的文章進而開創自己的文章，如此的閱讀才產生意義。閱讀他創文本的用意是，從一句或一念（文章情境）延伸出取名問題，以引起寫作動機，再進入井字格取名法

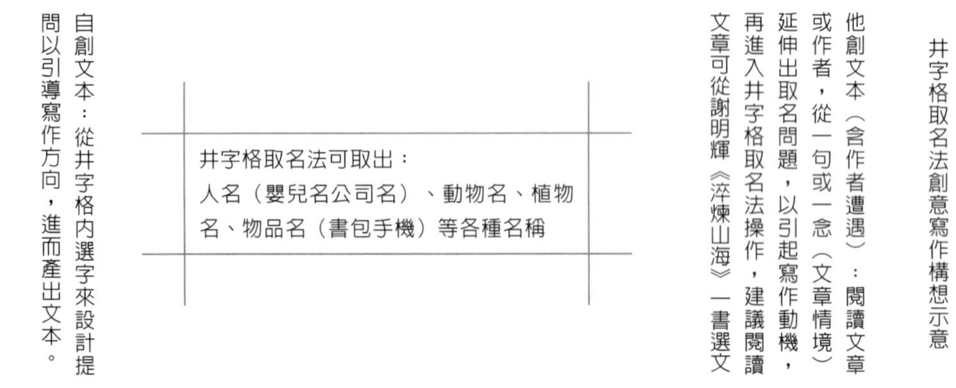

井字格取名法創意寫作構想示意

他創文本（含作者遭遇）：閱讀文章或作者，從一句或一念（文章情境）延伸出取名問題，以引起寫作動機，再進入井字格取名法操作，建議閱讀文章可從謝明輝《淬煉山海》一書選文

井字格取名法可取出：
人名（嬰兒名公司名）、動物名、植物名、物品名（書包手機）等各種名稱

自創文本：從井字格內選字來設計提問以引導寫作方向，進而產出文本。

圖23

操作。以下筆者試舉《文學博士踹共大學的生命體驗》[60]、《小明教授奮鬥日記：從軍生活》[61]兩書為例，說明如何從文本提出取名問題。

㈠《文學博士踹共大學的生命體驗》中的取名問題設計

大學時期與導師聚餐應該是所有大學生的集體記憶，但聚餐會談些什麼話題？若要你寫聚餐心得，你又會選取哪個畫面描述？在《文學博士踹共大學的生命體驗》有這麼一段話：

> 心情痛快的是到張師家吃火鍋。食畢，張師、淑嬪、俊成與我等四人，相談甚洽。話題之多，或同性之戀，或女權甚張，或察言觀色，獲益頗多。然有惑於心，尚待釐清。何張師獨吾之不相焉？同學欲求吾之情事於張師，其思之甚久，仍未解惑，僅謂余曰：「從商之材也。」余對曰：「吾志不僅於此」
>
> 清哥認為女權之高張，乃指日可待。其謂吾等：「當其服役之時，偶一美男子，肌膚若冰雪，皮嫩面滑。常人莫不

---

[60] 謝明輝：《文學博士「踹共」大學的生命體驗》（臺北：釀出版公司，2011年4月）。

[61] 謝明輝：《小明教授奮鬥日記—從軍生活》（臺北：秀威資訊公司，2008年5月）。

為之神魂顛倒，令人不禁觸其身！」談及同性之戀時，則大力駁斥。

師生間之宴飲，其樂無比！非置身其中，難以體會！（《文學博士踹共大學的生命體驗》，頁151）

　　作者描述同學們到張師家吃火鍋，談了一些勁爆的話題，像同性之戀等，張師看了每位同學的面相，所謂「察言觀色」，也都做了解答，但作者疑惑說爲何張師不幫他看相，且同學對作者的感情世界好奇，張師亦未做解釋，僅回答說作者將來會從商，而作者暗想：志向不止於此。當讀者閱讀這篇小品文後，自然勾起學生時代的美好回憶。雖然這也達到閱讀文章而引起內心快樂的目的，但這不會有下步的寫作訓練。若要進一步進行寫作，則要設計取名問題。我們可就其中一句或文章情境來設計，像文章中提到張師爲學生們指點心理迷津，我們可以假設張師要開心理諮商公司，幫助更多人，因此取名問題就設爲：

　　假設文中作者的老師清哥想開設心理諮商中心，專門解決人們心靈疑惑，我們應如何幫他取公司名？試依井字格取名法來取。

　　我們閱讀他創文本的目的，是要提出取名問題，以進入井字格的程序。請再看：

　　晚上武嶺村的某室在皎月的映照下，氣氛一點也不浪漫。室友小遠餓狗般地亂吼鬼叫，對我不敬。一陣肅殺之氣逐漸蔓延開來，我猶如猛虎出柙，全身筋肉將要爆開的我，大喊：「言語修辭小心一點！」臉色大變的他，由狂妄轉爲驚恐，我看了實在有點不好意思。（《文學博士踹共大

學的生命體驗》，頁78）

　　住宿似乎是大學生求學時期的共同經驗，與室友吵架應該也是必經的過程。作者用比喻手法來刻畫他與室友的吵架氛圍。他將室友比喻成餓狗亂叫，將自己比喻猛虎準備大開殺戒，所以我們可以就文中「我猶如猛虎出柙」一句，設計取動物名的活動，替猛虎取一個名稱。取名問題可設為：

　　　　文中作者形容自己像憤怒的猛虎出柙，試用井字格取名法
　　　　幫這隻猛虎取個適當的名稱。

㈡《小明教授奮鬥日記：從軍生活》中的取名問題設計

　　謝明輝在軍中時期曾承辦許多軍艦上的聯歡活動，有次詩興大發，賦詩歌詠春節活動，詩云：

賀千禧

　　聽聽/那花開的聲音/悄然驚/動了萬物甦醒/爆竹響/鳥兒叫/春神似乎已來到/叮咚！叮咚/一句貼心的問候——/千禧牽喜，新年快樂
　　此次春節活動深具兩項重大意義：其一，千禧年第一個農曆春節；其二，本人在軍旅生涯中最後一次舉辦春節活動。由是，有感而發，作了此首短詩。（《小明教授奮鬥日記：從軍生活》第六旅站）

　　上列短文有兩個結構，上半是新詩〈賀千禧〉，下半是散文。作者記錄在軍中最後一次辦春節活動，剛好這年又是西元2000年，有感而發，創作新詩〈賀千禧〉。發表文章不一定要用本名，也可用筆名，所

以取名問題可設為：

> 作者發表文章都用真名，假設他要用筆名發表〈賀千禧〉
> 這首新詩，試用井字格取名法幫他取。

　　當兵是臺灣男人必經過程，跑步五千尺在軍中是常見的體能訓練，
請看下段描述：

> 這種愉悅的感覺已經好久沒有過了。它就像男女魚水之歡
> 般，高潮迭起，樂趣無窮，雖然從未體驗過。晨跑五千公
> 尺使我在體能鍛鍊上大有進步，這是一場自我突破的大考
> 驗，欣喜於手無縛雞之力，體弱多病的我能打敗心中的惡
> 魔，堅持到底跑完全程。
> 未跑時，全身無力，四肢發抖，壓力很大，像一塊重石卡
> 在心上頭般喘不過氣來。不過，在跑的進程中，這些壓力
> 早已忘得一乾二淨，真實的享受慢跑的樂趣，輕鬆自然。
> 不時有股力量在我心中滋長，那是一股經由意志所轉換的
> 能量，源源不絕，使我暫忘紅塵俗世之紛擾，於是腳步輕
> 快如騰雲駕霧，心情自在像策馬奔馳。不可思議地克服心
> 理障礙，突破重重關卡，完成了自我實現的偉大使命。
> 不過，這次稍稍落後部隊一百多公尺，仍然憑著耐力與毅
> 力緊隨其後，直到終點。前大半段養精蓄銳，儲備能量，
> 就在最後百尺，發揮了前所未有的爆發力，最後的衝刺也
> 使我享受破天荒的快感，有如時下年輕人飆車所標榜的速
> 度感一樣，哇塞，真是爽快！（《小明教授奮鬥日記：從
> 軍生活》，頁21）

　　作者善用比喻技巧描述晨跑五千公尺的面對壓力的過程，從一塊重石卡在心上，到腳步輕快如騰雲駕霧，心情自在像策馬奔馳，連用許多形象化語言，描寫很生動，文章讀來頗有勵志感，充滿陽光向上的正面力量。閱讀文章除了激勵人心，還要提出取名問題，我們可以就比喻句子來設計石頭取名問題，既然跑步壓力像重石，不妨假設為：

　　　　文中作者描述跑步起始時，壓力像重石般喘不過氣來，那我們就幫那重石取個名稱，請用井字格取名法取之。

　　看天邊彩虹是人們生命中的美麗回憶，在苦悶的軍中生活裡，還能偷閒欣賞彩虹，尤屬難得機會，請看下列短文：

　　　　下午山的那頭出現彩虹，一眼望去，覺得好興奮。那時的天空高掛兩道彩虹，曚曨模糊的一道稱為「霓」，七彩繽紛的另道則稱為「虹」。這個常識是昨天在家駿家中翻閱兒童讀物所得知的關於有趣的自然景象知識。
　　　　我與她若能攜手漫步在那長長的彎虹的話，該有多好！唉，幻想總似那虹霓般，轉瞬消失於眼前。（《小明教授奮鬥日記：從軍生活》，頁30）

　　作者將彩虹分析成霓和虹，這是理性知識，但第二段則賦予彩虹愛情的感性，隱喻所追求之愛情轉眼成空，閱讀此文本後，我們可假設取名問題為：

　　　　作者幻想與暗戀對象漫步在彩虹端，彩虹似乎有了情感和溫度，請用井字格取名法為這道彩虹取名。

　　相信很少人有搭軍艦的經驗，即便有，也更少人將美麗的晚霞落日

之景記錄下來，且看下列短文：

> 航行中波平浪靜，天色頗佳，尤其是黃昏日落的景色更令
> 人賞心悅目。很少在軍艦上欣賞晚霞落日，今日有幸睹此
> 美景，神清氣爽。偶有二隻小鷺鷥停憩於甲板上，不知是
> 否為一對情侶？尖喙白裳，黑足細細，立於舷邊，雖然是
> 過客，但總留下牠們的足跡吧！（《小明教授奮鬥日記：
> 從軍生活》第四旅站，頁68）

　　作者描述軍艦在平靜無波中航行，黃昏之景，賞心悅目，甲板上吸
引二隻小鷺鷥來談戀愛，似乎反映其內心對愛情的嚮往。我們可假設取
名問題為：

> 作者航行中看到軍艦甲板上有兩隻小鷺鷥很曖昧，不管是
> 否為情侶？試依井字格取名法替這兩隻鳥取名。

　　學樂器應該不算壞事，若你非得學一種樂器的話，你會選什麼呢？
在軍中學起吉他似乎是人生特別的經驗，請看下列短文：

> 突然心血來潮，想學吉他。昨天假日，整天幾乎都在把玩
> 吉他，一下決心，一定要好好學習。其動機不排除釣馬子
> 的私心，但更重要的是好好發揮內在的藝術氣質。
> 我是學中文的，文學理當與藝術結合才能感動人心，試
> 想，一首好詩若無吉他聲的伴奏，豈不喪失內在靈活的動
> 力及美妙動人的感情呢？且每次放假回家，看著吉他樂譜
> 閒置於書櫃中，失去了「物盡其用」的價值，況且本人智
> 慧非凡人，為何不多多開發潛能，多多充實自己呢？

在各種助緣的刺激下，我一定能完成使命的。（《小明教授奮鬥日記：從軍生活》第五旅站，頁158）

首段作者說他學習吉他有兩大原因：一是釣馬子，一是發揮內在藝術氣質；次段描述兩小因，就是文學與藝術的結合，以及已買吉他樂譜，不想浪費。既然如此，我們可以假設取名問題為：

作者在軍中培養音樂的興趣，他很熱衷吉他，所以我們可以用井字格取名法幫吉他取個名吧

井字格取名法創意寫作有三個結構：第一道提問，井字格解決，第二道提問。第一個結構即閱讀文章並設計取名問題，所謂他創文本與取名問題。接著第二個結構即進入井字格的填寫，共有九格，要填寫什麼呢？

三、井字格與查字典

第二個結構井字格的填滿，其方向是由右至左來填入數字和漢字，右邊三格要填入三欄數字，這數字應如何填呢？數字與姓名筆畫有關，以下論之。

㈠井字格右三格與姓名筆畫數

井字格右三格主要填入姓氏取名參考表的數字欄位，每一個欄位主要有三個數字，第一個數字是姓氏筆畫數，第二和三是名字的筆畫數。這些數字是如何產生的呢？它與陰陽五行和農民曆筆畫吉凶有關。

1.姓名與人際關係

寫作是由漢字群所構成的篇章，篇章是由字詞所組成，詞組中能代表人與人之間的區別符號則是名字。由於寫作必須完成井字格的填滿，而其右三格所填的三個數字涉及取名理論，所以我們要先理解漢字中的

姓名對人生有何影響？在字典取名學理論中，姓名三字就像是小宇宙，是個自我小世界，分析其姓名，可看出人際關係的情形。換言之，終其一生，人們會面臨四種人際關係，就倫理角度說，對上、對下、對平輩、對外在行爲等四個面向。以下列姓名爲例，如圖24所示：

1

謝　　　　　＞A　上，父母，長官

朋友，兄弟，平E＜　　　　明　　　　　＞B　內我個性

輝　　　　　＞C　下，子女，下屬

－　－　－
D外我行爲

圖24

　　每個人的姓名都可分析成五個元素：ABCDE，其中以B爲最基本的自我存在，代表內我個性，然後放射出去；對A，表示對上的關係，對父母或長官；而對C，表示對下的關係，對子女或下屬；對E，表示平輩的關係，對朋友和兄弟；最後是對D，表示有時內心所想的與外在行爲的關係。以上所述，對下、對上、對平、對外在等四種人際關係中，歸結起來會有兩種結果：一種是和諧，一種是衝突。如何判定關係中的和諧和衝突呢？要看五行生剋和筆畫吉凶。

2.陰陽五行生剋與筆畫吉凶

　　就字典取名學理論言，何謂好名字？即指我在一生中這四種人際關係處理得很好，和平大於衝突，快樂大於痛苦；如何判斷？名字符合陰陽五行生多於剋，農民曆等畫吉多於凶。

　　上述的吉凶和生剋兩原則的根據何在？第一，根據農民曆八十一數吉凶，如下所示：

1（吉）2（凶）3（吉）4（凶）5（吉）6（吉）7（吉）8（吉）9（凶）

10（凶）11（吉）12（凶）13（吉）14（凶）15（吉）16（吉）17（吉）

18（吉）19（凶）20（凶）21（吉）22（凶）23（吉）24（吉）25（吉）

26（凶帶吉）27（吉帶凶）28（凶）29（吉）30（吉帶凶）31（吉）32（吉）33（吉）34（凶）

35（吉）36（凶）37（吉）38（凶帶吉）39（吉）

40（吉帶凶）41（吉）42（吉帶凶）43（吉帶凶）44（凶）45（吉）46（凶）47（吉）48（吉）

49（凶）50（吉帶凶）51（吉帶凶）52（吉）53（吉帶凶）54（凶）55（吉帶凶）56（凶）57（凶帶吉）58（凶帶吉）59（凶）60（凶）61（吉帶凶）62（凶）63（吉）64（凶）65（吉）66（凶）67（吉）68（吉）69（凶）70（凶）71（吉帶凶）72（凶）73（吉）74（凶）75（吉帶凶）

76（凶）77（吉帶凶）78（吉帶凶）79（凶）80（吉帶凶）81（吉）

　　而第二，五行的生剋及其數字屬性則如下所示：

　　　1.姓名筆畫與五行：一二畫屬木；三四畫屬火；五六畫屬土；七八畫屬金；九十畫屬水
　　　2.五行的生剋：（木、火、土、金、水）
　　　相生：金生水、水生木、木生火、火生土、土生金。
　　　相剋：金剋木、木剋土、土剋水、水剋火、火剋金。

　　所以一個名字的好壞可以從筆畫吉凶和五行生剋來綜合判斷，看出他在人際四大關係上的矛盾衝突或是順利和諧。再以我名為例，如圖25所示：

　　謝明輝三字的筆畫數為17、8、15，分析成五元素後，分別得出A為18，B為25，C為23，D為40，E為16。接著對照上述兩種生剋和吉凶內容，A屬金和吉，B為土和吉，C為火和吉，D為水和吉帶凶，E為土和吉，五元素對應交流後，總結為兩種，五行生大於剋，筆畫吉大於凶，故此名屬佳名。筆者根據這個原理製成姓氏取名參考表，如圖26所示：

1

謝17　　　　＞A，18吉，金（B對A相生）

（B對E相和）土，吉16，E＜　　明08　　　　＞B，25吉，土

輝15　　　　＞C，23吉，火（B對C相生）

－　－　－

D，40吉帶兇，水（B對D相剋）

圖25

(1) 2 19 4 — 25	(1) 2 13 20 — 35	(1) 2 11 20 — 33	(1) 3 20 12 — 35	(1) 3 18 14 — 35	(1) 4 19 2 — 25	(1) 4 13 4 — 21	(1) 4 3 14 — 21	(1) 5 12 6 — 23	(1) 5 20 4 — 29	(1) 5 18 6 — 29	(1) 6 10 7 — 23
(1) 6 12 23 — 41	(1) 7 9 16 — 32	(1) 7 18 6 — 31	(1) 7 10 15 — 32	(1) 8 23 2 — 33	(1) 8 9 16 — 33	(1) 8 9 7 — 24	(1) 8 7 16 — 31	(1) 8 13 20 — 41	(1) 9 9 6 — 24	(1) 9 12 20 — 41	(1) 9 22 10 — 41
(1) 9 7 16 — 32	(1) 10 21 2 — 33	(1) 10 3 12 — 25	(1) 10 13 12 — 35	(1) 10 3 10 — 23	(1) 11 12 12 — 35	(1) 11 10 20 — 41	(1) 11 24 13 — 48	(1) 11 12 14 — 37	(1) 12 13 10 — 35	(1) 12 11 10 — 33	(1) 12 13 4 — 29
(1) 12 19 14 — 45	(1) 12 9 12 — 33	(1) 13 3 15 — 31	(1) 13 12 4 — 29	(1) 13 12 6 — 31	(1) 13 12 12 — 37	(1) 14 9 6 — 29	(1) 14 9 22 — 45	(1) 14 11 12 — 37	(1) 14 21 12 — 47	(1) 15 20 4 — 39	(1) 15 10 8 — 33

(1)	(1)	(1)	(1)	(1)	(1)	(1)	(1)	(1)	(1)	(1)	(1)
15	15	16	16	16	16	17	17	17	17	18	18
2	10	9	13	2	9	8	22	18	12	17	11
14	6	14	4	14	6	7	9	17	6	6	10
—	—	—	—	—	—	—	—	—	—	—	—
31	31	39	33	32	31	32	48	52	35	41	39
(1)	(1)	(1)	(1)	(1)	(1)	(1)	(1)	(1)	(1)	(1)	(1)
18	19	19	19	20	20	20	21	21	21	22	22
17	12	6	22	13	3	1	20	8	12	13	3
10	20	7	7	12	2	12	4	10	4	2	12
—	—	—	—	—	—	—	—	—	—	—	—
45	51	32	48	45	25	33	45	39	37	37	37

圖26

　　其驗證過程可參考《應用華語文：以字典取名學爲例》一書[62]。表內所有欄位之姓名代表數字分析後，皆符合上述陰陽五行生多於剋、農民曆筆畫吉多於凶這兩個條件，在此僅舉一欄說明，餘者不再贅言。第一欄位爲2、19、4，第一個數字2是姓氏筆畫數，第二個19爲名一，第三個4爲名二。其分析圖如圖27：

```
                        1

                        2              ＞A3吉，生火

剋土，吉5E＜              19             ＞B21吉，木

                        4              ＞C23吉，生火

                      － － －
                   D25吉，剋土
```

圖27

[62]　謝明輝：《應用華語文——以字典取名學為例》（高雄：麗文文化公司，2012年8月）。

　　圖27中，生剋關係中，二生二剋相等，而筆畫則全吉，兩種綜合後，爲佳名。

　　井字格右三格之數字確定則填入，例如，假設許愼要開書店，要取店名，我們運用井字格取名法來幫他取[63]。因姓氏許爲11畫，我們查「姓氏取名參考表」11畫那幾欄，任選一欄而填爲：

許（取店名時，姓氏不列入考量。）	11
	10
	20

　　填完姓名筆畫數後，接著是中間三格的漢字群。它們所扮演的角色是激發寫作靈感。

3. 中間三格與查字典

　　井字格中間三格的漢字群是依據右側三格所填入的筆畫數來查字典所產生。例如，承上題，許愼取店名的問題，依喜愛的部首來查字典，依序填入中間三格，如圖28所示：

　　圖28井字格中，查字典的重點在部首，而非總筆畫10和20。若僅將總筆畫10畫的漢字填入，則失去查字典體會漢字的意義了。在10畫那格裡，第一個部首標示「（巾部7畫，4/4）」，是指筆者先查巾部7畫，這樣符合總筆畫10畫的條件。在字典中，共出現了「席、師、帩和帨」等四字，筆者必須逐一閱讀這四字的形音義，並從中挑選喜歡的字。筆者喜歡這四字，所以將它們的形音義都填入井字格，若只喜歡二字，那就填入那二字的形音義即可，但要標示2/4，代表從四個字中選

---

[63] 關於許愼取名店名的取名過程，詳參謝明輝：《應用華語文——以字典取名學為例》（高雄：麗文文化公司，2012年8月），頁193-199。

			11
許（取店名時，姓氏不列入考量。）			

席：座位，宴會。
師：軍旅，老師。
帨：古女用頭巾。（巾部7畫，4/4）
哨：古男用頭巾。
晉：日光所至而萬物滋長，進。
晏：天晴，和平，晚。
晃：照耀。
晟：明亮。
晁：朝日已出。（日部6畫，5/11）
彧：文章美好，有文彩的，通「郁」。（彡部7畫，1/1）
益：好處，富裕。
盂：古調酒器，調味。（皿部5畫，2/4）
庫：存物之地。
庤：屋宇深闊。
庪：貯藏，通「庋」。（廣部7畫，3/7）

（10）

馨：芳香遠聞。（香部11畫，1/11）
膽：豐厚。（貝部13畫，1/11）
醳：醇酒。
醴：甜酒，甘泉。（酉部13畫，2/5）
譯：溝通，詮釋。
議：討論。
謳：讚美。（言部13畫，3/1）
瓊：美玉，美好的。
瓅：珠光閃耀。（玉部15畫，2/4）
籌：計算，謀劃。
籍：書冊。
籤：竹製樂器。（竹部14畫，3/6）
騰：奔馳。（馬部10畫，1/14）

（20）

圖28

出兩個字。其他的日部、彡部和皿部等部首的情況都一樣，你只要選喜歡的部首去查即可，直到井字格內的漢字都填滿。接著就是將10畫字和20畫字配對成有意義的店名。

4. 左側三格與漢字配對成名稱

　　圖28中，我們可將中間第二格和第三格配對成店名，如圖29所示。

3	2	1		11
益籍出版社	晉騰文化有限公司	彧贍書局		10
				20

圖29

　　筆者試著配出三個店名：彧贍書局、晉騰文化有限公司和益籍出版社，接著再選一組較好的答案。在課堂上，我們就可讓全班學生去票選一組店名，並請他們來說明原因即可。

四、提問與自創文本

　　透過前二道程序：閱讀他人文本和井字格查字典，我們已累積寫作手感，這時再運用提問方式讓學生思考，以引導寫作，自然可產出不錯的文本。例如，我們可提問：「若你的朋友或親人最近心情陷入低潮，請從井字格中任選一字送給他們，並說些鼓勵安慰的話，就此寫一短文，不限文體。」朋友難免會有低潮，這是每個人共同的經歷，若我們選送一字送朋友，並加以延伸補充，寫下心中的話，這樣的短文應該不難寫。以下筆者將進一步說明如何透過提問來引導寫作，產出文本。

(一)先要有井字格漢字群

　　寫作靈感必須從五官感受接收外界事物進而產生，其中最直接的感受即從視覺而來，井字格漢字群可以發揮啟發靈感之作用。漢字外形最早來自圖畫，所以漢字具有圖畫性，其實當我們欣賞一幅畫或看一個字時，腦中自然會有很多無根紛紜的想法，井字格從字典撈出很多字後，我們看了自然會產生許多感受，這時再運用提問的方式，將可使這些紛

雜的想法落實下來，形成一個段落或篇章。例如，圖30的井字格[64]：

	陳	16
3　2　1 泳　俞　侯	信：信實的美德。侯：周代五等爵之第二位。 俁：狀貌偉的。俊：才智過人的。（人部，8/35） 俠：勇敢而能扶弱抑強。保：護衛。侶：同伴。 品：等級，德性。咸：和睦，法則。 客：喻做人剛毅正直。（口部，2/41） 峙：儲備，屹立。峺：山高貌。岣：山高大貌。（山部，4/12） 河：水道的通稱。泳：在水中游動。治：地方政府所在地。 泓：宏大深廣。決：清澈的深水。泪：淘洗米的水。沂：逆流而上。沛：清純的酒。（水部，8/58）	9
鋮　褘　銓	璠：天子所執玉器。琿：玉名。瑊：似玉的美石。瑪：似玉的白石。（玉部，5/17） 銓：權衡，考選官吏。銘：以文字刻在石上以記功名。鈗：最具光澤的金屬。鋮：用於人名。明末阮大鋮。（金部，4/30） 禓：路神。褘：美好。禔：安定。禎：祥瑞的徵候。（示部，4/11） 誌：記錄。誥：告誡性文體。（言部，2/18） 熙：興盛，光明。熊：野獸名。（火部，2/13） 暢：通達。曇：明亮的。（日部，1/5）齊：完備的。（齊部，1/2）	14

圖30

(二)心情提問與〈心中的褘〉新詩創作

　　井字格內的漢字群是經由查字典得來的，要填滿井字格，至少也要半小時，在這查字典過程，必然看過很多漢字，遠比井字格內的漢字群多很多，因為這井字格內的漢字群是經過挑選後，再填滿的。這時我們的想法紛飛，難有定章，因此要透過提問方式確定下來。例如，提問：

---

[64] 詳見謝明輝：〈論字典取名學與章法學之供應關係〉，「第二屆語文教育暨第八屆辭章章法學學術研討會」，臺北：臺灣師範大學（2013年10月）。後來此圖稱之「井字格漢字配對圖」。

「井字格中，哪個字代表你現在的心情，為什麼？」這時你會聚焦在此刻心情是什麼，且有挑選一字做代表，假設筆者從井字格內挑一個字：「禕」，它的意思是美好。然後，筆者就寫作下列一詩：

〈心中的禕〉

禕與我玩躲貓貓
躲在字典裡
用盡各種方法和眼力
就是找不著
躲了幾千年後
在偶然的機緣下
我學了井字格取名法
透過取名參考表
依照特別的查字典步驟
翻撥層層字霧
禕終於出現了
禕與伊同音
所謂伊人
在書一方
我倆雖隔字海
但仍相依
相依則美好
井字格裡
茫茫字海
俊信侯琿熊
只有禕字美好

　　　褘伊依一

　　　在我心中

　　　始終如一[65]

　　若非上列井字格填滿漢字群以及自我提問，筆者應該沒靈感寫下
〈心中的褘〉這首新詩。「褘」這個字有美好之義，筆者將「褘」當成
戀人，在井字格這世界中，筆者能在字典找到她，這真是緣分，筆者的
感受隨著先前的文字敏銳度提升，而創作一首好詩。

(三)心得提問與「從井字格撈出泳鍼」散文創作

　　我們還可提問，「試將井字格取名法之心得寫下，自訂題目，文體
不拘」，試作文章如下：

從井字格撈出泳鍼

　　我的名字取為泳鍼，是運用井字格取名法取的。上完這堂
課，我發現此法的特點有二：一是落實語文教學，二是增
加漢字敏感度。

　　就我所知，有些老師會幫學生取名，他們大都用的是經典
法，因為看的書多，而從古書去挑取名字，如姓顏的同
學，從古籍「書中自有顏如玉」之句摘錄下來，取名為顏
如玉。除了經典法外，還有較常見的算命法。算命師排你
的生辰八字，配合陰陽五行，取出的名字，號稱是前途無
量，像謝明輝三字，就是他父母去找算命師，付了一些錢
取出來的。

　　現在謝明輝發明了井字格取名法，超越前賢的取名成果，
兼具教學和語文兩大意義。我叫陳泳鍼，是井字格取名法

---

[65]　謝明輝：〈心中的褘〉，《臺灣新聞報‧西子灣副刊》2013年8月22日。

的受益者。取名過程中，原先有陳侯銓、陳俞禪和陳泳鍼三組可供選擇，後來我選泳鍼，是因為父親滿銘的字偏旁有水和金部，且經由我的字義創造解讀，讓我感到做任何事都將永遠成功的喜悅，也因此培養樂觀積極的人生態度。課堂中，我學到這個取名方法後，將來也能幫我小孩取名，這樣的語文教學讓我獲益不少。

其次，我學了一些漢字，像禕、峚和珲等字，從它們的部首得知，這三字分別和示山玉等意義有關，訓練出我的漢字敏銳度，禕解釋為美好，應該是與求神得福連結。而查字典時的選字，我必須逐一將漢字形音義看清楚，咀嚼一番，然後挑選出有意義的字填上井字格內，這無形中都讓我對漢字有新的體認。

井字格取名法若能運用於各級學校的語文課程中，必然受到學生的歡迎，畢竟他們學到了取名藝術或實用技能，這種落實於教學和漢字敏銳度的取名法，在過去的中西方課堂上，確實不曾見過，的確是一項語文新學問，我期待它能開花結果，做出更大的貢獻！[66]

　　當學生實際操作井字格取名法創意寫作中的井字格查字典，自然就會產生靈感，還會有些心得，他們應該很容易創作一篇文章，就像出一篇作文題目要學生寫生活經驗，很容易發揮。井字格左三格的取名答案是陳泳鍼，筆者便以「從井字格撈出泳鍼」為題來寫作。假想筆者上課查字典取出「泳鍼」二字的興奮，本文重點在習得井字格取名法的好處有落實語文教學和增加漢字敏感度兩點申論。當你有實際體驗，自然有很多東西可寫。寫作要有活動操作，才有靈感可寫。取名活動對寫作實

66　謝明輝：〈井字格取名法心得〉，《臺灣新聞報‧西子灣副刊》2013年9月3日。

有很大的助益。

㈣**選字提問與「俠」散文創作**

　　再舉一個提問：「試以井字格中任一字為題，寫一篇作文」，試作文章如下：

俠

　　俠有兩種涵義，一種是會武功的，一種是俠義精神。俠當形容詞時，都可能具備這兩個意涵，如俠士、俠客、俠骨等。若再加上職業屬性，則可成俠師、俠醫、俠工、俠農、俠政、俠商等。古代的俠或小說中的俠，通常是具備武功的，像金庸《笑傲江湖》筆下的令狐沖，或是司馬遷《史記·遊俠列傳》中的郭解、朱家。而現代，俠已廢掉武功，突顯俠義精神。

　　林杰梁醫師，他是長庚醫院臨床毒物科主任，長年洗腎，因肺部感染併發多重器官衰竭而死，得年五十五歲。由於長期與毒物抗戰，常與執政當局或食品廠商辯駁，為民眾健康把關，素有俠醫之稱。俠醫是指他在醫學領域有卓著的貢獻，並具俠義精神，為民眾把關有毒食品，不受利益誘惑，亦不受強權威脅，勇於揭發廠商偷工減料醜聞。除了破除傳統健康舊觀念，如解毒餐和生機飲食，他還提出健康的十種吃法，在網路上流傳影響。

　　謝明輝老師，發明字典取名學，他正努力將這門新學問推廣給世人知道。他已將語文新理念發表在專書、期刊論文及開設相關課程。謝老師正處於拓荒的階段，勇於向執政當局建言，雖獲政府相關單位及教育部的正面回應，但尚未形成一股風潮，落實於教育課程。語文教育的創新及國

際連結是刻不容緩之事，但未有遠見的部分學者，仍安於現狀，不願改變。謝老師在艱困的時代中，正在流浪博士的浪潮下，載浮載沉，但他不畏惡風惡海，仍堅持信念，勇於推廣新理念，我相信他未來會成功的，我們應尊稱他為俠師。

俠醫和俠師都代表某種領域的俠義精神，不畏時流，勇於創新，堅持理念，接受挑戰，推廣國際，將為時代留下俠的教育典範。[67]

　　上列文本是從井字格的漢字群中選「俠」為題。首段先總括俠的兩種涵義，次段和三段分別以林杰梁醫師和謝明輝老師為例做延伸，末段則總結俠醫和俠師的教育典範，論述有條，充滿正面力量。

五、結論

　　由於井字格取名法本身具有經濟部的發明專利的特點，加上結合寫作訓練設計，因此本文參考謝明輝的相關著作並實施於課程之中[68]。以下列出他所設計的學生問卷佐證：

　　以上經由對井字格取名法寫作理論之論述後，學生寫作必須經歷「他創文本與取名問題」、「井字格與查字典」和「提問與自創文本」等三個進程，以便完成閱讀與寫作的任務，所有程序的設計中，皆有助我們激發寫作靈感，創作出獨特的篇章來。

　　文中所引三篇文章皆是經由井字格取名法寫作格式之引導而創作出來，先後投稿於報刊並獲刊登，由此可證此寫作格式激發創作靈感之效用，而課堂學生亦是此法的受益者，他們因此產出多篇佳作，亦是明

---

[67] 謝明輝：〈俠〉，《臺灣新聞報‧西子灣副刊》2013年9月2日。

[68] 參考書目所列的多本謝明輝著作，主要是參考其井字格方法，因此每種井字格的形式都不一樣，提問不同，井字格中的數字和漢字亦隨之不同，所設計的作文格式也就千姿百態了。

井字格取名法創意寫作問卷 (雙面)

說明：老師想瞭解你們對井字格取名法創意寫作的學習情形，以作為未來出版教材或教學的參考，請用心填寫，共五大項，反面有題，謝謝

一、 基本資料

1 你所就讀科系：保健食品1A

2 是否聽過井字格取名法的相關資訊？□是 ，在哪？_____。☑否

二、 語文能力

1 你從井字格內學了幾字？

　　1□3 字以內。2☑4-8 字。3□9-12 字。4□13 字以上。5□沒學到

2 此法對寫字和識字之提昇有助益。

　　1□非常同意。2☑同意。3□無意見。4□不同意。5□非常不同意

3 可以增加漢字敏感度

　　1□非常同意。2☑同意。3□無意見。4□不同意。5□非常不同意

4 漢字配對成名字可以提昇造詞能力

　　1□非常同意。2☑同意。3□無意見。4□不同意。5□非常不同意

5 避免寫錯字

　　1□非常同意。2☑同意。3□無意見。4□不同意。5□非常不同意

6 透過此法查字典是件有趣的事

　　1□非常同意。2□同意。3☑無意見。4□不同意。5□非常不同意

三、 寫作能力

1 透過此法能激發寫作靈感

　　1□非常同意。2☑同意。3□無意見。4□不同意。5□非常不同意

2 名字詮釋可以訓練句子表達

　　1☑非常同意。2□同意。3□無意見。4□不同意。5□非常不同意

3 此法可以提供寫作方向

　　1□非常同意。2☑同意。3□無意見。4□不同意。5□非常不同意

四、 未來展望

1 此法可以推廣於大中小學國語文課程

　　1□非常同意。2☑同意。3□無意見。4□不同意。5□非常不同意

圖31

2 此法可推廣於大學通識課程
　　1☑非常同意。2□同意。3□無意見。4□不同意。5□非常不同意
3 此法對你未來人生有幫助
　　1□非常同意。2☑同意。3□無意見。4□不同意。5□非常不同意

五、　　你對井字格取名法創意寫作有何看法或建議？

　　我覺得很有趣，能從字典中找到很多沒看過但是字形或字音很帥的字，而且還可以任意配對出一個有意義的詞並且只有自己可以完整全釋，井字取名真的很棒

　　　你的意見填寫將表達在學習井字格取名法後，語文和寫作能力是否感受到提昇，以作為老師改進此法的參考，再次感謝！

　　　　　　　　　　　　　　謝明輝老師敬啟　2013 年 12 月

圖32

證。謹希望井字格取名法創意寫作早日全面實施於全國語文課程中，落實人文及語文的深耕教育！

The Forming For the writing format of the method of Name-Choosing with 井

Abstract

In the Writing discussion about stylistic theory, basic knowledge, skills performance and composition teaching methods for The Academia, they have not yet found a universal-all writing formats which is supported by an invention patent as well as the writing method inspired by the format. In view of this, I am thinking about a question of how to stimulate students' creative writing inspiration. For I have a patent about choosing names in the symbol "井", in order to make my contribution of the patent more powerful, I integrate the Name-Choosing method into the teaching of writing. When the writing task add to the activities of choosing name, it can increase students' interest in writing.

According to the idea of reading texts and the choosing name activities can stimulate inspiration for the students' writing, I design a method for name-choosing with 井 named creative writing format, which is composed of three structures, the first is reading a text for proposing the name-choosing problem, the second is look up some Chinese words with a dictionary, and the third is the questions about the Chinese words in the symbol 井 and then students must create their own texts. This paper discussed the writing of this theory about the method of Name-Choosing with the 井. I hope more people know the format of the writing and make the writing courses alive through the teaching of writing.

Keyword：writing theory, the method of Name-Choosing with 井 reading the text, education of language, course

第三章
井字格取名法與創意寫作
創新學

提要

　　第三章的問題意識是井字格寫作理論如何用於語文教學中？有三篇論文試圖從〈送杜少府之任蜀州〉和〈歲暮到家〉兩篇文本來驗證井字格寫作理論的語文教學情況。

　　第一篇論述在國文課程實施中，經歷了閱讀古詩，再提出取名問題，再進入井字格與查字典，再漢字提問，最後產出文本。這種始於閱讀文本而終於創作文本的寫作訓練過程，除了能提升學生的漢字敏感度，尚可習得取名技術與藝術且激發他們的創作靈感，使其不再害怕寫作，進而寫出生命的內在感動，體悟到寫作是有趣的娛樂！

　　第二篇則指出在重視閱讀與書寫的國文課堂中，教師不應只是重在閱讀文本而已，應該要兩者結合起來，透過一種啓發學生思考的寫作活動設計，來提升他們的寫作能力。這個設計步驟是先閱讀〈送杜少府之任蜀州〉文本，再針對文本提出取名問題，藉此可拉近學生與文本的距離，再進入查字典填滿井字格，再經由井字格內漢字提問來引導學生寫作以產出文本。落實於寫作格式設計主要由「他創文本與取名問題」、「井字格與查字典」和「漢字提問與自創文本」等三大結構所組成。

　　第三篇則認為閱讀一篇文學作品，文本中通常會出現萬物，有時我們的生命感動是來自於這些萬物，因為作者會「借物抒情」，透過萬物投射自身的感情，因此若教學活動可以先設計對文本中的任一萬物取名問題，就像父母替小孩取名一樣，讀者就會因為取名的操作過程，進入這文學的世界。接著就要思考如何產出生命感動的文本，這時可透過送物的概念來引導寫作。

第一節　井字格取名法之寫作格式設計：以王勃〈送杜少府之任蜀州〉一詩為例[1]

一、前言

　　筆者曾在2013年10月由臺灣師範大學所主辦的「第二屆語文教育暨第八屆辭章章法學學術研討會」中，發表〈論字典取名學與章法學之供應關係〉一文論述字典取名學中的井字格取名法可以產出文本，之後筆者開始設計寫作格式訓練學生創作各種文體，果然得到不錯的迴響，肯定筆者在語文教育上的用心。

　　以下筆者將分享已在課堂實施過的創意寫作法，教材是以《文學與生活：閱讀與書寫》中所選的〈送杜少府之任蜀州〉古詩為例。井字格取名法創意寫作格式分正反兩面，反面主要給學生自由書寫的揮灑空間，而正面是引導學生寫作方向及激發其靈感，版面由右至左，分別由「他創文本與取名問題」（〈送杜少府之任蜀州〉一詩和取店名）、「井字格圖」和「提問與自創文本」等三大結構所組成，當筆者教完古詩和取名相關理論後，即實施短文創作。實施步驟如下所述：

二、閱讀他創文本，設計取名問題

　　井字格取名法之寫作設計，首先要閱讀文本，古代或現代文學之任一文本皆可，本文先以古詩文本為例作為寫作活動的完整說明。唐代〈送杜少府之任蜀州〉一詩是詩人王勃欲表達對杜少府將赴四川任官的鼓勵安慰之情，其文本如下：

　　　　城闕輔三秦，風煙望五津。與君離別意，同是宦遊人。
　　　　海內存知己，天涯若比鄰。無為在歧路，兒女共沾巾。

---

[1]　謝明輝：〈井字格取名法之寫作格式設計：以王勃〈送杜少府之任蜀州〉一詩為例〉，《國文天地》31卷9期（2016年2月），頁91-96。

　　閱讀完文本後，接著要設計取名問題。我們可以針對一句話或詩中情境來設計取名問題，再展開井字格取名法的操作。由於杜少府被遠調四川當官，唐代只要是遠離首都長安當官，內心認定被貶官，有種被拋棄的想法，既然被貶到遠方去，天高皇帝遠，杜少府可以自由做他的事，例如創業兼差從事本行的事，於是取名問題可設為：

> 　　上完王勃〈送杜少府之任蜀州〉一詩後，假設王勃所送的友人去蜀川是要去創業開書店，但杜少府不知如何取店名，請你運用井字格取名法幫他取店名。

　　這個取名問題將引起學生寫作動機，若真能幫唐人杜少府取店名，那是多麼有成就感的事啊！要解決這個取店名的問題，必須準備兩樣東西：姓氏取名參考表和字典。

三、依部首查字典填滿井字格

　　井字格共有九格，由右至左來填寫，右三格填入數字，中三格和左三格要填入漢字群，首先，在右三格須填入數字的思考中，其關鍵在於姓氏筆畫數。上述取名問題中，杜少府要開書店，我們依據書店創業者的姓氏，杜為7畫，查姓氏取名參考表（請參《應用華語文以字典取名學為例》，頁267），得出下列三欄：

(1)	(1)	(1)
7	7	7
9	18	10
16	6	15
—	—	—
32	31	32

　　三欄數字皆可，在井字格右側可填入7、9、16，或是7、18、6，或是7、10、15，接著中間三格則依部首查字典填入，部首是依你所喜愛，挑字也是依你所鍾情，將漢字的形音義好好體會一番，然後填滿井字格。以下筆者舉學生的作品為例：

	中間	右側
		7
省	室：房間。（宀部，2/7）　宥：幫助，寬恕。　勃：突然，變色。（力部，3/6）　勉：勤勞。　勇：瞻識過人。　迪：道理，啓發。　迦：和尚聚居之地。（辵部，2/12）	9
築	璞：未雕琢的玉。（玉部，2/9）　瑠：美玉的一種。（日部，3/13）　曇：雲氣漫佈。　曉：知悉。　曈：太陽剛出來之時。	16

圖1

　　圖1中，邱軒琦同學從姓氏取名表的7畫欄位挑選第一欄7、9、16，填入井字格右側，接著先查了辵部，屬7畫或4畫皆可，她當作4畫，再查5畫，總筆畫得9畫，查字典共有十二字，她選了二字，「迪」和「迦」，將其形音義填入，並標示相關資訊「（辵部，2/12）」。其他依此類推，共查了十個部首，才把井字格填滿。最後中間兩格配對成店名填入左側。省築書店是她幫杜少府取的店名。

　　筆者在課堂讓他們查字典，這過程往往花費一個小時左右，但卻是很難得的查字典經驗，當完成作品時，一定很有成就感。透過這查字典的過程中，已逐漸激發他們寫作靈感。我們再看另一例：

薰　瞻　謹		7
	寫：水向下急流。 濾：水去掉雜質。 濺：水點向上噴起。 瀑：瀑布。 （水部，4/14） 藏：收藏寶物的地方。 薰：香草名。 （草部，2/4） 謹：恭敬。 （言部，1/1）	18
名　旭　任	伊：姓。 仲：姓。 任：信賴。 （人部，4/13） 仰：敬慕。 吉：美好。 同：和平相處。 向：志願。 名：聞名。 合：聚在一起。 （口部，5/14）	6

圖2

　　圖2中，洪婉芸同學挑選第二個欄位7、18、6填入井字格右側三格，接著分別查了口、草部等十個她較喜歡的部首，並從中挑了喜歡的字，中間二格填滿漢字後，她配對了「謹任、瞻旭和薰名」等三個書店名稱，解決了杜少府取店名問題。再舉一例，見圖3。

　　何聿倫同學選了姓氏7畫欄的第三欄，填入井字格右側三格，接著他查了手、水部等五個部首，每個部首都挑了許多喜愛的字，且註明了字的形音義，中間二格填滿後，他配對了「浚樂」一個很好的書店名，解決了上列文本所設計的取名問題。

　　上列的井字格圖中，結果都是二字的店名，但若是要取三字的店名，則姓氏7畫中間上格也要查字典，其方法與中間二格的方法一樣。井字格圖主要的作用是要激發學生創作靈感。接著要用提問的方式進一步激發他們寫作的實踐。至於要如何提問呢？

四、提問並產出自創文本

　　井字格取名可作為課堂提升語文能力的活動，透過學生查字典取名

		7
浚	振：奮發。 捍：護衛。 挽：牽引。 梂：修長的。 捃：拾取。 抑：擦拭。 抒：引取。 （手部，7/32） 浸：漸漸地。 涓：細流。 浚：深冗。 洊：水名。 沄：浤水流大又急。 洪：水深廣。 涒：廣大的。 淑：水流的樣子。 （水部，8/47）	10
樂	慇：不動地。 慨：發愁地。 愊：順服的。 憭：明白。 惨：涕淚橫流。 憩：休息。 （心部，6/30）	15

圖3

的活動，改變以往老師單向講授的枯燥乏味。而在井字格取名活動之後，我們再設計寫作活動，更可讓學生在快樂心情下從事創作，應可產出不錯的作品。只是說，井字格取名活動和寫作要靠什麼連結起來呢？筆者的回答是：漢字提問。上列三組井字格中有滿滿的漢字群，無論中間格或左側格都可以提問以引導寫作，例如針對中間格可提問為：

> 請從井字格的漢字中任選一字，在特別的時機，如生日或失落，送給友人或愛人，並說明其原因和意義。試擬一篇短文，自訂題目，不限字數和文體，針對所選之字發想，把你的話告訴他。（書寫背面，可加上插圖，版面自行設計）

　　透過從井字格任選一字當作禮物送給她們朋友，然後進行友情對話及交流，因為較為貼近她們生活經驗，於是較能產出與心靈深處結合的佳作。以下筆者將舉三位同學的作品為例證加以論述，我們先看邱軒琦的文章：

送給親愛的你

在這無數的日子裡，我們一起經歷了許多事，有個字「曈」獻給你我。在字典裡，「曈」的意思為「太陽剛出來即將明而未明的樣子」。

我們總是期待每一天都是晴天，希望每一件事都順利。但也總是害怕並非我們期待的樣子。遇到每一件事都不要害怕，即是過程難熬，但太陽總是會照亮一切的，謹獻給我的摯愛你。

　　邱同學從上述的井字格圖中，她挑了中間下格16畫，日部的「曈」字，作為本篇作文要引申發揮的友情對話。題目訂為「送給親愛的妳」，文中針對「曈」為晴天之義發揮，獻此字給她，希望她能順利，版面左邊繪一太陽，其下有愛心圖案，切題清明。再看下例：

「旭」述妳

人生中難免有失意，不順遂的時候，遇到挫折，打理好自己，再重新站起來，像太陽一樣，即使昨夜狂風暴雨，今早仍然耀眼，燦爛的升起。而在此時，腦海裡浮現的妳，想把「旭」字送給妳。

　　這是洪婉芸同學文章的首段，經由井字格取名的活動中進而觸動心靈深處的友情，而送禮是一種傳達友情間的交流，送字為送禮活動中表達情意的方式之一，所以洪同學在朋友失落時，剛好學到筆者的井字格取名法，她從井字格中選了「旭」字送給友人，她藉由文章發抒很好的友情傳達。文中最後一段，她又強調：

　　我想送妳「旭」這個字，是希望妳能夠像太陽一樣，那麼

　　的耀眼，朝氣，有活力，妳的笑容也可以照亮全世界的黑暗，所有的不愉快，勉勵妳，也期許妳——對我來說很特別的妳。

　　總的來說，洪同學以「『旭』述妳」爲題，寫了一篇圖文並茂的文章。本篇題目很創新，她使用「旭」來諧音雙關「敘」，題目若用「敘述妳」較通俗，而用「旭述妳」則清人耳目。這當然須拜井字格圖所激發的創作靈感，她從井字格中間下格中選了日部的「旭」字作爲安慰她朋友的禮物。她的朋友最近在愛情上受到挫折，洪同學想用「旭」字來支持她，希望她能恢復以往樂觀開朗的人生態度。版面左邊繪有她們兩人在旭日下看書飲茶，很快樂的景象。

　　另一位同學何聿倫，他從井字格中選了「懃」字，並由此字的字典義：「不動地」，引申到「無所求」之義。他先描述各種失落人：「懃，不動地，當一個人感到失落，有很多原因，可能是因爲家人不同意自己換手機；朋友不約他吃飯；在臉書聊天已讀而不回；自己喜歡的女生變成別人的女朋友」，接著他歸結失落的感覺是源自內心的預想，因爲他們把快樂的泉源交給外在環境而非自己。這種想法頗具人生意義。而學生這樣有理性的思考是如何產生的呢？當然是透過井字格取名活動，何同學在他所做的井字格中間格下格內，選了心部「懃」字，作爲失落人的鼓勵之意。在井字格取名活動和漢字提問促進寫作思考的雙重激發下，文中他強調：「『懃』這個字是要執意、專注於自己的心，不受周圍環境影響而動。」此語頗具哲思，引人思索。

　　以上筆者舉了三位同學的作品當作例證，說明同學在井字格取名法的寫作格式設計中，經由閱讀古詩文本，最後產出自己的作品，這種寫作設計，逐步地讓學生經由取名活動以促進寫作思考，無形中已提升他們的寫作興趣和語文能力。

五、結語

　　「井字格取名法」一詞可能會被誤解為姓名學之類的算命意涵，但經由筆者在期刊或研討會所發表的〈運用井字格取名法進行華語識字教學〉、〈略談井字格取名法對語文教學之創新意義〉、〈運用井字格取名法替賈伯斯（Steve Jobs）取中文名：一種創新的漢字教學課程設計〉、〈井字格取名法對國文教學之創新思維 ── 以老子、白居易和許慎為例〉等四篇與井字格取名法相關的論文，已讓許多學者明白井字格取名法是字典取名學中的一個分支，此法正可運用在語文教育，並得到學生許多正面的回饋，經由筆者在亞洲大學「文學與生活及習作」的課程實踐足以證明。課程實施經歷了閱讀古詩，再提出取名問題，再進入井字格與查字典，再漢字提問，最後產出文本。這種始於閱讀文本而終於創作文本的寫作訓練過程，除了能提升學生的漢字敏感度，尚可習得取名技術與藝術且激發他們的創作靈感，使其不再害怕寫作，進而寫出生命的內在感動，體悟到寫作是有趣的娛樂！

第二節　結合井字格取名法設計王勃〈送杜少府之任蜀州〉一詩的創意寫作活動[2]

摘要

　　在國文課程中，主要是以文本閱讀為核心概念，而寫作活動的設計較少出現在課堂上。即使有，大都是命題式或是說明式的作文類型，且教師對寫作活動的講解更是忽略。閱讀與書寫的國文課堂中，

2　謝明輝：〈結合井字格取名法設計王勃〈送杜少府之任蜀州〉一詩的創意寫作活動〉，《第三屆全國大一國文創新教學研討會論文集》（新北：華立圖書公司，2016年6月），頁163-179。
　　ISBN：978-986-91913-2-6

不應只是重在閱讀文本而已，應該要兩者結合起來，透過一種啓發學生思考的寫作活動設計，來提升他們的寫作能力。由於先前筆者所提出井字格取名法融入國文課程的創新思維已獲得學生和論文評審者的肯定，但當時此法缺少文本閱讀的連結，亦難產出寫作文本。

　　因此，本文欲在此基礎上進一步來設計創新的寫作活動，這個設計步驟是先閱讀〈送杜少府之任蜀州〉文本，再針對文本提出取名問題，藉此可拉近學生與文本的距離，再進入查字典填滿井字格，再經由井字格內漢字提問來引導學生寫作以產出文本。落實於寫作格式設計主要由「他創文本與取名問題」、「井字格與查字典」和「漢字提問與自創文本」等三大結構所組成。筆者已在國文課堂實施過了，透過井字格取名法創意寫作格式的引導，學生分別產出各樣的文本，如劇本、書信、散文和新詩等。本文將有學生實際作品的驗證與說明，期許結合井字格取名法的創意寫作模式可以在大學國文講堂上廣大實施，活化語文教育。

關鍵字：井字格取名法、創意寫作、國文、文本、閱讀

一、前言

　　在國文課程中，主要是以文本閱讀爲核心概念，而寫作活動的設計較少出現在課堂上。即使有，大都是命題式或是說明式的作文類型，且教師對寫作活動的講解更是忽略。寫作要實施課堂之中，則要談到作文教學法，這方面的研究有：江惜美《國語文教學論集》主要談小學生作文適用的教學法，她分三段，低年級學生適用的教學方法：⑴看圖作文、⑵剪貼作文、⑶啓發作文；中年級適用的是：⑴情境作文、⑵編序作文、⑶啓發作文、⑷引導作文。高年級適用的是：⑴接句作文、⑵成語作文、⑶生活作文、⑷閱讀作文[3]。而陳弘昌《國小語文科教學研究

3　江惜美：《國語文教學論集》（臺北：萬卷樓圖書公司，1998年），頁17-100。

（修訂版）》亦提出許多關於小學生作文教學法的探討[4]。上述之作文寫作研究自有其功效，但筆者想再提出不同的寫作法來提供學界參考。

　　閱讀與書寫的國文課堂中，不應只是重在閱讀文本而已，應該要兩者結合起來，透過一種啓發學生思考的寫作活動設計，來提升他們的寫作能力。由於先前筆者所提出井字格取名法融入國文課程的創新思維已獲得學生和論文評審者的肯定[5]，但當時此法缺少文本閱讀的連結，亦難產出寫作文本。後來持續研究此議題，終於發現井字格取名法和寫作之間的連結[6]。

　　因此，本文欲在此基礎上進一步來設計創新的寫作活動，這個設計步驟是先閱讀〈送杜少府之任蜀州〉文本，再針對文本提出取名問題，再進入查字典塡滿井字格，再經由井字格內漢字提問來引導學生寫作以產出文本。落實於寫作格式設計主要由「他創文本與取名問題」、「井字格與查字典」和「漢字提問與自創文本」等三大結構所組成。如圖4所示：

　　圖4中，井字格爲寫作格式的核心位置，透過由右至左的激發寫作靈感的布局，先就文本提出取名問題，再導入井字格查字典，再設計漢字提問，最後則有作品產出。文學中的任一文本皆可依此設計概念設計寫作格式，而〈送杜少府之任蜀州〉這首王勃的詩亦可設計成如圖5：

　　上述的創意寫作筆者已在國文課堂實施過了，透過井字格取名法創意寫作格式的引導，學生分別產出各樣的文本，如劇本、書信、散文和新詩等。本文將有學生實際作品的驗證與說明，期許結合井字格取名法的創意寫作模式可以在大學國文講堂上廣大實施，活化語文教育。

4　陳弘昌：《國小語文科教學研究（修訂版）》（臺北：五南圖書公司，1999年），第七章〈作文教學研究〉，頁319-357。

5　詳見謝明輝：〈井字格取名法對國文教學之創新思維——以老子、白居易和許慎為例〉，「第二屆全國大一國文創新教學研討會」，臺北：致理技術學院（2013年6月）。

6　詳見謝明輝：〈論字典取名學與章法學之供應關係〉，「第二屆語文教育暨第八屆辭章章法學學術研討會」，臺北：臺灣師範大學（2013年10月）。

井字格取名法創意寫作構想示意

他創文本（含作者遭遇）：閱讀文章或作者，從一句或一念（文章情境）延伸出取名問題，以引起寫作動機，再進入井字格取名法操作，建議閱讀文章可從謝明輝《淬煉山海》一書選文

井字格取名法可取出：
人名（嬰兒名公司名）、動物名、植物名、物品名（書包手機）等各種名稱

自創文本：從井字格內選字來設計提問以引導寫作方向，進而產出文本。

圖4

二、閱讀他創文本，設計取名問題

　　井字格取名法之寫作設計，首先要閱讀文本，古代或現代文學之任一文本皆可，本文先以古詩文本為例作為寫作活動的完整說明。唐代〈送杜少府之任蜀州〉一詩是詩人王勃欲表達對杜少府將赴四川任官的鼓勵安慰之情，其文本如下：

　　　　城闕輔三秦，風煙望五津。與君離別意，同是宦遊人。
　　　　海內存知己，天涯若比鄰。無為在歧路，兒女共沾巾。[7]
　　　　（《全唐詩》卷五六，頁676）

---

[7] 2014年4月3日查詢故宮【寒泉】古典文獻全文檢索資料庫http://libnt.npm.gov.tw/s25/網頁所得。
　　紙本資料請參清朝彭定求等編：《全唐詩》（北京：中華書局，1996年）。

「亞大心‧中文情」——生命閱讀與書寫課程精進計畫　作業五　單元四　主題：友情愛情

課程：文學與生活（含習作）　授課教師：謝明輝　科系：　姓名：

一、引起動機：

　　上完王勃〈送杜少府之任蜀川〉一詩後，假設王勃所送的友人去蜀川是要去創業開書店，但杜少府不知如何取店名？請你運用井字格取名法幫他取店名？

二、引導寫作：

　　請從井字格的漢字中任選一字，在特別的時機，如生日或失落，送給友人或愛人，並說明其原因和意義。試擬一篇短文，自訂題目，不限字數和文體，針對所選之字發想，把你的話告訴他。（書寫背面，可加上插圖，版面自行設計）

井字格取名法創意寫作　指導老師：謝明輝

科系：　　　學號：　　　姓名：

題目：

圖5

　　每位教師對此詩的詮解應該不同，而筆者則從人生角度來解讀。杜少府是王勃的友人，他被貶到四川去，王勃寫詩安慰杜少府，詩中表達出無論杜少府被貶多遠，都不該自我放棄，而應自我提升，因為友情力量不因分離遙遠而失去意義，所謂「海內存知己，天涯若比鄰」。

　　不管教師如何解釋這首文本，在閱讀完文本後，接著要設計取名問題。有時學生對文本不感興趣，此時若能針對文本設計取名問題，可拉近文本與學生的距離。我們可以針對一句話或詩中情境來設計取名問題，再展開井字格取名法的操作。由於杜少府被遠調四川當官，唐代只要是遠離首都長安當官，內心認定被貶官，有種被拋棄的想法，既然被貶到遠方去，天高皇帝遠，杜少府可以自由做他的事，例如創業兼差從事本行的事，於是取名問題可設為：

　　　　上完王勃〈送杜少府之任蜀州〉一詩後，假設王勃所送的
　　　　友人去蜀川是要去創業開書店，但杜少府不知如何取店
　　　　名，請你運用井字格取名法幫他取店名。

　　這個取名問題將引起學生寫作動機，若真能幫唐人杜少府取店名，那是多麼有成就感的事啊！要解決這個取店名的問題，必須準備兩樣東西：姓氏取名參考表和字典[8]。

　　至於應如何就文本來設計取名問題以引起學生寫作動機，之後筆者將出版相關書籍論述，在此僅舉一詩做具體說明即可。

三、依部首查字典填滿井字格

　　在就文本中之情境或萬物設計取名問題後，我們開始要運用井字格

8　姓氏取名參考表是根據五行生大於剋，筆畫吉大於凶，其相關理論請參謝明輝：《應用華語文
　　以字典取名學為例》（高雄：麗文化公司，2012年），第三章，頁53-137。查字典則任一版本
　　皆可。

取名法來解決取名問題，這過程可激發寫作靈感與語文能力之提升。井
字格共有九格，我們必須由右至左來填寫，右三格填入數字，中三格和
左三格要填入漢字群，首先，在右三格須填入數字的思考中，其關鍵在
於姓氏筆畫數。上述取名問題中，杜少府要開書店，我們依據書店創業
者的姓氏，杜為7畫，查姓氏取名參考表[9]，得出下列三欄：

(1)	(1)	(1)
7	7	7
9	18	10
16	6	15
—	—	—
32	31	32

　　三欄數字皆可，在井字格右側可填入7、9、16，或是7、18、6，
或是7、10、15，接著中間三格則依部首查字典填入，部首是依你所喜
愛，挑字也是依你所鍾情，將漢字的形音義好好體會一番，然後填滿井
字格。以下筆者舉學生的作品為例，第一位邱同學所做的井字格圖如
圖6：

　　筆者將之轉換成圖7：

　　上圖中，邱軒琦同學從姓氏取名表的7畫欄位挑選第一欄7、9、
16，填入井字格右側，接著先查了辵部，屬7畫或4畫皆可，她當作
4畫，再查5畫，總筆畫得9畫，查字典共有十二字，她選了二字，
「迪」和「迦」，將其形音義填入，並標示相關資訊「（辵部，
2/12）」。其他依此類推，共查了十個部首，才把井字格填滿。最後中
間兩格配對成店名填入左側。「省築書店」是她幫杜少府取的店名。

9　請參謝明輝：《應用華語文以字典取名學為例》（高雄：麗文文化公司，2012年），頁267。

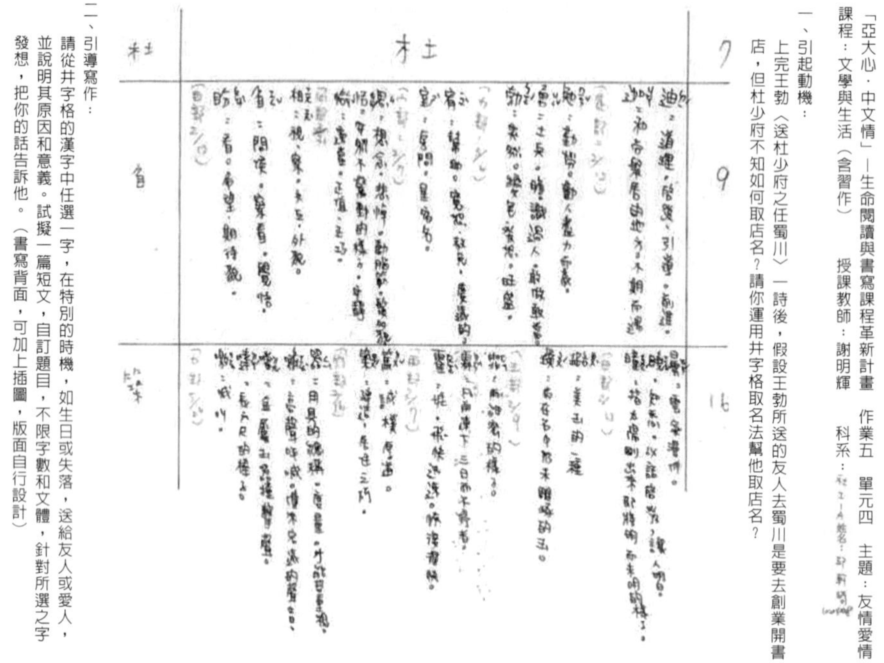
「亞大心・中文情」—生命閱讀與書寫課程革新計畫　作業五　單元四　主題：友情愛情
課程：文學與生活（含習作）　授課教師：謝明輝　科系：　姓名：
一、引起動機：
上完王勃〈送杜少府之任蜀川〉一詩後，假設王勃所送的友人去蜀川是要去創業開書店，但杜少府不知如何取店名？請你運用井字格取名法幫他取店名？
二、引導寫作：
請從井字格的漢字中任選一字，在特別的時機，如生日或失落，送給友人或愛人，並說明其原因和意義。試擬一篇短文，自訂題目，不限字數和文體，針對所選之字發想，把你的話告訴他。（書寫背面，可加上插圖，版面自行設計）

圖6

		7
省	迪（ㄉㄧˊ）：道理，啓發。 迦（ㄐㄧㄚ）：和尚聚居之地。 （辵部，2/12） 勉（ㄇㄧㄢˇ）：勤勞。 勇（ㄩㄥˇ）：膽識過人。 勃（ㄅㄛˊ）：突然，變色。 （力部，3/6） 宥（ㄧㄡˋ）：幫助，寬恕。 室（ㄕˋ）：房間。 （宀部，2/7）	9
築	曇（ㄊㄢˊ）：雲氣漫佈。 曉（ㄒㄧㄠˇ）：知悉。 曈（ㄊㄨㄥˊ）：太陽剛出來之時。 （日部，3/13） 璐（ㄌㄨˋ）：美玉的一種。 璞（ㄆㄨˊ）：未雕琢的玉。 （玉部，2/9）	16

圖7

　　筆者在課堂讓他們查字典，這過程往往花費一個小時左右，但卻是很難得的查字典經驗，當完成作品時，一定很有成就感。透過這查字典的過程中，已逐漸激發他們寫作靈感。我們再看另一例，見圖8：

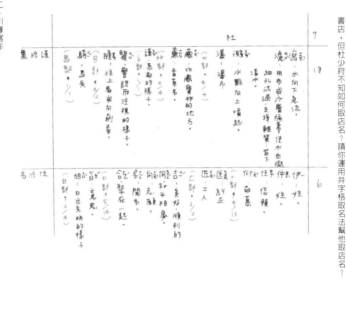

圖8

　　筆者再將寫作格式圖轉成井字格圖，如圖9：

　　圖9中，洪婉芸同學挑選第二個欄位7、18、6填入井字格右側三格，接著分別查了口、草部等十個她較喜歡的部首，並從中挑了喜歡的字，中間二格填滿漢字後，她配對了「謹任、瞻旭和熏名」等三個書店名稱，解決了杜少府取店名問題。再舉一例，如圖10：

　　轉成井字格圖則為，見圖11：

　　何聿倫同學選了姓氏7畫欄的第三欄，填入井字格右側三格，接著他查了手、水部等五個部首，每個部首都挑了許多喜愛的字，且註明了

		7
薰瞻謹	瀉：水向下急流。 濾：水去掉雜質。 濺：水點向上噴起。 瀑：瀑布。 （水部，4/14） 藏：收藏寶物的地方。 薰：香草名。 （草部，2/4） 謹：恭敬。 （言部，1/1）	18
名旭任	伊：姓。 仲：姓。 任：信賴。 （人部，4/13） 仰：敬慕。 吉：美好。 同：和平相處。 向：志願。 名：聞名。 合：聚在一起。 （口部，5/14）	6

圖9

課程：文學與生活（含習作）　授課教師：謝明輝　科系：餐飲　姓名：何書倩

「亞大心・中文情」—生命閱讀與書寫課程革新計畫　作業五　單元四　主題：友情愛情

一、引起動機：上完王勃《送杜少府之任蜀川》一詩後，假設王勃所送的友人去蜀川是要去創業開書店，但杜少府不知如何取店名？請你運用井字格取名法幫他取店名？

二、引導寫作：請從井字格的漢字中任選一字，在特別的時機，如生日或失落，送給友人或愛人，並說明其原因和意義。試擬一篇短文，自訂題目，不限字數和文體，針對所選之字發想，把你的話告訴他。（書寫背面，可加上插圖，版面自行設計）

	7
	杜
	10
	15

圖10

			7
浚	淋：水流的樣子 （水部，8/47） 浤：廣大的。 沖：水深廣。 宏：水流大又急。 洤：水名。 浚：深冗。 涓：細流。 浸：漸漸地。 （手部，7/32） 抒：引取。 揶：擦拭。 捃：拾取。 梀：修長的。 挽：牽引。 捍：護衛。 振：奮發。		10
樂	憩：休息。 （心部，6/30） 愔：涕淚橫流。 憬：明白。 博：順服的 慨：發愁地 熱：不動地		15

圖11

字的形音義，中間二格填滿後，他配對了「浚樂」一個很好的書店名，解決了上列文本所設計的取名問題。

　　上列的井字格圖中，結果都是二字的店名，但若是要取三字的店名，則姓氏7畫中間上格也要查字典，其方法與中間二格的方法一樣。井字格圖主要的作用是要激發學生創作靈感。接著要用提問的方式進一步激發他們寫作的實踐。至於要如何提問呢？

四、提問並產出自創文本

　　井字格取名可作為課堂提升語文能力的活動，透過學生查字典取名的活動，改變以往老師單向講授的枯燥乏味。而在井字格取名活動之後，我們再設計寫作活動，更可讓學生在快樂心情下從事創作，應可產出不錯的作品。只是說，井字格取名活動和寫作要靠什麼連結起來呢？筆者的回答是，漢字提問[10]。上列三組井字格中有滿滿的漢字群，無論

10　所謂「漢字提問」是指，從井字格中的漢字或名字來設計作文寫作方向，如從井字格中選一字送給某人，或針對名字做一呼告。日後我也將出版相關書籍論述。

中間格或左側格都可以提問以引導寫作，例如針對中間格可提問爲：

> 請從井字格的漢字中任選一字，在特別的時機，如生日或
> 失落，送給友人或愛人，並說明其原因和意義。試擬一篇
> 短文，自訂題目，不限字數和文體，針對所選之字發想，
> 把你的話告訴他。（書寫背面，可加上插圖，版面自行設
> 計）

　　透過從井字格任選一字當作禮物送給她們朋友，然後進行友情對話
及交流，因爲較爲貼近她們生活經驗，於是較能產出與心靈深處結合的
佳作。以下筆者將舉三位同學的作品爲例證加以論述，我們先看邱軒琦
的文章，見圖12：

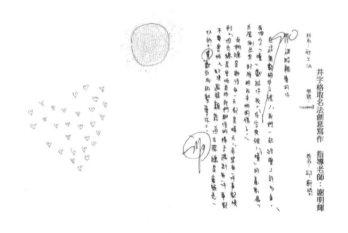

圖12

　　我將上文的作品打字如下所示：

送給親愛的你

在這無數的日子裡，我們一起經歷了許多事，有個字「曈」獻給你我。在字典裡，「曈」的意思為「太陽剛出來即將明而未明的樣子」。

我們總是期待每一天都是晴天，希望每一件事都順利。但也總是害怕並非我們期待的樣子。遇到每一件事都不要害怕，即是過程難熬，但太陽總是會照亮一切的，謹獻給我的摯愛你。

　　邱同學從上述的井字格圖中，她挑了中間下格16畫，日部的「曈」字，作為本篇作文要引申發揮的友情對話。題目訂為「送給親愛的妳」，文中針對「曈」為晴天之義發揮，獻此字給她，希望她能順利，版面左邊繪一太陽，其下有愛心圖案，切題清明。再看圖13：

圖13

　　筆者將上圖摘要打字如下：

「旭」述妳

　　人生中難免有失意，不順遂的時候，遇到挫折，打理好自己，再重新站起來，像太陽一樣，即使昨夜狂風暴雨，今早仍然耀眼，燦爛的升起。而在此時，腦海裡浮現的妳，想把「旭」字送給妳。

　　這是洪婉芸同學文章的首段，經由井字格取名的活動中進而觸動心靈深處的友情，而送禮是一種傳達友情間的交流，送字為送禮活動中表達情意的方式之一，所以洪同學在朋友失落時，剛好學到筆者的井字格取名法，她從井字格中選了「旭」字送給友人，她藉由文章發抒很好的友情傳達。文中最後一段，她又強調：

　　我想送妳「旭」這個字，是希望妳能夠像太陽一樣，那麼的耀眼，朝氣，有活力，妳的笑容也可以照亮全世界的黑暗，所有的不愉快，勉勵妳，也期許妳——對我來說很特別的妳。

　　總的來說，洪同學以「『旭』述妳」為題，寫了一篇圖文並茂的文章。本篇題目很創新，她使用「旭」來諧音雙關「敘」，題目若用「敘述妳」較通俗，而用「旭述妳」則清人耳目。這當然須拜井字格圖所激發的創作靈感，她從井字格中間下格中選了日部的「旭」字作為安慰她朋友的禮物。她的朋友最近在愛情上受到挫折，洪同學想用「旭」字來支持她，希望她能恢復以往樂觀開朗的人生態度。版面左邊繪有她們兩人在旭日下看書飲茶，很快樂的景象。

　　另一位同學何聿倫，他的作品如下，見圖14。

　　他從井字格中選了「墊」字，並由此字的字典義：「不動地」，引申到「無所求」之義。他先描述各種失落人：「墊，不動地，當一個人感到失落，有很多原因，可能是因為家人不同意自己換手機；朋友不

圖14

約他吃飯；在臉書聊天已讀而不回；自己喜歡的女生變成別人的女朋友」，接著他歸結失落的感覺是源自內心的預想，因為他們把快樂的泉源交給外在環境而非自己。這種想法頗具人生意義。而學生這樣有理性的思考是如何產生的呢？當然是透過井字格取名活動，何同學在他所做的井字格中間格下格內，選了心部「熱」字，作為失落人的鼓勵之意。在井字格取名活動和漢字提問促進寫作思考的雙重激發下，文中他強調：「『熱』這個字是要執意、專注於自己的心，不受周圍環境影響而動。」此語頗具哲思，引人思索。

　　以上筆者舉了三位同學的作品當作例證，說明同學在井字格取名法的寫作格式設計中，經由閱讀古詩文本，最後產出自己的作品，這種寫作設計，逐步地讓學生經由取名活動以促進寫作思考，無形中已提升他們的寫作興趣和語文能力。

五、結語

　　「井字格取名法」一詞可能會被誤解為姓名學之類的算命意涵，但經由筆者在期刊或研討會所發表的〈運用井字格取名法進行華語識字教學〉、〈略談井字格取名法對語文教學之創新意義〉、〈運用井字格取名法替賈伯斯（Steve Jobs）取中文名：一種創新的漢字教學課程設計〉、〈井字格取名法對國文教學之創新思維——以老子、白居易和許慎為例〉、〈論字典取名學與章法學之供應關係〉等五篇與井字格取名法相關的論文，已讓許多學者明白井字格取名法是字典取名學中的一個分支，此法正可運用在語文教育中的創意寫作，並得到學生許多正面的回饋，經由筆者在亞洲大學「文學與生活及習作」的課程實踐足以證明。

　　筆者先就文本提出杜少府取店名的問題，藉以拉近文本與學生的距離，增加趣味，而三位同學分別取了「省築書店」、「謹任書局」、「浚樂書店」等書店名，這取名過程已無形中激發他們的寫作靈感。接著再依井字格內的漢字提問，運用選字送給朋友的構思來引導他們寫作方向，他們也順利產出〈送給親愛的你〉、〈「旭」述妳〉〈熱〉等三篇文章。

　　寫作課程實施經歷了閱讀古詩〈送杜少府之任蜀州〉，再提出取名問題，再進入井字格與查字典，再漢字提問，最後產出文本。這種始於閱讀文本而終於創作文本的寫作訓練過程，除了能提升學生的漢字敏感度，尚可習得取名技術與藝術且激發他們的創作靈感，使其不再害怕寫作，進而寫出生命的內在感動，體悟到寫作是有趣的娛樂！

附錄　學生無記名問卷調查

井字格取名法創意寫作問卷 (雙面)

說明：老師想瞭解你們對井字格取名法創意寫作的學習情形，以作爲未來出版教
　　　材或教學的參考，請用心填寫，共五大項，反面有題，謝謝

一、　基本資料
1 你所就讀科系：保健食品1A
2 是否聽過井字格取名法的相關資訊？□是　，在哪？_____。☑否

二、　語文能力

1 你從井字格內學了幾字？
　　1□3 字以內。2☑4-8 字。3□9-12 字。4□13 字以上。5□沒學到
2 此法對寫字和識字之提昇有助益。
　　1□非常同意。2☑同意。3□無意見。4□不同意。5□非常不同意
3 可以增加漢字敏感度
　　1□非常同意。2☑同意。3□無意見。4□不同意。5□非常不同意
4 漢字配對成名字可以提昇造詞能力
　　1☑非常同意。2□同意。3□無意見。4□不同意。5□非常不同意
5 避免寫錯字
　　1□非常同意。2☑同意。3□無意見。4□不同意。5□非常不同意
6 透過此法查字典是件有趣的事
　　1□非常同意。2□同意。3☑無意見。4□不同意。5□非常不同意

三、　寫作能力

1 透過此法能激發寫作靈感
　　1□非常同意。2☑同意。3□無意見。4□不同意。5□非常不同意
2 名字詮釋可以訓練句子表達
　　1☑非常同意。2□同意。3□無意見。4□不同意。5□非常不同意
3 此法可以提供寫作方向
　　1□非常同意。2☑同意。3□無意見。4□不同意。5□非常不同意

四、　未來展望

1 此法可以推廣於大中小學國語文課程
　　1□非常同意。2☑同意。3□無意見。4□不同意。5□非常不同意

2 此法可推廣於大學通識課程
　　1□非常同意。2□同意。3☑無意見。4□不同意。5□非常不同意
3 此法對你未來人生有幫助
　　1□非常同意。2□同意。3☑無意見。4□不同意。5□非常不同意

五、　　你對井字格取名法創意寫作有何看法或建議？

> 對於查字典已經是國小國中的事，但是再次看到字典也是會回想到之前。
>
> 老師推廣的井字格創意寫作蠻有趣的，學習到了很多不曾認識過
>
> 的漢字。如果能夠繼續推廣至國中小學，相信很多人都能體驗到井
>
> 字格的意義跟趣味，也能夠對漢字有更深印象。

　　你的意見填寫將表達在學習井字格取名法後，語文和寫作能力是否感受到提昇，以作為老師改進此法的參考，再次感謝！

謝明輝老師敬啟　**2013** 年 **12** 月

第三節　從〈歲暮到家〉一詩設計借物抒情的生命敘事書寫：以井字格取名法為引導策略[11]

摘要

　　在教學活動中，如何引導學生在閱讀文學作品後，順著文本的思路來展開自身生命有意義的敘事，這是教師很重要的教學任務。無論閱讀何種文本，閱讀本身皆是一種深層的作者與讀者生命連結的心理活動。清代蔣士銓〈歲暮到家〉以古詩形式，書寫他在遊山玩水，赴京考試後，於歲暮返家，探望老母；這是一首親子之間的生命故事，雖然篇幅簡賅，但勾勒生命深層的感動是很真摯的。教師講授課文後，應如何引導學生進行閱讀文本後的生命書寫呢？本文建議運用井字格取名法引導書寫活動。閱讀一篇文學作品，文本中通常會出現萬物，有時我們的生命感動是來自於這些萬物，因為作者會「借物抒情」，透過萬物投射自身的感情，因此若教學活動可以先設計對文本中的任一萬物取名問題，就像父母替小孩取名一樣，讀者就會因為取名的操作過程，進入這文學的世界。接著就要思考如何產出生命感動的文本，這時可透過送物的概念來引導寫作。

　　本文擬以井字格取名法的兩道提問設計，先從文本內容設計某物取名的問題，經由井字格的查字典和漢字配對取名過程，最後再設計親人曾送何物給你的引導寫作，自然可激發寫作靈感，寫出生命感動的文章。上述做法，筆者已在課程中實施過，本文將提出實例為佐證並加以論述生命敘事與文學創作之間的關係。

關鍵詞：井字格取名法、歲暮到家、生命敘事、文學閱讀、寫作教學

11　謝明輝：〈從〈歲暮到家〉一詩設計借物抒情的生命敘事書寫：以井字格取名法為引導策略〉，「2018中文閱讀書寫課程教學學術研討會」，臺北：德明財經科技大學（2018年6月）。

一、前言

　　提問是獲得學科知識或人生智慧的手段之一[12]。在文學、華語教學或大一國文等人文社會學科中，井字格取名法可作為提問及解題的專業方法之一，它既可落實於教學活動以激發漢字與生命感受的連結，亦能習得取名的實用技能[13]。井字格取名法就其解決的取名問題的形式，大致可分為非文本式和文本式的取名提問。非文本式的取名問題是指不用透過文本來提問，通常只有一道提問，像是：「假設老子生龍鳳胎，如何取名？」「假設白居易欲改名，如何解決？」「假設許慎開書店，如何取名？」[14]而文本式的取名問題，主要稱作「井字格作文」，通常有

---

[12]　筆者在博客來網路書店的首頁搜尋引擎輸入關鍵詞「提問」，約有一百四十五頁，至少也有千筆的相關書籍，例如，《學問：100種提問力創造200倍企業力》、《非問不可：提升口語表達能力的課文提問教學（附課文朗讀MP3及國語文課文教學投影片）》、《有效提問：閱讀好故事、設計好問題，陪孩子一起探索自我》等書。其中關於語文教學的提問方法，不外乎封閉式和開放式。據筆者提問經驗，大約可分三種：文本式、延伸式、批判式。文本式是與文本有關，如蔣士銓母親用什麼手段或方式表達母愛？延伸式是延伸文本的想像，如：如果你是蔣士銓的話，如何回報母親？批判式是提出看法。請蒐集相關親情的文本，探討其中的表現方法。然而，迄今為止，筆者尚未見到就文本提出取名的問題。但無論如何，問為什麼，之後才會有發明。如科學上，我們問：鳥為什麼會飛？人類可不可以像鳥一樣在天空飛翔？於是有飛機的發明。

[13]　井字格取名法係屬於字典取名學的一部分，其與文學有很大關聯，請詳參謝明輝：〈字典取名學與章法學關係析論〉，《臺中教育大學：人文藝術》29卷1期（2015年6月），頁23-42。此外，尚許多篇關於華語或大一國文教學相關的文章，如〈試論一種創新的漢字教學課程設計：以井字格取名法替賈伯斯（Steve Jobs）取中文名為例〉，《臺中教育大學：人文藝術》31卷2期，頁23-39。〈試論井字格取名法的教學活動設計對學生人文素養及社會能力之培養〉，《閱讀書寫・建構反思》（臺中：逢甲大學語文教學中心主編及出版），頁3-31。〈運用井字格取名法進行華語識字教學〉，《臺灣科技大學人文社會學報》9卷2期，頁107-126。〈略談井字格取名法對語文教學之創新意義〉，《中國語文》月刊668期，頁69-74。

[14]　以上三種非文本式的取名問題及解決過程，詳參謝明輝：〈井字格取名法對國文教學之創新思維——以老子、白居易和許慎為例〉，《第二屆全國大一國文創新教學研討會論文集》臺北：致理技術學院（2015年2月），頁175-192。ISBN：978-986-89064-7-1。

兩道提問，第一道提問會根據文本來設計取名問題，例如，筆者依據
〈送杜少府之任蜀州〉一詩之文本，設計「上完王勃〈送杜少府之任蜀
州〉一詩後，假設王勃所送的友人去蜀川是要去創業開書店，但杜少
府不知如何取店名，請你運用井字格取名法幫他取店名。」之取名問
題[15]。

　　井字格取名法從非文本式到文本式的理論發展標誌著語文教學（文
學、大一國文等）領域上的極大飛躍，從《應用華語文：以字典取名學
為例》到《井字格取名法的創意寫作》二本專書的誕生，正是這兩種形
態的發展里程碑[16]。《井字格取名法的創意寫作》主張任一文本皆可設
計取名問題，並產出井字格作文。本文根據該書理論設計〈歲暮到家〉
的井字格作文，不同於前文〈送杜少府之任蜀州〉的部分是，本文對學
生所產出的井字格作文製表分析，強調生命敘事的真實感受。

　　本文擬以井字格取名法的兩道提問設計，先從文本內容設計某物取
名的問題，經由井字格的查字典和漢字配對取名過程，最後再設計親人
曾送何物給你的引導寫作，自然可激發寫作靈感，寫出生命感動的文
章。上述做法，筆者已在課程中實施過，本文將提出實例為佐證並加以
論述生命敘事與文學創作之間的關係。

二、〈歲暮到家〉與第一道取名提問

　　閱讀一篇文學作品，文本中通常會出現萬物[17]，有時我們的生命感

---

[15] 此文本式的取名問題及解決過程，並由此而產生文章，詳參謝明輝，〈井字格取名法之寫作格
　　式設計：以王勃〈送杜少府之任蜀州〉一詩為例〉，《國文天地》31卷9期（2016年2月），頁
　　91-96。

[16] 謝明輝：《井字格取名法的創意寫作》（高雄：麗文文化公司，2014年8月）。謝明輝：《應用
　　華語文——以字典取名學為例》（高雄：麗文文化公司，2012年8月）。

[17] 雖「文本中出現萬物」這個說法已是常識，然筆者仍須引經據典強調一番。鍾嶸《詩品‧總
　　序》：「氣之動物，物之感人，故搖蕩性情，形諸舞詠。」這是說作家受外境之萬物影響，情
　　感受到感動後，表現在藝術創作（舞詠），這裡包含文學作品。劉勰說得更仔細，《文心雕
　　龍‧物色》：「是以詩人感物，聯類不群；流連萬象之際，沉吟視聽之區。寫氣圖貌，既隨物

動是來自於這些萬物，因為作者會「借物抒情」，透過萬物投射自身的感情[18]，因此若教學活動可以先設計對文本中的任一萬物取名問題，就像父母替小孩取名一樣，讀者就會因為取名的操作過程，進入這文學的世界。接著就要思考如何產出生命感動的文本，這時可透過送物的概念來引導寫作。

　　清代蔣士銓〈歲暮到家〉以古詩形式，書寫他在遊山玩水，赴京考試後，於歲暮返家，探望老母；這是一首親子之間的生命故事，雖然篇幅簡賅，但勾勒生命深層的感動是很真摯的。教師講授課文後[19]，應如何引導學生進行閱讀文本後的生命書寫呢？〈歲暮到家〉的文本如下：

> 愛子心無盡，歸家喜及辰。寒衣針線密，家信墨痕新。見面憐清瘦，呼兒問苦辛。低徊愧人子，不敢歎風塵。[20]

　　詩中明顯看出寒衣是明顯的物，作者蔣士銓借寒衣之物投射母親為

以宛轉；屬彩附聲，亦與心而徘徊。」當詩人感物後，必寫氣圖貌，屬彩附聲，注重寫作的聲律與內容，因此萬物在文本中出現乃為自然之事。以上兩書分別詳見王叔岷：《鍾嶸詩品箋證稿》（臺北：中研院中國文哲研究所，1992年），頁47。詳見梁朝劉勰著，陸侃如、牟世金譯注：《文心雕龍譯注》（山東：齊魯書社，1996年11月），頁549。

18　萬物被作家選入創作之中後，那個物即稱為「意象」，此已帶有詩人主觀情感，如「寒衣」一詞即是蔣士銓要抒發情感的其中之一的對象。童慶炳曾論述《文心雕龍》之概念「與心而徘徊」比「隨物以宛轉」更為重要。他說：「所謂與心而徘徊，就是詩人以心去擁抱外物，使物服從於心，使心物交融，獲得對詩人來說是至關重要的心理理場效應。」此說法中的心物交融，即是意象，亦是借物抒情的意思。詳見童慶炳：《中國古代心理詩學與美學》（臺北：萬卷樓圖書公司，1994年），頁7。

19　井字格取名法可當作教師的課堂活動及寫作引導，而每篇文本的主導權仍在於各位授課教師，畢竟每位教師的教材教法皆有不同特點，但在此可提供筆者的教材教法，〈歲暮到家〉可與孟郊〈遊子吟〉做比較，加上井字格作者及文本分析法，最後再導入本文的寫作活動。在此強調的是，井字格文本分析法與井字格取名法是不同的內涵，此須另撰專文探討。

20　文本採用亞大國文教科書，詳見亞大專任國文教師共同編撰：《文學與生活：閱讀與書寫》（新北：高立圖書公司，2004年），頁101。

他親縫之情，此刻的寒衣已不是一般布料所針織之市售衣服，而是滲入母愛之呵護，這件寒衣背後必有一些洋蔥催淚的生命故事，則我們可針對寒衣來設計取名問題：

> 閱讀清代蔣士銓〈歲暮到家〉一詩後，其中「寒衣針線密」之句表達出母親為兒子親縫寒衣，希望兒子在外遠遊不要受涼，據此，寒衣已加入母愛而有了溫度。試用井字格取名法幫寒衣取名。

　　文學中每篇文本都必然出現萬物，我們替其中萬物取名，是為了拉近我們與萬物及文本世界的距離，進而產生情感連結。透過取名問題的設計，無非就像是父母和子女的關係一樣親密，當父母替小孩取名時，就意味著兩者之間有特殊的情感。因此我們在替寒衣取名時，我們的角色如同父母，透過取名來連結詩中的萬物，也就對整篇文本世界有了另一番體會。接著就是如何取名的過程了，井字格分三個區域，由右至左，分別是姓名筆畫數、漢字群、姓名結果等等。透過筆者講解與課堂活動教學後（一週即可），學生所寫的漢字配對圖如下：

　　上列學生作品中，中間有一井字格，那是井字格取名法用來解決寒衣取名的問題。最右邊三格是姓名筆畫，必須查詢「姓氏取名參考表」而得[21]。中間三格則是依部首查字典而得，左三格則為取名結果。由於寒衣的「衣」為6畫，查表後得6-10-7，中間三格，中上格指的是取名的類別，若要替狗取名就填「狗」。中中格全為10畫字，但要依部首來查字典。張同學查了心部、口部和人部等三部首，每個字都須填上形音義，像心部字，她填了「恆、恂、恣、恁、恭、恩」等六字，然後她標示「（心部，6畫，6/23）」為資訊，說明心部本身4畫，再查6畫字

---

[21] 詳見謝明輝：《應用華語文──以字典取名學為例》（高雄：麗文文化公司，2012年8月），頁267。或《井字格取名法的創意寫作》一書也可。

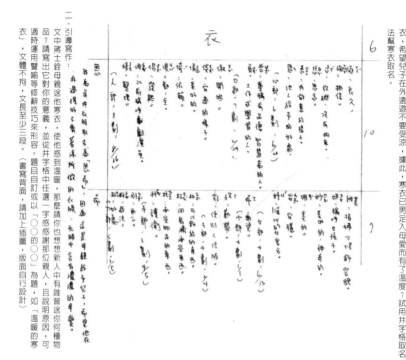

「悅讀亞大・抒寫青春」——生命閱讀與書寫課程精進計畫　作業三　單元三（雙面）

主題：家庭親情倫理道德　課程：文學與生活（含習作）　授課教師：謝明輝

科系：幼教系　　　　　　　　姓名：張佳欣

一、引起動機：

閱讀清代蔣士銓〈歲暮到家〉一詩後，其中「寒衣鍼線密」之句表達出母親為兒子親縫寒衣，希望兒子在外遠遊不要受涼，據此，寒衣已男足入母愛而有了溫度？試用井字格取名法幫寒衣取名。

二、引導寫作：

文中蔣士銓母親送他寒衣，使他感到溫暖，那麼請你想想你有何種物品？請寫出它對你感謝新人中有誰曾送你何種適時運用譬喻等修辭技巧來形容。題目自訂或以「○○」為題，如「溫暖的寒衣」，文體不拘，文長至少三段。（書寫背面，請加上插圖，版面自行設計）

井字格漢字配，對圖15

才符合總筆畫10畫，而6畫心部字共有二十三字，她選了六字。其實若她選了八字，就填8/23，這個用意是要學生將所有符合10畫字都瀏覽一次，多認識一些漢字。中下格的7畫漢字群依此原則填入，直到填滿井字格中間區域為止。那麼左三格則是依據中間格去配對，張同學最後配對成「恩希」的名字。

其實，還有很多漢字配對的可能，如「恭孜」、「倚妥」、「恂妙」等等多種組合的寒衣之名，不同配對則有多樣的思考可能。當學生在思索寒衣的配對名字時，無形中已培養漢字敏感度，亦享受從一字配對成二字，再到為何取這個名的段落重整。例如，張同學表示「我為這件衣服取名為恩希，因為這是母親給予兒子，希望他在外過得好，不要著涼所做的衣服，衣服中含有濃濃的母愛」，這個過程對之後的寫作是很有助益的。作文的結構就是由最小單位的字，然後詞，再來是句子、

段落，最後則是表達個人情思、理念或主張的文章。

因此，第一道提問已由學生累積由字詞到段落的文字思考，再者若再乘勢設計第二道提問來引起靈感神經，這樣學生就能寫出生命感受的文章了。

三、〈歲暮到家〉與第二道借物抒情提問

經過第一道的井字格取名法，取名操作時間大約花半小時，甚至更久。在這個過程中，學生（讀者）對寒衣和漢字的連結配對已挑起大腦神經的文字敏感度，緩緩激發寫作靈感，此刻再出第二道提問，自然啟動寫作執行檔，猶如長江之水天上來，文思泉湧，生命感動自然洋洋灑灑，一發不可收拾。具關鍵性的第二道提問設計如下：

> 文中蔣士銓母親送他寒衣，使他感到溫暖，那麼請你也想想親人中有誰曾送你何種物品，請寫出它對你的意義，並從井字格中任選一字感謝那位親人，且說明原因，可適時運用譬喻等修辭技巧來形容。題目自訂或以「○○的○○」為題，如「溫暖的寒衣」，文體不拘，文長至少三段。（書寫背面，請加上插圖，版面自行設計）

上列的第二道引導寫作的提問是根據「寒衣針線密」一語延伸到讀者（學生）的生活經驗，作者蔣士銓在外地打拚工作，家鄉的老母怕兒子著涼，所以寄件親縫的寒衣給他，這是母愛的展現。母愛之類的親人皆有之，但顧慮到有些學生可能單親家庭，或母親離世，因此筆者提問設為：那麼請你也想想親人中有誰曾送你何種物品？寒衣也擴大為物品，這樣學生比較能暢所欲言，抒發親人贈送物品所傳達的生命感受，故而此道提問稱之為「借物抒情的生命提問」，而學生所寫的作文則為生命敘事。

提問中，還有一個重點，「從井字格中任選一字感謝那位親人」，

這叫「禮尚往來」。既然親人送你禮物，你也要回送禮物給親人，此時井字格中的漢字群都是你一字一字刻畫出來，這些漢字皆可當作禮物回送給親人，這是透過漢字回禮的概念，運用送字的雙向交流，達成親人間情感的良善溝通。張同學所寫的作文如圖16：

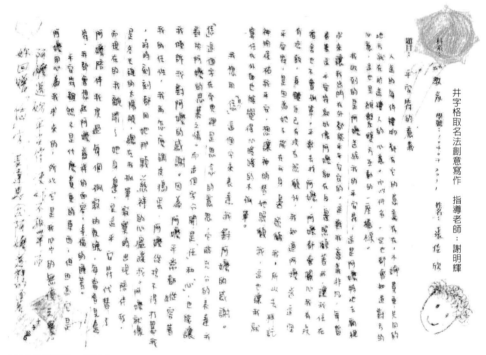

井字格作文，圖16

　　張同學經由井字格查字典的啓迪後，再加第二道提問的引導，她訂的題目是「平安符的意義」。文分四段，首段點明送人禮物在於送禮人的心意。此段已漸陳述學生的生命敘事，因爲禮物無論收授都是每人的生命經驗。次段她則表明收到特別禮物的感受，「我收到的是阿嬤送給我的平安符」。筆者在第二道提問的引導寫作時，引出張同學回想平安符和她和阿嬤間的生命故事。平安符的作用是代替阿嬤照顧她，因爲她目前求學離家，阿嬤不在身邊，平安符如同阿嬤化身，在旁保護她，讓

她內心暖暖的而不孤單。

　　接著，筆者運用送字的概念引導張同學寫出第三段篇幅不算短的生命感受。她說「我想用『恁』這個字來表達我對阿嬤的感謝。『恁』這個字在字典裡是思念的意思，它能充分的表達我對於阿嬤的思慕之情。」此已表現漢字和生命感受的連結，她還將漢字字形拆解，「而這個字分開是任和心，也能讓我傾訴我對阿嬤的感謝」。末段她感性地說：「平安符雖然不是什麼貴重的東西，但因為它是阿嬤用心為我求來的，所以它是我心中的無價之寶。」

　　全文透過送「恁」字給阿嬤以回報無價的平安符，其中筆者的引導提問產生極大的妙用，第一，由「歲暮到家」文本中的「寒衣針線密」一句母親送親織的寒衣給兒子，延伸擴大為「那麼請你也想想親人中有誰曾送你何種物品？」，這足以連結每人的生命敘事書寫。第二，井字格中送字的文思連結可以激發學生的思考。大約就是延伸文本和井字格送字的引導思考，這才讓張同學文思泉湧，書寫出她個人的生命敘事，而且是透過平安符之物來抒情。

四、井字格取名法與學生生命敘事作品分析

　　筆者透過井字格和送字的兩道提問，引發學生的文思泉湧。以「○○的○○」為題，到底能引發他們寫出什麼樣的內容來呢？親人會送什麼禮物給他們？送禮的原因是什麼？題目會怎麼訂？會從井字格中選什麼字回送給親人呢？筆者從學生的井字格作文發現有趣的現象，即透過何物何字而抒發什麼樣的情感，此為筆者所謂借物抒情的生命敘事書寫。如下表所示：

〈歲暮到家〉井字格作文分析表1

姓名	親人送什麼	作文題目	送字給親人	送禮原因
李明靜	圍巾	溫暖的圍巾	翅	媽媽送的圍巾解決了怕冬天的煩惱。
宜艾萱	白色兔娃娃	溫暖的陪伴	珍	表姐送來白色兔娃娃解決了寂寞孤單。
劉佳盈	學習	學習的禮物	景	學習途中理解不同角色的心態與想法。
黃桂鎧	錶	錶		生日禮物
張家綾	餅乾	心意的餅乾	怙	擔心孩子在上學期間肚子餓。
劉巧君	問候	暖心的問候	恆	在異地求學，家人與自己視訊通話，給予溫暖的問候。
王芷柔	大衣	爸爸的大衣	挑	家庭中承擔家人的經濟來源是父親，他為心愛的女兒親手挑了件大衣。
蕭　鏐	筆記本	溫馨的筆記	宣	家教甚嚴，父親從不將自己的內心吐出便將自己的話寫在筆記本上。
張佳欣	平安符	平安符的意義	恁	阿嬤到廟裡祈求平安符保佑平安順遂。
劉姿含	存錢筒	希望的存錢筒	恩	媽媽贈送的存錢筒，每次許下願望並投入零錢便會成真。
古雅涵	手套	愛你的手套	伴	阿嬤擔心孫女穿不暖，為她親手編織手套，上面有著蜘蛛人的圖案。
甘咏詩	圍巾	窩心的圍巾	挋	媽媽編織的紅色圍巾溫暖心窩。

　　上表中，學生有二位寫到圍巾、一位寫到大衣。這部分比較符合文

本中蔣士銓收到母親親織保暖衣裳的「寒衣針線密」。而她們也分別從井字格中回贈「翅、挑、抿」等字以表達深厚的親情。其中，「抿」（音同「震」）這個字不常見，這表示甘同學從井字格學到新字並運用在回饋親情。據線上教育部《異體字字典》，「抿」是擦拭的意思[22]。她在文中將「抿」字和媽媽連結起來：「她可以為我擦掉眼淚不安，所有不好的事情。」平常她不可能使用「抿」這個字當作擦掉眼淚的說法，但經由第一個取名提問，她自然地選用這個字，因此井字格查字典確實可激發學生思考與想像連結。王同學送「挑」字回報爸爸，想幫他挑起重擔，真是感人哪！李同學送「翅」給媽媽，因為她像翅膀，展翅時，可帶李同學一起飛翔，收翅時，可保護她。從三位同學送字的表達來看，似乎都超越蔣士銓「低徊愧人子，不敢歎風塵」的抒情，因為井字格作文加入送字的概念以引起更多的情境聯想。

再者，生活上有些不常用的字，除了「抿」字外，「怙」和「恁」（音同「任」）也是很特別。此二字為何會被選用來回贈親人呢？張同學把題目訂為「心意的餅乾」，因為她上學出門時，媽媽都會送她餅乾吃，怕她在學校吃不飽。而「怙」是依靠的意思，從小到大那依靠的位子都是我的家人」。張同學將「怙」和餅乾連結，激發寫作靈感。不過，「怙」還有父親的意思，如「年少失怙」[23]。另一位張同學則將「恁」和平安符連結，有思念的意思，她說：「阿嬤到廟裡祈求平安符，保佑平安順遂。」

如果真的想不出有親人送禮物呢，那就想像一些虛幻無形的，像是學習和問候。劉同學可能一時想不出來親人有送她具體的東西，也可能她想寫無形的東西，所以題目訂為「暖心的問候」。因為她從大陸來臺灣異地求學，家人與自己視訊通話，給予溫暖的問候。為此，她回贈

---

[22] 2018年4月4日查詢教育部《異體字字典》網頁，編號B01274 http://dict2.variants.moe.edu.tw/yitib/frb/frb01274.htm

[23] 2018年4月4日查詢教育部《異體字字典》網頁，編號B01067，http://dict2.variants.moe.edu.tw/yitib/frb/frb01067.htm

「恆」字，希望她與他們之間可以持續地互相愛彼此。這樣說來，井字格中的「恆」字，可以幫助她表達內心中的持續之愛。劉同學的題目是「學習的禮物」，她所寫的是從小到大的老師們，他們一路上給劉同學學習的機會，例如科展、童軍和手工藝等，並在學習途中理解不同角色的心態與想法。而她回贈「景」字，表現出那些老師們猶如日光般照耀著她，讓她感到溫暖。

　　從以上諸例看來，井字格的漢字群就像是學生的生命資本，透過井字格作文的第二道提問，竟然也都可用來報答恩情的手段，她們透過「圍巾」、「白色兔娃」、「學習」、「錶」、「餅乾」、「問候」、「大衣」、「筆記本」、「平安符」、「存錢筒」、「手套」等物，抒發心中對親人感謝之情，踏出真實感受的生命足跡。

五、結論

　　在閱讀書寫或大一國文等專業或通識課程中，如何引導學生書寫一篇真實生命感受的文章是許多教師在教學上苦心思索的問題。本文借用井字格取名法的理論解決了生命書寫的問題。井字格取名法是臺灣本土研發出來的學問，期能藉由本文再起拋磚引玉之功，希望更多教師採納與實施，以創新語文相關教學的教室風貌，嘉惠學子。

　　以井字格取名法為基底的井字格作文，其理論主要是設計兩道提問，只要是文本皆可設計井字格作文。本文採用清人蔣士銓〈歲暮到家〉一詩來作依據的閱讀文本。文本中必然出現萬物，故第一道提問根據「寒衣針線密」的寒衣來設計運用井字格取名法替寒衣取名，此動作約半小時左右，足以引起靜心思慮、激發靈感的作用。第二道提問則運用送字的概念來引導寫作，透過文本中母親送子寒衣的借物抒情，導入引申學生生命經驗中，親人送何物，而你又想從井字格中的選字來回贈給親人，這種立基於禮尚往來的真實生命感受，必然文思泉湧，撰成佳篇。除了理論說明，本文亦提供學生的書寫文本來分析，實證理論的可行性，故井字格取名法確有引導生命書寫之妙用。

From the Poem "suì mù dào jiā" to Desdign the Writing of one's Life Narrative by the Object he Want to Express his feeling : Through the Method of Name Choosing with 井 as a Guiding Strategy

Abstract

In the teaching of Chinese culture, how to guide students to develop meaningful narratives of their own life after reading literary works, this is a very important teaching task for teachers. No matter what kind of text you read, reading itself is a deep psychological activity linking authors to readers' lives. In the Qing Dynasty, Jiang Shiquan's "suì mù dào jiā" was written in the form of ancient poetry. After he went to Beijing to take the exam, he returned home and visited his mother. This is a life story between parents and children. Although it is short, it outlines life with the deep touch and real feelings. After the teacher teaches the text, how should the student be guided to write the life after reading the text?

This paper suggests using the Method of Name Choosing with 井 to guide the writing activities. Reading a literary work, there is usually everything in the text. Sometimes our life is touched by all these things, because the author will express his feeling by the objects and project their feelings through all things. Therefore, if the teaching activities can first design the name of any object in the text, just as the parents name the child, the reader will enter the world of literature because of the operation process of the name. Then we need to think about how to produce a text that is touched by life. At this time, we can guide the writing through the concept of giving gifts. This paper intends to use the two-question design method of "the Method of Name Choosing with 井" to design the name of a certain object from the text content, through the dictionary putting the words in the 井 and matching the Chinese character to create the new meaning , and finally design what the writer wants to send a word as a present to his relatives. Thus the process of guiding writing can naturally stimulate writing inspiration and write articles inspired by life.The method above has been implemented in the course. This article will present examples to support and discuss the relationship between life narrative and literary creation.

Keyword：the Method of Name Choosing with 井，"suì mù dào jiā" a poem，Life Narrative，literature reading, writing teaching

第四章
井字格取名法與教學活動
跨領域

提要

　　第四章的問題意識是，在語文教學中，除了上章靜態的寫作活動外，是否有動態的教學活動以促進學生學習呢？

　　第一篇論文則假設謝靈運面臨網路暱稱的取名問題，並點出教學活動設計構想，期使這個教學方法能推展於各級語文教育課程中。

　　第二篇論文則假設三位古人面臨人生之取名問題：當老子生龍鳳胎時、當白居易忠而被貶時、當許慎想開店時，諸如這些取名問題，應如何解決？我以字典和姓氏取名參考表為操作工具，透過井字格取名法展開教學，井字格由右至左書寫，右三格是姓名筆畫數，中間三格是依部首查字典後的漢字群，左三格是挑選漢字群後的參考名單。課程結束時，我幫老子兒子取名為李祈謀，女兒取名為李姮霏。再者，我將白居易改名為白繼升，最後，我建議許慎開店可取名為益籍出版社。井字格取名法不僅突破國文教學上的選文思維，進而突顯國文的實用價值，以提供學生一輩子的取名學問。

　　第三篇論文則提出國文教學的革新構想，以井字格取名法為活動設計的核心思想，擬分教室外和教室內兩種已實際操作的課堂活動，論述此種新穎的教學活動如何培養學生對萬物關懷與藝術美感之能力，以及增進閱讀書寫與口語表達之能力，本文亦提供問卷數據分析與解讀。

　　第四篇論文則論述井字格取名法不僅可應用於每篇文本的教學設計，在課堂外，它亦能發揮創新教學魔力。本文目的在詮釋井字格取名法如何在課堂外進行，筆者將分美術館巡禮和校園散步兩種場域來論述井字格取名法的教學活動設計並舉實例說明。在美術館巡禮中，

主要透過替藝術品取名後，寫家書給家人分享美學感動；而在校園散步中，則經由替萬物取名，進而感受萬物平等且尊重大自然的觀念。

　　第五篇論文擬分享井字格取名法在文學與生活課程中所進行翻轉教學上的運用情形，主要透過井字格取名法理論與寫作等三部線上影片，每部二十分鐘，共六十分鐘，教具製作、桌遊設計、井字格作文學習單、分組討論、影片寫心得加分等多種教學模式。實施步驟是讓學生先在家中預習觀看影片，而在課堂上進行井字格教具講解、分析課文、井字格作文學習單撰寫、分組討論、授課完後，學生自行上Youtube互動留言填寫感想。

第一節　略談井字格取名法對語文教學之創新意義[1]

一、前言

　　語文教學若能同時解決生活上取名問題又可實際體驗漢字形音義之美，那麼把這樣的理念落實在教學活動上，是很有意義的事。綜觀歷代取名文化，大致可歸納為偶像法、出生特徵法、排行字輩法、願望法、經典法、術數算命法等六種主要取名方法，在此基礎上，筆者發明井字格取名法（本法正申請發明專利中），一種兼顧取名文化和漢字教學的取名法。此法須以中文字典和「姓氏取名參考表」為工具，在紙上畫一井字形，由右至左書寫，右三格為姓名筆畫數，依取名參考表填入數字，而中三格為查字典後所搜尋出的漢字群，左三格則為姓名候選名單，由於整個取名活動都在井字格中進行，故稱「井字格取名法」。在取名活動中，若能與語文教學結合在一起，既可習得取名實用技能，兼可提升語文能力。以下筆者將假設謝靈運面臨網路暱稱的取名問題，並點出教學活動設計構想，期使這個教學方法能推展於各級語文教育課程中。

---

[1]　謝明輝：〈略談井字格取名法對語文教學之創新意義〉，《中國語文》月刊668期（2013年2月），頁69-74。

二、井字格取名法示例 ── 如何替謝靈運取網路暱稱？

　　謝靈運是東晉時期很有名氣的山水詩人，無論得志或失意，他都以山水自然風物爲觀照對象，透過詩賦作品表現出來。《宋書・謝靈運傳》中有二段記載，其一說：「郡有名山水，靈運素所愛好，出守既不得志，遂肆意游遨，徧歷諸縣，動踰旬朔，民間聽訟，不復關懷。所至輒爲詩詠，以致其意焉。……」其二說：「……遂移籍會稽，修營別業，傍山帶江，盡幽居之美。與隱士王弘之、孔淳之等縱放爲娛，有終焉之志。每有一詩至都邑，貴賤莫不競寫，宿昔之間，士庶皆徧，遠近欽慕，名動京師。作〈山居賦〉并自注，以言其事。」

　　他愛山成癖，常登山探險，漸漸地他也就發明一種上山去前齒而下山去後齒的木屐，《南史・謝靈運傳》曰：「尋山陟嶺，必造幽峻，巖嶂數十重，莫不備盡。登躡常著木屐，上山則去其前齒，下山去其後齒。」後人李白將這種木屐命名爲「謝公屐」。他在〈夢遊天姥吟留別詩〉詩中說：「腳著謝公屐，身登青雲梯。」

　　有次在登山途中看見一個很奇特的山洞，洞內傳來答答的鍵盤聲，循聲進入洞口後，兩腳接連踩空，掉入一個黑漆漆的無底深淵，黑洞中沿著某道光線滑移而出，竟現身在臺灣的阿里山腰中。眼前所見不同於大陸的山脈，謝靈運繼續享受登山樂趣。入夜後他在旅館休息，店員告訴他現代網路的使用情況，他直呼神奇，並想把沿路山水風光記錄下來，再透過臺灣網路告訴全世界。但他在聊天室po文章總不能用謝靈運本名發表，所以他如何隱姓埋名，取個好的網路暱稱（此段故事爲杜撰，爲方便取名教學而設）？

　　網路暱稱可二字或三字，先考慮二字暱稱好了，我們先從姓氏謝17畫出發，查考「姓氏取名參考表」（詳參謝明輝《應用華語文 ── 以字典取名學爲例》，頁267），尋至四個欄位，如下表所示：

(1)	(1)	(1)	(1)
17	17	17	17
8	22	18	12
7	9	17	6
—	—	—	—
32	48	52	35

　　再鎖定其中一欄，在紙上井字格最右側寫上這欄17、8、7，如圖1：

		謝（姓氏可列也可不列）	17
			8
			7

圖1

　　井字格主體是中間兩格8畫和7畫的字群，這也是取網路暱稱的重頭戲，以部首爲查字典核心概念，找出符合條件的字群，不一定要正經的字，怪字或引人注意的字皆可。8畫中，查了儿、刀、禾、子、冫等五部首及8畫部首五字，7畫中，再查宀、口、山、水等四部首及7畫部首四字。儿部6畫的字共有「兔、兒、兜」等三字，筆者三字全選，註明形音義後，再標示（儿部6畫，3/3）。其他字群依此類推，最左側再列出三組候選名單，如圖2。

　　圖2中，我挑了三組候選名單：青宋、秉宏和冽峀。由於網路暱稱是短暫的，可能這次使用，下次或許就換了，所以也就不那麼講究。第一組「青宋」，取其綠色山水可供居住之意。第二組「秉宏」，取其秉持像山水寬大胸襟來發表文章。第三組「冽峀」，在寒冷的山角中有我一人孤獨寫作。爲了獨特而吸引網友來點閱，我決定由「**冽峀**」勝出，

項目	內容	數
	謝（姓氏可列也可不列）	17
3 冽 2 秉 1 青	兔：耳長尾短的動物。 兒，兒：孩子。（儿部6畫，3/3） 兕：犀牛。 刻：雕鏤，時候。 券：票據。 刹：佛寺。 刷：去除污垢的器具。 秉：權柄。（刀部6畫，4/14） 孟：排行長子。（禾部3畫，1/3） 季：排行幼子。（子部5畫，3/5） 孤：年幼無父。 冽：寒冷。（冫部6畫，1/2） 金、門、雨、青、非（8畫部首，5/9）	8
岊 宏 宋（音同節）	完：完全。 宏：大，厚深。 宋：可供居住之處。 困：危難。（宀部4畫，3/4） 冏：完整無缺。 囧：窗子，明亮。（口部4畫，3/6） 岊：山角。 岒：山勢險峻。 岑：高峻的小山。 岌：山高貌。 池：水聚集之處。（山部4畫，4/11） 汏：波濤。（水部3畫） 言、谷、車、里（7畫部首，2/17）	7

圖2

這兩字的確少人使用。

　　若要三字的網路暱稱，再多查17畫的字群，我再多查阜、豸、鬼、足、虫等五部首，挑出幾個好玩的漢字，像虫部就從三十四字中挑出蟑、螳、蟀、蟄、蟊等五字，一堆蟲在網路上爬來鑽去，還有魖、蹈，有鬼怪漫步之義，應該有趣吧！如圖3：

名次	漢字群	筆畫
3 魋 2 蹓 1 陽	階：便於行人的梯子。 陽：日光。 隅：角落。 隆：使興盛。 隈：山水彎曲處。 獂：豪豬。（阜部 9畫‧5/14） 闔：古邑名。（邑部 10畫‧2/5） 魋：鬼怪。（鬼部 7畫‧1/1） 蹓：踐踏。蹓：漫步。（足部 10畫‧2/5） 蟑：昆蟲名，蟑螂。 螳：螳螂。 蟀：蟋蟀。 蟄：冬眠。 蟊：螟蟲，蟊斯。（虫部 11畫‧5/34）	17
兒 青 金	兔、兒兒 刻、券 刷、剎 秉、孟 孤、季 冽、金 門、雨 青、非	8
囝 岑 言	完、宏 宋 困、囜 囧、囡 岌、岑 岊、岭 沃、池 谷、言 里、車	7

圖3

　　幾經思慮下，我挑出「陽金言、蹓青岑、魋兒囝」等三位候選名單。「陽金言」之名中，取其發表文章皆是攤在陽光下的金玉良言之義。「蹓青岑」之名中，符合謝靈運遊樂漫步在美妙的青山綠水的興趣。「魋兒囝」之名中，有點特立獨行，搞怪想引人注目的感覺。由於謝靈運是山水詩人，擅於描寫自然風光，那就決定以「**蹓青岑**」為其網路暱稱較為貼切。

　　在教學活動設計上，網路暱稱可取二字或三字。以二字為例，先請老師在黑板上畫上井字格，並於右側三格寫上姓名筆畫數，17、8、7。然後點名幾位同學依部首查字典，分別將所查的8畫和7畫的漢字群寫在井字格中間二至三格內；再請三位同學充當紅娘將8畫及7畫中的漢字群做一配對，將得三個網路暱稱，並請這三位同學解釋所選的暱稱之義為何；最後再讓全班同學來票選，一人一票，從這三個暱稱中決選出最符合民意的謝靈運網路暱稱。

三、結語

　　井字格取名法不僅能幫世人解決取名問題，又可實施於語文教學活動中。在教學活動中，主要讓學生查字典學取名，多多體會漢字形音義，進而在師生互動下，寓樂於教。我設計東晉詩人謝靈運正面臨網路暱稱之取名問題，透過井字格上的一堆具有形音義的漢字群，我替謝靈運取「冽峀」的二字網路暱稱，表達「在寒冷的山角中有我一人孤獨寫作」之義，以及「蹓青岑」的三字網路暱稱，寓有「遊樂漫步在美妙的青山綠水」之義。此法已在大學國文課程活動中實施多年，獲得不少佳評，並由中山大學提供經費補助，申請發明專利中，若將來能全面運用於語文教育課程上，則不枉我在語文教育上的勞心費神。

第二節　井字格取名法對國文教學之創新思維：以老子、白居易和許慎為例[2]

摘要

　　一般說來，大專國文教學主要以選文為課程設計之主要概念。若如此思索國文教育的話，那與高中國文的選文理念有何差別？教師僅能在上課時，實施分組討論，激發學生多元化的創新思維，這就表現了大專國文和高中國文的差異化了。事實上，這正是外系認為他們也可來教國文的原因。鑑於外系或大眾將國文，不是看得太簡單，就是視之枯燥，故我將提供在選文之外的創新思維，那就是將井字格取名

2　謝明輝：〈井字格取名法對國文教學之創新思維──以老子、白居易和許慎為例〉，「第二屆全國大一國文創新教學研討會」，臺北：致理技術學院（2013年6月）。謝明輝：〈井字格取名法對國文教學之創新思維──以老子、白居易和許慎為例〉，《第二屆全國大一國文創新教學研討會論文集》（臺北：致理技術學院，2015年2月），頁175-192。ISBN：978-986-89064-7-1

法實施於國文教學，此法主要目的在提升學生之語文能力。我先假設三位古人面臨人生之取名問題：當老子生龍鳳胎時、當白居易忠而被貶時、當許慎想開店時，諸如這些取名問題，應如何解決？我以字典和姓氏取名參考表為操作工具，透過井字格取名法展開教學。井字格由右至左書寫，右三格是姓名筆畫數，中間三格是依部首查字典後的漢字群，左三格是挑選漢字群後的參考名單。課程結束時，我幫老子兒子取名為李祈謀，女兒取名為李姮霏。再者，我將白居易改名為白繼升。最後，我建議許慎開店可取名為益籍出版社。井字格取名法不僅突破國文教學上的選文思維，進而突顯國文的實用價值，以提供學生一輩子的取名學問。

關鍵字：取名法、國文教學、老子、白居易、許慎

一、前言

　　一般說來，大專國文教學主要以選文為課程設計之主要概念。若如此思索國文教育的話，那與高中國文的選文理念有何差別？教師僅能在上課時，實施分組討論，激發學生多元化的創新思維，這就表現了大專國文和高中國文的差異化了。事實上，這正是外系認為他們也可來教國文的原因。鑑於外系或大眾將國文，不是看得太簡單，就是視之枯燥，故我將提供在選文之外的創新思維，那就是將井字格取名法實施於國文教學，此法主要目的在提升學生之語文能力。所謂「井字格取名法」是指：取名時，在紙上畫一井字形，由右至左共有九格，右三格依「姓氏取名參考表」填入筆畫數字，中間三格再依右三格之數字查詢字典後，填入漢字群，左三格則從中間三格的漢字群加以配對而得多組姓名，最後再選擇適當名字[3]。

　　進行此法教學必須先準備兩項工具：一是任何版本的字典，一是姓

---

[3]　詳見謝明輝：〈略談井字格取名法對語文教學之創新意義〉，《中國語文》月刊668期（2013年2月），頁69。

氏取名參考表[4]。然後依教師之興趣隨機設計幾道古人正面臨取名問題而欲求課堂學生運用井字格取名法來幫古人解決。例如，我們先假設三位古人面臨人生之取名問題：當老子生龍鳳胎時、當白居易忠而被貶時、當許慎想開店時，諸如這些取名問題，應如何解決？接著教師必須具備老子、白居易和許慎等三人之背景知識而在課堂上介紹，並在黑板上畫一胖胖的井字格，以進行井字格取名活動。在查字典的過程中，此法可讓學生體會漢字形音義之美，進而強化他們的文字感受力。而取完名後，亦可經由學生詮釋名字的意義，以提升其口語表達能力。以下則實際說明取名過程之教學意義。

二、假設老子生龍鳳胎，如何取名？

嬰兒名是人類社會中最早的取名階段，在三字的姓名符號中，除了姓氏外，另二字或一字皆是需要思索。古人較多取單名。因較方便也較容易引起同名的誤會，像古人曾參曾因與殺人犯曾參同名而引起鄰居的誤解，在三次通報曾母後，竟引起曾母的恐懼，丟下織布器具，翻牆而跑[5]。而道家始祖老子，姓李名耳，其後代子孫也多為單名，從李宗開始，再來是李注，李宮，李假，李解[6]。單名所造成的同名機率較高，

---

[4] 「姓氏取名參考表」是根據五行生剋及筆畫吉凶之理論制定的，詳見謝明輝，《應用華語文：以字典取名學為例》（高雄：麗文文化公司，2012年8月），第三章〈井字格取名法的理論說明〉，頁60-170。其他姓名學相關書籍並未發明外國人取中文名之方法，亦未說明取名過程及漢字教學之意義，故本教學活動採用此表。而謝明輝曾利用此表幫比爾‧蓋茲取中文名，請參考謝明輝，〈運用井字格取名法進行華語識字教學〉，《國立臺灣科技大學‧人文社會學報》9卷2期，頁15-17。

[5] 這是著名「曾參殺人」和「曾母投杼」的成語故事，比喻謠言的可怕，我則認為是同名惹的禍。《史記‧甘茂傳》記：「昔曾參之處費，魯人有與曾參同姓名者殺人，人告其母曰：『曾參殺人。』其母織自若也。頃之，一人又告之曰：『曾參殺人。』其母尚織自若也。頃又一人告之曰：『曾參殺人。』其母投杼下機，踰牆而走。」（上古漢語語料庫／史記／列傳／樗里子甘茂列傳《西漢參較文獻》／甘茂本傳，頁2311）《戰國策‧秦策》也有這段故事。

[6] 《史記‧老子韓非傳》說：姓李氏，名耳，字聃，周守藏室之史也。老子之子名宗，宗為魏將，封於段干。宗子注，注子宮，宮玄孫假，假仕於漢孝文帝。而假之子解為膠西王卬太傅，

我們可以重新幫他取名。先假設：老子生一對龍鳳胎，如何取嬰兒名？我們現在利用井字格取名法來幫他解決生龍鳳胎取名的問題。

李姓氏7畫，查「姓氏取名參考表」後，鎖定下列三個欄位，如下表所示：

(1)	(1)	(1)
7	7	7
9	18	10
16	6	15
―	―	―
32	31	32

任選其中一組號碼，我們先選第一組(1)7、9、16、32之欄位後，將它書寫在紙上井字格的最右側，32是姓名總筆畫略去不寫，如圖4：

	李	7
		9
		16

圖4

井字格書寫動線是由右至左，由上而下。中間三格是姓名字群，最上格7畫李，姓氏不更動，中下兩格是查字典後要填上的漢字，主要查9畫和16畫，依喜愛的部首來檢索[7]，慢慢填入，全面觀察漢字的形音

因家于齊焉。」（《史記・卷六十三・老子韓非列傳第三》，頁2142-2143）

[7] 據黃沛榮《漢字教學的理論與實踐》中指出：「常用的40部首：人刀力口土，大女子山巾，心戶手日月，木水火玉田，目石示竹米，耳肉衣見言，走足車金門，雨食馬魚鳥。次常用的40部首：一八又口宀，寸小工广弓，戈攴斤方欠，止牛犬瓜疒，白皿禾穴立，糸羊羽舟草，虫行角貝辵，邑里阜隹頁。」這個研究可做參考，但未必受其限制。

義，若讀音有二個以上，就挑喜歡的音，若意義有二個以上，同樣挑喜歡的，因你的選擇正決定你的人生方向，唯有挑你愛的，你才會甘願，如圖5：

	李	7
	怡（ㄧˊ）：喜樂。 思（ㄙ）：慕念。 （心部5畫，2/39）	8
	駱（ㄌㄨㄛˋ）：尾和鬣毛黑色的白馬。 駢（ㄆㄧㄢˊ）：成雙的，並列的。 駬（ㄦˇ）：古駿馬名，周王之馬。 駥（ㄖㄨㄥˊ）：高大的馬。 駪（ㄕㄣ）：群馬，眾多的。 （馬部6畫，5/11）	16

圖5

中間第二格中，經由查心部4畫總筆畫9的檢索後，發現字典上符合條件的有三十九個字，但我們只喜歡「怡」和「思」兩字，於是記錄上去並註明形音義，最後再標明「（心部5畫，2/39）」，其中5畫是指總筆畫9扣掉心部本身4畫。第三格中，我們先查馬部，發現有十一字，而選了「駱、駢、駬、駥、駪」五字，也註明形音義，最後再標示「（馬部6畫，5/11）」，其中6畫是指總筆畫16扣掉馬部本身10畫。接著再查其他喜愛的部首而將中間兩格填滿為止。

左側三格則為選字後的姓名，井字格取名法可製造無可窮盡的姓名，先假定列出二組候選名單，如圖6：

井字格的左側三格選出二組名單，男生叫李祈謀或李柏駥，女生叫李怡駱或李思諧，若仍覺得這兩組名字還不夠，那就多查幾個部首，

李	李	7
2女：思 2男：柏 2女：怡 1男：祈	怡：喜樂。 思：慕念。 （心部5畫，2/39） 柏：材質堅硬之喬木。 柯：堅挺的喬木。 柔：溫和的。 （木部5畫，3/51） 祈：求福。 祉：福祿。 祇：地神，盛大的。 （示部4畫，3/8） 河：黃河簡稱。 治：管理。 法：規律或命令。	8
諧 駬 駱 謀	駱：尾和鬣毛黑色的白馬。 駢：成雙的，並列的。 駰：古駿馬名，周王之馬。 駴：高大的馬。 駊：群馬，眾多的。 （馬部6畫，5/11） 諦：真理，仔細地。 諺：前代流傳之美言。 謀：權變，策略，主意，有計劃地。 諧：調和，風趣。	16

圖6

再多畫一個井字格圖，而部首本身也可納入考量，像9畫部首有十一個字，我選「音、風、飛、香」四個，再註明「（9畫部首，4/11）」，如圖7：

　　經由井字格取名法的逐步推演，我們得出三組名單，第一組男生叫李祈謀，女生叫李怡駱。第二組男生叫李柏駴，女生叫李思諧。第三組男生叫李河諺，女生叫李姮霏。先從字形看，這三組名字幾乎是左右式結構，少數為上下式。像是祈謀、怡駱、柏駴、河諺等名是左右式，而「思諧」的「思」，以及「姮霏」的「霏」等二字屬於上下式。無論字形是何種形態的結構，基本上都是不錯的。

　　再看字義，在「李祈謀」這個名字中，「祈」在現代字典是求福之義，這是根據《說文解字》的解釋，書上說：「祈，求福也，從示，斤

李	李	7
單名：李泓、李柯、李姝、李妹、李諶、李蒜（從9畫或16畫挑） 3女：姮 3男：河	泓：清水，深廣的。 泉：水源。 泰：暢通。 姿：氣質。（水部5畫，6/54） 姣：美好的。 威：有力量制服他人。 姑：謹慎的。 姮：后羿妻，仙女。 姱：美好的。 姝：美女。（女部6畫，7/13） 妹：美女。 音、風、飛、香（9畫部首，4/11）	8
霏 諶	諭：皇帝的命令。 語：深知熟悉。 諶：相信，真誠地。 誠：調和，誠懇的。 謂：才智，計謀。（言部7畫，9/29） 霓：虹的外圈。 霏：雲氣。（雨部8畫，2/7） 蓉：芙蓉，荷花別名。 蓀：香草名。 蓓：含苞未開之花。（艸部10畫，3/50）	16

圖7

聲。」[8]但漢字書體已歷經數變，《說文解字》是依小篆字體解讀，而「祈」在甲骨文是指在軍旗下有許多武器，即軍隊之意，實際上甲金文字形不從示，應為「旗」之本字，假借為祈求之「祈」[9]。高樹藩編《正中形音義綜合大字典》則羅列甲文、金文、小篆、隸書、草書等歷代演變的書體，先從甲骨文詮釋其本義：「從單（有鈴之旗），從人，象人禱於旗下，以會祈求戰勝之意。」[10]所以祈的本義應為祈求戰勝，引申義為求福。

　　「謀」在《說文》的解釋是：「慮難曰謀，從言，某聲。」[11]即思

---

[8]　東漢許慎撰，清代段玉裁注，民國魯實先正補：《說文解字注》（臺北：黎明文化公司，1994年7月11版，1974年9月初版），頁6。

[9]　王延林：《常用古文字字典》（臺北：文史哲出版社，1993年），頁22。

[10]　高樹藩編纂：《正中形音義綜合大字典》（臺北：正中書局，1974年），頁1171。

[11]　東漢許慎撰，清代段玉裁注，民國魯實先正補：《說文解字注》，頁92。

考危難以應萬變。據《正中形音義綜合大字典》所列其義，可當名詞：計事、計畫和權變；亦可當動詞：慮、諮問、營求、計議、暗算、見；亦可當形容詞：有計謀的、施計謀的；亦可當副詞：計議和暗算[12]。我挑權變為名字之義。綜上所解，李祈謀就有祈求戰勝而適時權變之義。當然非專業者，僅須依現代字典詮解即可。

「李怡駱」寓有喜樂且純潔白馬的意義，「李柏駥」像高大壯碩的樹木及千里馬般可當國家人才，「李思諧」則有深思熟慮而促進和諧的人際關係，「李河謅」暗藏廣大的計謀之義，「李姮霏」具有仙女般的氣質，面對事物有如雲氣般地靈活因應。這三組名單姓名意義俱佳，該怎麼選呢？我建議可從聲調或諧音入手[13]。像是「李祈謀」三字聲調為322，仄平平，但名字重複2聲。「李柏駥」的聲調也是322，仄平平，名字也重複2聲。「李河謅」的聲調323，仄平仄，重複了。三個男生名聲調都有重複，也不好選，剛好「祈謀」諧音「奇謀」，具有智謀才略之義，那就入選了。「李姮霏」聲調是321，聲調仄平平，有起伏，可以入選。

因此，如果老子生龍鳳胎，就井字格取名法的結果，我們可幫他兒子取為「李祈謀」，女兒取為「李姮霏」。若想取單名的話，可隨意從9畫或16畫的字群中挑選，可挑「李泓、李柯、李姞、李姝、李諶、李蓀」等名，因「李」為3聲，仄聲，故名字最好是1或2聲，平聲，唸起來則有聲調變化之聽覺美感。我們再比較《史記》所載的老子後代子孫的名單，李宗、李注、李宮、李假、李解等五代，你覺得哪種名字較有意義呢？而透過這些名字的詮釋中，每位學生的詮釋會不同，而我只是

---

[12] 「謀」缺甲骨文字形，餘義詳見高樹藩編纂《正中形音義綜合大字典》（臺北：正中書局，1974年），頁1708。

[13] 像《自由時報》2010年3月24日記載一則以「兒女取名立甄浩銘諧音你真好命」為標題的報導：「苗栗警分局副分局長陳志榮育有1對子女，女兒取名『立甄』、兒子名為『浩銘』，臺語諧音『你真好命』。陳志榮夫婦成為『你真好命』的爸爸、媽媽，連親友全都是『好命』的叔叔、阿姨，皆大歡喜，堪稱一絕。」故諧音取名的方式亦可參考。

提供其中一種可能解釋而已，這正可提升其口語表達能力。

三、假設白居易欲改名，如何解決？

　　光是臺灣每年就有十二多萬人申請改名，可見改名亦是人生中對某些人來講，是必要的。改名之因很多，古代人或避殺身之禍，像齊閔王之子；或報人之仇，像豫讓；或重新生活，像范蠡[14]；而現代人更為自主，或因改運，或因通俗名[15]，或因不好諧音，或愛到深處[16]等，對改名運動趨之若鶩。我的想法是能不改名就不改名，若真因名而心神不寧，那就改一次為限，可用自己的方法或是參考我的井字格取名法。以下我將假設唐代人白居易遇到貶官之改名問題。

---

[14]　《戰國策》和《史記》均記載改名案例，臚列如後：
　　⑴齊閔王之遇殺，其子法章變姓名，為莒太史家庸夫。太史敫女，奇法章之狀貌，以為非常人，憐而常竊衣食之，與私焉（上古漢語語料庫／戰國策／卷十三齊六／齊閔王之遇殺，頁471）。
　　⑵豫讓遁逃山中，曰：「嗟乎！士為知己者死，女為悅己者容。吾其報知氏之讎矣。」乃變姓名，為刑人，入宮塗　，欲以刺襄子（上古漢語語料庫／戰國策／卷十八趙一／晉畢陽之孫豫襄，頁597）。
　　⑶范蠡浮海出齊，變姓名，自謂鴟夷子皮，耕于海畔，苦身戮力，父子治產。居無幾何，致產數十萬。齊人聞其賢，以為相（上古漢語語料庫／史記／世家／越王句踐世家〈西漢參較文獻〉，頁1752）。
[15]　有夫妻恰好同名而改名者，像《自由時報》2011年5月20日以「林育賢嫁林育賢 婚後改沛錡」為標題，報導：「臺北有對夫妻要改同名，臺南2年前同名同姓的林育賢娶林育賢，造成轟動，婚後，太太卻已改名叫林沛錡。」又有一則《東森新聞》2011年5月20日以「夫妻同姓名，38年趣事困擾多」為標題，報導：「兩個同名同姓的夫妻，聽起來好浪漫，不過有一對同名同姓，都叫林清雲，結婚三十八年的夫妻，卻發現面臨的問題還真不少，光是簽名在孩子的聯絡簿上，父母都是一樣的姓名，這可就讓孩子被學校老師誤會了好幾次，最後太太只好改名。」
[16]　《自由時報》2011年5月20日以「什麼都要一樣，夫妻改同名」為標題，報導：「夫妻倆說，為了找到兩人都喜歡的名字，煞費不少工夫，查遍電腦、翻遍書籍，整整花了半年，最後才鄭重決定取名『迦祐』，女方要冠上夫姓，夫妻於是分別命名：程迦祐、程莊迦祐，但為何取此名？兩人解釋，因家中是慈濟的感恩戶，『迦』乃取自釋迦牟尼，有佛祖庇佑之意，『祐』與佑同音，也有保佑之意。」

　　古代政治圈中有一樣要素對士人很不利，那個東西叫貶官制度。政治中必有忠臣和奸臣兩類，對國君而言，是比較喜歡逢迎諂媚的小人，因此忠臣就被放逐遠離京城。最早的忠臣被貶案例是屈原，直到現在的端午節吃粽子、划龍舟都在紀念他，屈原以〈離騷〉抒發內心的悲憤。唐代白居易爲什麼江州河畔寫下〈琵琶行〉一詩，對詩中那位年老色衰、流落他鄉的商人婦抱以「同是天涯淪落人，相逢何必曾相識」的同理心感動，兩人遭遇類似，一個被國君拋棄，一個被商人拋棄。然而，白居易被貶之因不是從事非法活動，而是僭越諫官職權，向上通報宰相武元衡被強盜所殺[17]。拿現在的話講，就是白居易雞婆，愛管閒事，過於熱心，恰好給小人藉口陷害。我們假設白居易覺得很倒楣，想改名而讓本身不再受莫名之冤，怎麼改呢？

　　首先，姓氏白爲5畫，查考「姓氏取名參考表」後，有三個欄位符合條件，如下表：

(1)	(1)	(1)
5	5	5
12	20	18
6	4	6
—	—	—
23	29	29

　　接著任選其中一欄位，試鎖定第二欄，5、20、4、23，然後將數字列在井字格最右側，23是姓名總筆畫略去不寫，如圖8：

---

[17] 據《舊唐書》所說：「十年七月，盜殺宰相武元衡，居易首上疏論其冤，急請捕賊以雪國恥。宰相以宮官非諫職，不當先諫官言事。會有素惡居易者，掎摭居易，言浮華無行，其母因看花墮井而死，而居易作〈賞花〉及〈新井〉詩，甚傷名教，不宜置彼周行。執政方惡其言事，奏貶爲江表刺史。」（《舊唐書・卷166・白居易列傳116》，頁4344）

	白	5
		20
		4

圖8

　　再翻開任一版本的字典，開始就部首去挑選相關的字群，列在井字格中間主體位置，如圖9：

　　在總筆畫20畫中，我查了羽、貝、系、風、金、水等七個部首，4畫中，查了人、十、又、丶、八、丨等六個部首，再加上部首本身4畫字。查羽部時，羽是6畫，用20畫扣掉6畫後，再搜索14畫的字，發現全部有「耀、翺」兩字而已，這兩字我都喜愛，所以將它們寫上去，註明形音義後，並註明「（羽部14畫，2/2）」。其他部首字依此類推。查完後，在最左側列出三組候選名單，如圖10。

　　透過井字格取名法的過程後，我挑出「白翺文、白繼升、白瀚介」等三個名字，最後再用句子來詮釋這三個姓名，從中再決選出一個名字即大功告成。從字義上看，「白翺文」之名寓有手持羽扇的文人，很有學問和才氣之涵義。「白繼升」之名表達出學問知識不斷成長攀升，延續光大前賢事業的深意。「白瀚介」之名顯示為人心胸寬闊，個性正直不屈之意。就聲調來看，白翺文，242，平仄平，重複2聲。白繼升，241，平仄平，不重複。白瀚介，244，平仄仄，重複4。在字義皆佳而聲調不重複的遴選標準下，則由「白繼升」雀屏中選了。當然，在井字格左側的候選名單中，當事人可依其喜好來選，不一定按照我的想法來定江山，秉持「愛你所選，選你所愛」的原則就好了。若這組號碼不喜愛，還有二組號碼，重複井字格取名法的工程後，必定可挑出很好的名字。

　　以上設計關於古人的改名問題，白居易在政治上失意，因莫須有之罪名遭貶官，故嘗試以改名來解決，我將他改名為白繼升，取其學問成

	白	5
20	耀：燦爛，照射。 翻：古舞者所持之羽扇。 （羽部14畫，2/2） 贏：利潤，勝過，飽滿的。 瞻：供給人財物，豐厚，充足。 （貝部13畫，2/2） 繢：繁盛貌。 繼：延續。 （糸部14畫，2/8） 飄：大風。 （風部11畫，1/3） 鏡：古軍樂器。 鐘：敲擊樂器名。 （金部12畫，2/20） 瀚：廣大的。 瀝：水往下滴，過濾。 瀛：大海，廣大的。 （水部16畫，3/20）	
4	仁：崇高的道德標準。 介：正真不屈，特立獨行。 （人部2畫，2/11） 升：上進，成熟。 （十部2畫，1/14） 友：志趣相同的人。 （又部2畫，1/3） 丹：礦石，紅色，忠誠。 （、部3畫，1/1） 公：五等爵位的第一位。 （八部2畫，1/1） 中：正道，居中。 （丨部3畫，1/3） 心、文、斤、方、曰、毛、水、氏、牙 （4畫部首，9/34）	

圖9

長而升官繼賢。

肆、假設許慎開書店，如何取名？

　　字典史上第一位開創以部首偏旁排列的字典是東漢時期許慎所著的《說文解字》。他年少時就博通五經，有「五經無雙許叔重」之美

3 2 1 白 白 白	白	5
瀚 襤 翻	耀：燦爛，照射。 翻：古舞者所持之羽扇。 （羽部14畫，2/2） 贏：利潤，勝過的。 贍：供給人財物，豐厚，充足。 （貝部13畫，2/2） 繽：繁盛貌。 繼：延續。 （糸部14畫，2/8） 飆：大風。 （風部11畫，1/3） 鐃：古軍樂器。 鐘：敲擊樂器名。 （金部12畫，2/20） 瀚：廣大的。 瀝：水往下滴，過濾。 瀛：大海，廣大的。 （水部16畫，3/20）	20
介 升 文	仁：崇高的道德標準。 介：正真不屈，特立獨行。 （人部2畫，2/11） 升：上進，成熟。 （十部2畫，1/14） 友：志趣相同的人。 （又部2畫，1/13） 丹：礦石，紅色，忠誠。 （、部3畫，1/1） 公：五等爵位的第一位。 （八部2畫，1/1） 中：正道，居中。 （丨部3畫，1/1） 心、文、斤、方、曰、毛、水、氏、牙 （4畫部首，9/34）	4

圖10

譽[18]。由於他嗜書如命，愛書成癖，想與書為伍，除了家中藏書豐富

---

[18] 《後漢書·儒林列傳》載：「許慎字叔重，汝南召陵人也。性淳篤，少博學經籍，馬融常推敬之，時人為之語曰：『五經無雙許叔重。』為郡功曹，舉孝廉，再遷除洨長。卒于家。」（《後漢書·儒林列傳·許慎》，頁2588）

外，還有什麼方法與書相伴，於是假設他想開書店，這書店主要提供大眾一個舒適的書香環境，但店名如何取呢？

　　取公司行號可採二字或三字的名字，方法仍從姓氏筆畫出發，假設許慎開書店，許姓氏為11畫，故查11畫那幾欄，如下表：

(1)	(1)	(1)	(1)
11	11	11	11
12	10	24	12
12	20	13	14
一	一	一	一
35	41	48	37

　　我從這四欄中鎖定第二欄11、10、20，然後書寫在紙上井字格的最右側，如圖11：

　　接下來查查手邊任一版本的字典，以部首為查字關鍵，把符合條件的字群填滿在井字格中間主體10畫和20畫的位置。10畫中，查了「巾、日、彡、皿、廣」等五部首，20畫中，查了香、貝、酉、言、玉、竹、馬等七部首，其中巾部有四字可選，我選了「席、師、帩、帨」四字，註明形音義，並標示「（巾部7畫，4/4）」，說明扣掉巾部3畫後查7畫的字，四字中選四字，所以是4/4，其他各字依此類推，如圖12。

　　最後，從主體的兩種字群中配對挑出幾組喜愛的店名，書寫在井字格最左側，如圖13。

　　圖13中，我依個人喜好分別組合10畫和20畫的字群，構成三組公司候選名單，第一組「彧贍書局」，第二組「晉騰文化有限公司」，第三組「益籍出版社」。第一組「彧贍」之名中，彧是有文彩的意思，贍是豐厚之義，合之則為進入此家書局閱讀書籍後，無形會增加讀者的文學涵養。第二組「晉騰」之名中，晉有上進之意，騰有奔馳之義，並之則寓此家公司積極上進，加購高質量的新書，讓讀者讀書後，心神如萬馬般奔馳起來。第三組「益籍」之名中，益有豐富的意思，籍有典籍之

許（取店名時，姓氏不列入考量。）	11
	10
	20

圖11

許（取店名時，姓氏不列入考量。）	11
席：座位，宴會。 師：軍旅，老師。 帩：古男用頭巾。 帨：古女用佩巾。 （巾部7畫，4/4） 晉：日光所至而萬物滋長，進。 晏：天晴，和平，晚。 晃：照耀。 晟：明亮。晁：朝日已出。 （日部6畫，5/11） 彧：文章美好，有文彩的，通「郁」。 （彡部7畫，1/1） 益：好處，富裕。 盉：古調酒器，調味。 （皿部5畫，2/4） 庫：存物之地。 庤：屋宇深闊。 庋：貯藏，通「庪」。 （廣部7畫，3/7）	10
馨：芳香遠聞。 （香部11畫，1/11） 贍：豐厚。 （貝部13畫，1/2） 醲：醇酒。 醇：甜酒，甘泉。 （酉部13畫，2/5） 譯：溝通，詮釋。 議：討論。 謳：讚美。 （言部13畫，3/1） 瓊：美玉，美好的。 璨：珠光閃耀。 （玉部15畫，2/4） 籌：計算，謀劃。 籍：書冊。 籟：竹製樂器。 （竹部14畫，3/6） 騰：奔馳。 （馬部10畫，1/14）	20

圖12

3	2	1		11
益籍　出版社	晉騰　文化有限公司	彧贍　書局		10
				20

圖13

義，合之則暗示此家出版社藏有豐富而多元的書籍，讀者想購何書，什麼都有。三名之義俱佳，很難抉擇。再從聲調看：彧贍，44，仄仄，重複4聲；晉騰，42，仄平，有變化；益籍，42，仄平，也有變化。再看諧音：「彧贍」諧音「御膳」，意指古代皇帝專有的食物，暗示看書後，有種像皇帝吃滿漢席那樣滿足；「益籍」諧音「一級」，表示看書後，智慧高人一等。綜合觀之，「益籍」在諧音和聲調較勝於其他二組，故我選取「益籍出版社」作為許慎開書店的名稱。

五、結語

　　本文主要提供井字格取名法的國文教學過程，期能給教師在傳統選文的文本教學之意識下，多一種實用新思維。這個創新國文教學之過程為：我們先假設三位古人面臨人生之取名問題，當老子生龍鳳胎時、當白居易和歐陽修忠而被貶時、當許慎想開店時，諸如這些取名問題，應如何解決？我們以字典和姓氏取名參考表為操作工具，透過井字格取名法展開教學，井字格由右至左書寫，右三格是姓名筆畫數，中間三格是依部首查字典後的漢字群，左三格是挑選漢字群後的參考名單。第一個老子的取名問題中，我們得出三組名單：第一組男生叫李祈謀，女生叫李怡駱；第二組男生叫李柏駪，女生叫李思諧；第三組男生叫李河諝，女生叫李姮霏。第二個白居易貶官改名的問題中，我挑出白翻文、白繼

升、白瀚介等三個名字。第三個許愼開書店的取名問題中，可用二字的店名，我選出第一組「彧贍書局」，第二組「晉騰文化有限公司」，第三組「益籍出版社」。

　　教學結果是我們會幫老子兒子取名爲李祈謀，女兒取名爲李姐霏。再者，我們將白居易改名爲白繼升，最後，我們建議許愼開店可取名爲益籍出版社。而在教學現場中，名字組合是由學生選擇的，這樣就可產出多組名字，亦可激發出多元而創意的姓名詮釋。因此，井字格取名法不僅突破國文教學上的選文思維，進而突顯國文的實用價值，以提供學生一輩子的取名學問。透過井字格取名法融入國文教學，我們將發現，學生的漢字感受力加強了，口語表達能力提升了。

第三節　試論井字格取名法的教學活動設計對學生人文素養及社會能力之培養[19]

摘要

　　國文教學必須經由教師有意義的活動設計來引導學生實作以增進其未來進入社會應具備的人文素養和語文相關之能力。傳統的國文教學主要是就文本的作者、題解、題旨大意、解釋等項目做一或詳或略的講述，一課接一課，學生能否具備基本的文學欣賞能力或真正感受國文所能增進的社會能力何在？教師應該很難有具體的答案。唯有結合文本或單元主題的活動設計，始能突破過去教師講而學生聽的單一

---

[19] 謝明輝：〈試論井字格取名法的教學活動設計對學生人文素養及社會能力之培養〉，「建構與反思－大學國文教學革新學術研討會」，臺中：逢甲大學（2016年5月）。謝明輝等作：〈試論井字格取名法的教學活動設計對學生人文素養及社會能力之培養〉，《閱讀書寫‧建構反思》（臺中：逢甲大學語文教學中心主編及出版，2016年12月），頁3-31。ISBN：978-986-5843-44-1。

活動設計的核心思想，擬分教室外和教室內兩種已實際操作的課堂活
動，論述此種新穎的教學活動如何培養學生對萬物關懷與藝術美感之
能力，以及增進閱讀書寫與口語表達之能力，本文亦提供問卷數據分
析與解讀。

　　由於井字格取名法多種的教學活動設計，已透過筆者專書、論
文、影片及演講等方式發表，或其他國文老師也加入行列實際落實教
學中。故而本文先說明實施此法的具體實例及理由，這將有助更多國
文老師來進行活動設計，促進教學活化。再者，我將論述校園散步或
美術館巡禮如何配合單元主題來設計活動，進行取名書寫，以培養萬
物關懷與藝術美感之能力，這是教室外的活動設計。最後，我也論述
透過任一書籍來設計井字格取名法，在課堂中可無形增進學生閱讀書
寫與口語表達之能力。

關鍵詞：井字格取名法、教學活動設計、國文教學、人文素養、社會能力

一、前言

　　國文教學活動須由教材和教法同時進行創新，才能讓現代的學子耳
目一新。教育部為了更新國文教學，探索教材和教法的各種可能性，過
去四年來，已實施第一期的中文計畫，目前也正實施第二期約三年半的
後續加強文學教學相關計畫。也同時在這四年間，致理技術學院也因應
教育部中文計畫，舉辦過三屆的全國大一創新教學研討會。兩者雖然性
質不同，中文計畫是教案，創新教學研討會是論文，但都標誌著國文創
新教學的新方向。這些大學國文創新教學的新方向都保存在會議手冊[20]
或論文集[21]。

---

[20]　詳見《2013、2014、2015閱讀‧書寫經典創意教學工坊會議手冊》，臺中：靜宜大學舉辦，3月
　　9日、10日。指導單位：教育部，主辦單位：全校性閱讀書寫課程推動與革新計畫辦公室，協辦
　　單位：靜宜大學教學卓越計畫—閱讀書寫‧創意啟蒙子計畫。

[21]　詳見《第一屆至第三屆全國大一國文創新教學研討會會議論文集》，新北：致理技術學院，主
　　辦單位：教育部資訊及科技教育司，承辦單位：致理技術學院通識中心，2012年6月至2014年

　　其次，在已出版的國文教學的專書中，以潘麗珠《國語文教學有創意》爲代表。在教法上，她在〈白話文的創意教學法〉章節中，列出九種活動設計：問題討論活動、朗讀欣賞、錄製廣播劇、古詩訂題目並改寫成新詩、心理遊戲、朗讀重要段落比賽、仿寫名句或特色句、仿擬接寫活動、趣味有獎搶答、角色扮演、廣播配樂的作業設計[22]。又在〈本土小說創意教學活動設計〉章節中，列出五種設計：尋找文中的鄉土語言詞彙、排列重要情節的順序、擴展對話的設計、課堂小劇場、上網搜尋作者資料活動[23]。以上活動設計的兩種缺點，可能造成教師的取代性高，教學助理也可容易進行這種只有講講沒有教學的課堂活動，而且這些設計並無法通行於每一文本或即使無文本也可進行的活動設計，例如心理遊戲、錄製廣播劇，或排列重要情節的順序等活動，孟浩然的〈夏日南亭懷辛大〉一詩則無法適用了。但書中所舉的多項活動確實有參考價值，只是缺乏一種應用廣泛的教材及教法，即任一文本皆可使用的教學活動。心理遊戲是任一文本皆可使用嗎？

　　再者，楊繡惠在〈語文領域教學活動設計讀寫策略與作文教學〉一文中，她以《瘋狂星期二》繪本爲閱讀素材，並想導引出寫作活動，與井字格取名法的立意相同，藉由閱讀導引出寫作，其分兩個活動進行，一是《瘋狂星期二》導讀與寫作活動，一是延伸應用——隨想像起舞。第一部分先將繪本轉換爲文字本。第二部分則運用對文本的內容提問，如：「故事中的主角是什動物？牠們以什麼東西作爲交通工具？」再請學生依據討論內容，書寫以〈假如我有一條飛天魔毯〉爲題的一段文字[24]。但藉此分組討論而引出引導寫作，仍無活動設計上的教學意義，

6月。其中，筆者在第二屆發表〈井字格取名法對國文教學的創新思維——以老子、白居易和許慎爲例〉，第三屆發表〈結合井字格取名法設王勃〈送杜少府之任蜀州〉一詩的創意寫作活動〉。

[22]　潘麗珠：《國語文教學有創意》（臺北：幼獅文藝出版社，2001年），頁65-76。

[23]　潘麗珠：《國語文教學有創意》（臺北：幼獅文藝出版社，2001年），頁110-114。

[24]　楊繡惠：〈語文領域教學活動設計讀寫策略與作文教學〉，頁15。收錄於陳添球主編：《典範教學：教學活動設計與實施》（花蓮：花蓮教育大學，2007年），頁11-15。

老師只有引導設計，活動本身無加入教學行動。即活動設計僅引導，而未教導。

　　國文教學必須經由教師有意義的活動設計來引導學生實作以增進其未來進入社會應具備的人文素養和語文相關之能力。傳統的國文教學主要是就文本的作者、題解、題旨大意、解釋等項目做一或詳或略的講述，一課接一課，學生能否具備基本的文學欣賞能力或真正感受國文所能增進的社會能力何在？教師應該很難有具體的答案。唯有結合文本或單元主題的活動設計，始能突破過去教師講而學生聽的單一講授模式。鑑此，本文提出國文教學的革新構想，以井字格取名法為活動設計的核心思想[25]，擬分教室外和教室內兩種已實際操作的課堂活動，論述此種新穎的教學活動如何培養學生對萬物關懷與藝術美感之能力，以及增進閱讀書寫與口語表達之能力。

二、井字格取名法創新國文教學

　　現今國文教學仍是以文本講解為主體，但筆者提出一種以井字格取名法融入國文教學而成為師生可雙向交流並習得知識的活動設計，可以創新文學課程，可讓學生感受到筆者不只引導，亦有教導。所謂教導是指有教材，也有教法，並輔以活動設計[26]。以下分三種設計樣態來說明：

㈠增進能力的學習單設計（非問答式）

　　所謂「增進能力」是指從無到有，即本來就不會的知識，經由學習單設計後，變成內化個人智慧。但很多的學習單設計落入引導和激發學生腦力的手段，例如：鄭博真編《創意教學點子王2》一書中，在「設

---

[25] 任一科目的教學活動都應包含教材和教法。井字格取名法的教材理論和教法都記錄在筆者《井字格取名法的創意寫作》一書，因書中主要強調作文設計，較少活動設計，僅在頁95-106述及，故本文再就活動設計做進一步的深化與說明。謝明輝：《井字格取名法的創意寫作》（高雄：麗文文化公司，2012年）

[26] 筆者已發表多篇關於「井字格取名法」系列的研究論文及專書，詳見參考文獻所列著作。

計廣告詞」一節內，多元智能融入國語科教學學習單上有兩題，其中第二題，她設計：「日常生活中，有許多令人難忘的廣告詞，像好東西要和好朋友分享，請你動動腦，為下面的用品設計廣告詞。」四個用品分別是書包、衣服、飲料、筆[27]。鄭博真的這個設計廣告詞學習單可以上網搜尋相關資料，很快就可完成學習單的任務。

　　而井字格取名法在學習單的設計上，有很多種樣式，其中以自行選文或選書閱讀為例，學習單上可分四個部分：一是本測驗可訓練同學下列能力，請在（ ）內畫○。二是成員簽名。三是閱讀何書或何文。四是提問。本學習單的提問最能展現特色，因為提問的四個問題都與取名有關。如從文本去設計一道取名問題，然後去解決它。另一道是井字格漢字提問，引出一篇短文創作。就光是解決取名問題就必須要經由國文教學來完成，至少老師要花二至三週來講授。

　　這些內容在網路上是搜尋不到的，必須要上國文課以習得專業知識，因此學生的能力是從無到有，並非只是引導而已，尚加上教導。

㈡解決問題的分組討論（非聊天式）

　　國文教學以往都是老師講而學生聽的單向教學模式，近來日本東京大學教授佐藤學提出學習新革命，即所謂的「學習共同體」，這是指學生互相學習，藉由分組討論來進行。其實分組討論活動不就東西方都有人實施過嗎！只是由佐藤學特別倡導而已。

　　一般國文課的分組討論進行方式主要是就文本提問，設計幾道文本問題，然後讓學生在課堂上討論。而井字格取名法也可進行分組討論，並由學生分工合作來解決一項任務。例如，先提供一篇短文給學生閱讀：

　　　　下午山的那頭出現彩虹，一眼望去，覺得好興奮。……我

---

[27] 詳參鄭博真編：《創意教學點子王2》，「設計廣告詞」一節（高雄：高雄復文書局，2002年5月），頁145。

與她若能攜手漫步在那長長的彎虹的話，該有多好！唉，幻想總似那虹霓般，轉瞬消失於眼前。（《小明教授奮鬥日記：從軍生活》，頁30）

然後針對短文中的物提出取名問題，可設為：「短文中的彩虹在作者詮釋下而有了愛情的溫度，請依井字格取名法替彩虹取個浪漫的名稱。」[28] 這是國文老師從任一文本都能設計的提問，而要進行解決這個提問的方法，則須由老師先行講授井字格相關理論和操作步驟。學生理解後，自可經由分組討論，分工合作，解決此項任務。

井字格分組討論所設計問題比起其他單純經由文本延伸所設計的提問，更有一些挑戰性，且在網路上蒐集不到相關的問題資訊，兩者之異在於，井字格分組討論後，可讓學生多習得一種取名技能，以及閱讀書寫等社會所需能力。筆者從《2013年閱讀書寫·經典創意教學工坊·會議手冊》中，提供兩個例子。鄭栢彰在蔣勳〈無關歲月〉一文中，他設計兩道文本提問：⑴作者所述的場景，無非都是他自己歲月的回憶，為何題目會是「無關歲月」？⑵作者為何對「壓歲錢」這個過年的名詞特別喜歡[29]？〈無關歲月〉是蔣勳追懷童年在過年時，種種民俗相關的活動氣氛。要解決上述兩個文本提問，除了依據個人先前關於過年的相關知識，上網查看〈無關歲月〉的相關資訊後，自可順利解決問題。

另外，羅志仲在陶淵明〈擬古詩〉中設計了五道文本提問，屬開放性問題，無標準答案：⑴「今日復何悔」一句流露出來的是悔還是不悔？⑵如果一開始就種桑於高原，是否就能得到比種桑長江邊更好的結果？⑶觀察特定植物三個月了，你對當初選擇那棵樹感到後悔嗎？⑷承上題，如果有機會重新選擇一棵樹，你會如何選擇？⑸你當初是循何種

28　這個問題的解決方式，詳參謝明輝：《井字格取名法的創意寫作》（高雄：麗文文化公司，2012年），頁97-98。

29　詳見教育部主辦全校性閱讀書寫課程推動與革新計畫辦公室，靜宜大學協辦《2013年閱讀書寫·經典創意教學工坊·會議手冊》中，頁125。

管道進入清華的？（申請入學？繁星計畫？指考分發？）你當初選擇時是否曾有心理掙扎？現在後悔當初的決定嗎[30]？上列的文本提問在一般的國文教科書也常見，主要讓學生分組討論去思考與文本及其延伸的相關生命問題，這些答案都可借助先前的知識或經驗去論述回答，亦可上網參考相關訊息而解決問題。但這只是教師的引導，教導成分不大。

　　是不是有一種是連結文本提問又必須教導的分組討論呢？筆者提供一種井字格取名法來設計分組討論，若學生不上課是很難替上列的彩虹取名，而這彩虹問題又是從現代短文中提煉出來的。其基本理論是經由文本提出兩道提問，第一道與取名有關，另一道要導出寫作。

(三)融入井字格的作文設計

　　井字格取名法除了可設計學習單、分組討論單之外，亦可設計作文，使學生產出精彩又有生命力的文本[31]。作文的引導來自於對井字格內的提問，但之前會有一道對文本的情境先設計取名問題。例如，我們要從〈垓下歌〉一詩來設計井字格作文，則先從文本情境設計取名問題為：「文本所提到的騅不知何名，試用井字格取名法替騅取名。」學生在解決騅取名之問題後，此時，井字格內將出現許多漢字群，茲以學生的作品為例，如圖14（橫式A4紙）所示[32]：

　　我們即可透過這些漢字，再設計引導寫作的問題，如：「文本中的男女主角項羽和虞姬已知將失天下，心情低落，請從井字格中任選一字送給項羽和虞姬，並對他們說些鼓勵的話，題目自訂，字數不限，可畫插圖。」這種井字格作文設計有別於一般題目式或引導式的作文，其採用兩道提問，一道針對文本，一道針對寫作，兩者之間，由井字格來連結，目的在激發學生寫作靈感，加強語文感受力，活化大腦神經，從而

---

[30] 《2013年閱讀書寫・經典創意教學工坊・會議手冊》，頁158。

[31] 實際操作情形，詳見謝明輝：〈井字格取名法之寫作格式設計──以王勃〈送杜少府之任蜀州〉一詩為例〉，《國文天地》31卷9期（2016年2月），頁91-96。

[32] 〈垓下歌〉一詩，是教材內的練習題，筆者舉〈送杜少府之任州〉一詩的學生作品為例，詳參謝明輝：《井字格取名法的創意寫作》，頁65。

「亞大心‧中文情」—生命閱讀與書寫課程革新計畫　作業五　單元四　主題：友情愛情

課程：文學與生活（含習作）　授課教師：謝明輝　科系：　　姓名：何書僑

一、引起動機：
上完王勃〈送杜少府之任蜀川〉一詩後，假設王勃所送的友人去蜀川是要去創業開書店，但杜少府不知如何取店名？請你運用井字格取名法幫他取店名？

二、引導寫作：
請從井字格的漢字中任選一字，在特別的時機，如生日或失落，送給友人或愛人，並說明其原因和意義。試擬一篇短文，自訂題目，不限字數和文體，針對所選之字發想，把你的話告訴他。（書寫背面，可加上插圖，版面自行設計）

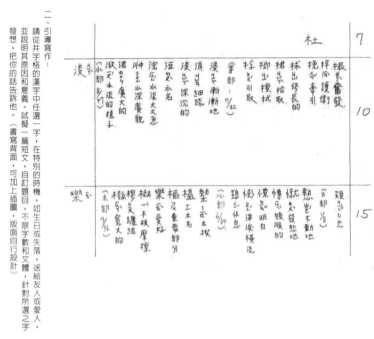

圖14　井字格漢字配對圖

創作出優秀的作品[33]。

　　井字格作文主要透過兩道提問和井字格來促進思考，而其他比較特別的寫作方法，大都是針對文本作引導式的寫作提問。方淑貞在《FUN的教學：圖畫書與語文教學》一書中，曾提出四格寫作學習單，這四格中固定提出四個問題以引導寫作[34]。四格寫作重點學習單的教學步驟，教師引導四格寫作重點提問活動，四格寫作重點學習單引導要領，四格寫作重點轉化成作文教學要領。例如，閱讀《紅氣球》一

33　關於井字格作文設計：《井字格取名法的創意寫作》一書已列舉許多文本示範、詳析分明，建議可列為大專寫作教科書。

34　詳見方淑貞：《FUN的教學：圖畫書與語文教學》（臺北：心理出版社，2010年），頁201、207、211、214等。

書，她依據四格重點，進行四道提問[35]：(1)寫出「婚姻」與「夫妻」二詞在字典上定義、(2)寫出離婚的原因、(3)決定離婚時所採取的態度、(4)我的正確婚姻觀。無論閱讀書籍或短文，方淑貞皆採用四格提問，促進學生思考，最後產出文本，具體可行，實屬一種不錯的寫作引導方式。但提問皆由老師所設計，四個段落可能擺脫不了老師所建立的架構，其設計不如井字格作文來得多樣的活動且能習得取名藝術。

　　尚有一種不直接針對文本，而以單元來進行書寫引導，但仍脫不出引導式寫作之範疇。聯合大學劉若緹等人所發表的「我的家人」教案設計分享，選文三篇，分別是黃小黛〈我多麼羨慕你〉、〈微妙的電話禮儀〉以及陳俊志〈三女神〉。最後請學生寫一篇〈我與我的家人〉的散文習作，其引導文字如下：

> 請以家人與自己之間所發生的一件事為主，寫一篇短文。這件事對你而言，最好有特殊意義，可以是衝突、誤會，或者是由此而理解，或者使自己在觀念或行為上有一些改變的事情。[36]

　　這種具有作文題目又加上引導式短文的書寫方式，在現行的各種升學考試或課堂習作是很常見的。

　　尚有不經由提問方式，亦可促成書寫訓練。魏素足在〈2014「閱讀‧書寫‧經典創意教學工坊」教案設計〉一文中，就二十七件的教案分析中，曾指出：

> 以上書寫方法的教案示範，可見跨領域的結合，有從個人書寫出發，最後與裝置藝術結合，成為靜態展覽者；有從

---

[35] 詳見方淑貞：《FUN的教學：圖畫書與語文教學》，頁246。

[36] 《2013年閱讀書寫‧經典創意教學工坊‧會議手冊》，頁185。

心理諮商的自由書寫出發，寫出內心真正想法者；亦有結合旅行的實際記錄寫作者，凡此種種教案設計，皆跳脫傳統書寫的範疇，也開拓書寫訓練的新領域。[37]

自由書寫或個人書寫等方式，皆不是採用提問方式，但也是一種書寫訓練的新方式。不過，近來已有一種新興的井字格取名法創意寫作逐漸受到世人注意，並在課堂實施後，大受學生歡迎，以下提供問卷作為佐證：

表1　井字格取名法創意寫作問卷調查表

二、語文能力	非常同意（人）	同意（人）	無意見（人）	不同意（人）	非常不同意（人）
此法對寫字和認字之提升有助益	13	17	5	0	0
可以增加漢字敏感度	13	17	4	1	0
漢字配對成名字可以提升造詞能力	15	17	2	1	0
避免寫錯字	9	18	7	0	1
透過此法查字典是件有趣的事	13	16	8	1	0
三、寫作能力	非常同意（人）	同意（人）	無意見（人）	不同意（人）	非常不同意（人）
透過此法能激發寫作靈感	9	20	5	0	1
名字詮釋可以訓練句子表達	8	21	5	0	1
此法可以提供寫作方向	10	20	3	1	1

---

[37] 魏素足：〈2014「閱讀・書寫・經典創意教學工坊」教案設計〉，《第三屆全國大一國文創新教學研討會會議論文集》（新北：致理技術學院，2013年6月14日），頁106。

四、未來展望	非常同意（人）	同意（人）	無意見（人）	不同意（人）	非常不同意（人）
此法可以推廣於大中小學國語文課程	8	18	8	0	1
此法可推廣於大學通識課程	10	13	11	0	1
此法對你未來人生有幫助	8	14	12	0	1

　　筆者在2014年初次實施井字格取名法創意寫作，亞大有五班，每班約四十人，共二百人實施，上表是筆者在法律系實施井字格取名法的創意寫作後，發放調查問卷得出的結果，主要想了解學生在語文能力、寫作能力及未來展望的看法如何[38]。問卷設計出五等量表，表中可看出學生人數大都傾向非常同意和同意兩項靠攏，其中寫作能力項下，「透過此法能激發寫作靈感」一項，非常同意有九人，同意有二十人，共有三十五份有效問卷中，占82.8%，其餘項目皆為八成以上，可見大多數學生對此法的肯定。

三、教室外：培養對萬物關懷與藝術美感之能力

　　一般說來，國文課堂幾乎都在教室內實施，且上述的書寫設計也都在教室內完成，當然也有在家習作的，但習作的書寫主體幾乎都與文本有關。而井字格取名法運用的範圍則較廣大，不僅可結合文本，還可結合參觀人文藝術建築來設計寫作活動，若是參觀美術館，可直接選取畫中之萬物來取名。或是校園散步時，選取所見之人事物來取名，在選取萬物而進行取名時，其實你已對萬物有審美的感動與連結，無形也就培養對萬物關懷與藝術美感之能力，此可強化學生的人文素養。以下舉兩

---

[38] 全班約四十人左右，依據教育部全校性閱讀書寫計畫的小班教學，井字格取名法問卷的原本形式，請參考謝明輝：《井字格取名法的創意寫作》，頁6-10。上表是根據問卷所整理出來的數據。

例證來說明：

㈠亞大校園散步，替感動的萬物取名，培養對萬物關懷之能力

　　亞洲大學素有花園大學之美名，身置其間悠遊，可連結人類與萬物之間特殊情感。筆者曾利用文學賞析的一堂課，約半小時，讓學生到校園進行有目的的散步。除欣賞美景外，主要目的要從大自然中抓住某一感物，接著替它取名，再寫一篇題目自訂，與萬物有約的佳文。如何具體進行呢？依據井字格寫作理論，必須以三段式的格式來完成：他創文本與取名問題、井字格與查字典、提問與自創文本[39]。簡單說，即運用兩道提問來連結閱讀與書寫任務，第一道是取名問題，另一道是井字格選字問題。學習單設計如圖15（橫式A4紙）：

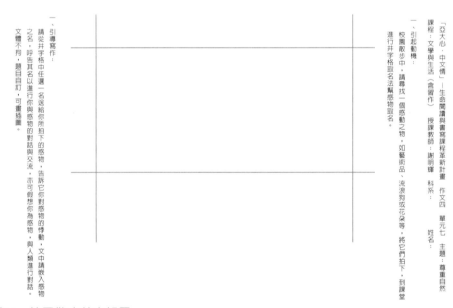

一、引導寫作：
　　請從井字格中任選一名送給你所拍下的感物，告訴它你對感物的悸動，文中請嵌入感物之名，呼告其名以進行你與感物的對話與交流，亦可假想你為感物，與人類進行對話。文體不拘，題目自訂，可畫插圖。

一、引起動機：
　　校園散步中，請尋找一個感動之物，如藝術品、流浪狗或花朵等，將它們拍下，到課堂進行井字格取名法幫感物取名。

「亞大心‧中文情」——生命閱讀與書寫課程革新計畫　作文四　單元七　主題：尊重自然
課程：文學與生活（含習作）　授課教師：謝明輝　科系：　　　姓名：

圖15　校園散步井字格圖

　　圖15中有兩道提問：

---

[39] 謝明輝：《井字格取名法的創意寫作》，頁14。

1. 校園散步中，請尋找一個感動之物，如藝術品、流浪狗
   或花朵等，將它們拍下，到課堂進行井字格取名法幫感
   物取名。
2. 請從井字格中任選一名送給你所拍下的感物，告訴它你
   對感物的悸動，文中請嵌入感物之名，呼告其名以進行
   你與感物的對話與交流，亦可假想你為感物，與人類進
   行對話。文體不拘，題目自訂，可畫插圖。

　　透過提問的設計，可以讓學生有個思考的方向，且還有運用所學的
井字格取名法來解決問題，最後產出佳作。作文則寫在上圖的背面，如
圖16（橫式A4紙）所示：

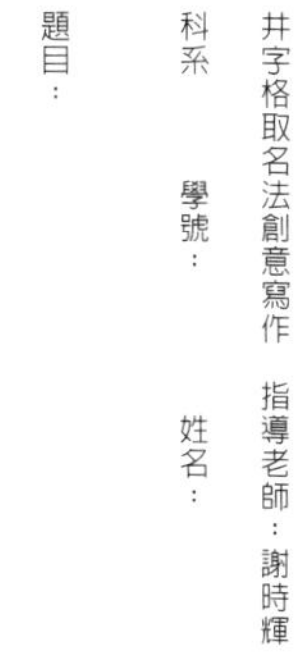

井字格取名法創意寫作　指導老師：謝時輝

科系：　　　　　學號：　　　　　姓名：

題目：

圖16　井字格寫作空白圖

　　茲摘錄社工系洪婉芸〈不經意的回頭〉一文：

　　……而這株梅花，樹上綴著一點一點粉紅透白的花朵，我
替其中一朵取名為「伶潔」。「伶」為聰慧，靈巧的意
思，「潔」為乾淨、修養、端正的意思，我認為取這名字
最適合她了，她的純白高尚，使我沉澱心靈，很慶幸當時

　　　　一個不經意的回頭，讓我為之驚艷，在忙碌的同時，能停
　　　下腳步，欣賞大自然的傑作，而我用了手機，把我跟這株
　　　梅花凍結了，永遠。

　　古人寫詩也是從大自然的萬物中，選取自身感動的事物來創作，而
井字格取名法透過取名的連結，產生人與萬物的情感，進而抒寫心情，
關懷萬物。本來洪同學對校園中的這株梅花是沒感覺的，也不曾對它產
生聯想。但經由井字格的取名動作，她與梅花則產生連結，她也可選其
他東西，但這株花感動她，因此寫下眞情的佳文，而不會無病呻吟。
　　試想若不實施井字格取名法的寫作活動，那又如何？那可能只是老
師派作業，請大家到校園走走，然後寫一篇心得，其間，老師有教導
嗎？而筆者設兩道提問，幫助學生眞心體會大自然萬物，事前還要教導
她們如何進行井字格取名法，有教材，有教法，透過取名將人與萬物連
結，進而關懷萬物，此情況猶如父母替子女取名，產生親情連結，父母
則關懷子女，名字顯示父子間的親感認同。

㈡閒逛亞洲現代美術館，進行藝術品取名，寫家書活動，培養藝術美感

　　在國文課堂上，寫家書、校園巡禮或是戶外參觀文物館等活動，然
後請學生寫心得感想的作業，這是很常見的課堂操作模式。但這種制式
化的派作業方式，老師只有引導，而欠缺教導。雖然學生可能因寫家書
而連結家人情感，或校園巡禮而有特殊感受，或戶外參觀而增加知識，
這些方式對學生而言，皆可自行獲得相關資訊。因此透過井字格取名法
的操作方式，自可讓學生感到教師的引導，亦感受教導。筆者在文學與
生活課中，運用一堂課逛美術館，一堂課在教室寫家書。學生進入美術
館，不是隨便欣賞，而是仔細觀賞畫作或雕塑品。總覽後，必須選取一
個較爲感動的畫中之物或是藝術品，這個舉動已無形增加其內在的藝術
涵養。接著要替感物取名，藉以連結人與物的情感，因此依據井字格取
名法寫作理論，筆者設計兩道提問，如圖17（橫式A4紙）所示：
　　圖17中，所設的兩道提問：

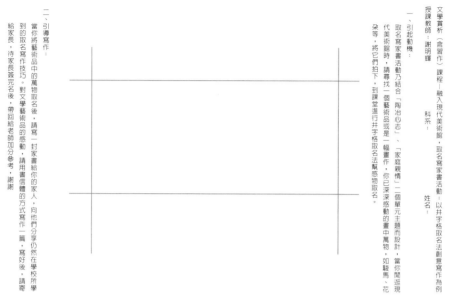

文學賞析〈含習作〉課程──融入現代美術館、取名寫家書活動

授課教師：謝明輝　　科系：　　　　姓名：

活動名稱：美術館巡禮──以井字格取名法創意寫作為例

一、引起動機：

取名寫家書活動乃結合「陶冶心志」、「家庭親情」二個單元主題而設計，當你閒逛現代美術館時，請尋找一個藝術品或是一幅畫作，你已深深感動的畫中萬物，如駿馬、花朵等，將它們拍下，到課堂進行井字格取名法幫感物取名。

二、引導寫作：

當你將藝術品中的萬物取名後，請寫一封家書給你的家人，向他們分享你在學校所學到的取名寫作技巧，對文學藝術品的感動，請用書信體的方式寫作一篇，寫好後，請寄給家長，待家長簽完名後，帶回給老師加分參考，謝謝

圖17　美術館巡禮寫家書井字格圖

1. 取名寫家書活動乃結合「陶冶心志」、「家庭親情」二個單元主題而設計，當你閒逛現代美術館時，請尋找一個藝術品或是一幅畫作，你已深深感動的畫中萬物，如駿馬、花朵等，將它們拍下，到課堂進行井字格取名法幫感物取名。

2. 當你替藝術品中的萬物取名後，請寫一封家書給你的家人，向他們分享你在學校所學到的取名寫作技巧、對文學藝術品的感動，請用書信體的方式寫作一篇。寫好後，請寄給家長，待家長簽完名後，帶回給老師加分參考，謝謝

　　除了符合兩道提問之外，筆者配合寫家書給家人傳達藝術相關訊息，故再加上「家長回應欄」，內容包含評語、簽名、加分、建議等四項目。以加分方式，邀請家長也加入評分行列，以1-10分為範圍。如圖

18（橫式A4紙）所示：

加分	評語	
（請填數字1至10分）		家長回應欄
建議	簽名	

井字格取名法創意寫作　指導老師：謝明輝

科系：　　學號：　　姓名：

圖18　井字格家書寫作圖

茲舉巫翊綺同學的作品：

雙親大人膝下：

今天我到美術館去，看到一個作品，叫《懷孕的女人》。
我想替她取個名叫「巫姬瑤」，你們看看你女兒多厲害！
看到那作品，就想到媽辛苦苦生下我和妹妹的情景，姬是
對婦女的美稱，而瑤是比喻美好的樣子，我能想像，媽在
當時懷我和妹妹時，慈愛地摸著肚子，要我們乖乖聽話，
雖然長大後，有點小叛逆啦！辛苦啦～～不管是你，還是爸
爸辛苦的付出。　最後，幫我加分加多一點啦，最好十分
哦～～
敬請
福安

女兒翊綺叩上

　　上列家書，筆者並未將井字格取名過程呈現，但巫同學要經由井字格配對成「姬媱」二字，至少也要花個半小時。在美術館這一小時中，她在遍覽所有藝術品後，令她感動的是名叫《懷孕的女人》，可能是畫作，也可能是雕塑品，但沒有具體名字。在感動之下，她將藝術品與自己辛苦懷下她的母親連結起來，除了培養藝術美感外，她還寫下家書與母親分享。文中看出巫同學很驕傲替懷孕的女人取名為姬媱，並在第二段說明雙親辛苦的付出。而家長回應是：「老師所教的井字格取名法可以應用在生活上是一本好的教材。」這已證明井字格取名法在閒逛美術館的過程中，發揮積極效用。其他例證是：

1. ……所以我用上課老師教的井字格取名法為這個小舞者取名為劉娜羽，因為小舞者儘管只是站著，那姿態也讓我為之動容，就像一隻真的小鳥在飛翔。……
   家長回應：井字格取名很特別，取得很好。

   （生科系劉好婕）

2. 這一次的國文課中，老師帶領我們去參觀美術館，本來認為沒有什麼，但是後來看完之後有一種自己成為了藝術家的美感，其中一幅畫，其狀如萬馬奔騰之態，……
   家長回應：現代的社會充斥了太多像暴力、廝殺之氣的線上遊戲環境，虛擬幻想的氣氛。而培養孩子靜下心慢慢欣賞美感有意義的的美術藝術創作也是一種平衡。

   （生科系劉昱賦）

　　上列二文，可看出學生本身感受到具有美術涵養，而家長也認同透過井字格取名法的操作來培養藝術氣質。

四、教室內：增進閱讀書寫與口語表達之能力

　　上節的教室外國語文活動設計比較少學者研究，學者大都是以教室內活動爲前提來設計。教室內活動大都以文本連結而設計，潘麗珠《國語文教學活動設計》一書中，從文本設計活動的角度切入，分三部分來說明示範：一是白話文篇有〈匆匆故鄉的桂花雨〉等六篇教學活動設計；二是現代詩篇有〈麥當勞午餐時間〉、〈車過枋寮〉等三篇教學活動設計；三是古典文學篇有〈春夜宴從弟桃花園序〉等三篇教學活動設計[40]。這些活動雖在教室內可實施，但其缺點在：其一，不能適用每課課文，每課都要重新設計活動，而且活動類型大概就是那幾樣；其二，僅用在中文系的學校，其他大學的國文課，就很難接受，因太過專業了，外系學生本來對文學的興趣就不大。另外，江惜美在〈國小高年級作文教學法論析〉一文，也示範了「接句作文」、「成語作文」、「生活作文」、「閱讀作文」等四種作文樣態[41]，這些作文寫作方法皆是對國小兒童初步學習之用，其教學活動具一定的意義，但畢竟不是就文本而延伸，在大學國文課堂，可能很難實施，因爲江惜美作文研究是從國小作文爲基點，實施對象非大學生。

　　在以文本爲主的課堂活動設計的研究上，井字格取名法的創意寫作針對每篇文本皆可設計，筆者所設計出的活動學習單，學生練習之後，無形增加閱讀書寫與口語表達能力，這都是一種社會能力之養成。以下舉兩個例證說明：

（一）**閱讀短文，並爲萬物取名，可增閱讀書寫等能力**

　　任一版本的國文教科書上，都會因教師們的專長或興趣不同，而編撰全校統一的教材，亞洲大學通識中心每年也都根據學生的需要而更新教材，若學生對教材所選的文章不喜歡，我們也可另外選取文本來設計國文

40　詳參潘麗珠：《國語文教學活動設計》（臺北：萬卷樓圖書公司，2001年），目錄。

41　詳參江惜美：〈國小高年級作文教學法論析〉，《第一屆小學語文課程教材教法國際學術研討會論文集》，頁477-487。

作業[42]。依據井字格寫作理論，任一文本，皆可設計，只要根據文本來設計，但提問也可由學生來設計，學習單如圖19（直式A4紙）：

井字格取名法的創意　分組討論　學習單		
組員簽名	訓練能力請在（）打○	加分（1-5）
	(1)閱讀書寫　　　　　　（　）	
	(2)取名方法　　　　　　（　）	
	(3)漢字認識與理解　　　（　）	
	(4)語文與口語表達　　　（　）	
	(5)團隊分工　　　　　　（　）	
	(6)其他	

一、閱讀短文
天下有一人知己，可以不恨。不獨人也，物亦有之。如菊以淵明為知己，梅以和靖為知己，竹以子猷為知己，蓮以濂溪為知己，桃以避秦人為知己，杏以董奉為知己，石以米顛為知己，荔枝以太真為知己，茶以盧仝、陸羽為知己，香草以靈均為知己，蓴鱸以季鷹為知己，蕉以懷素為知己，瓜以邵平為知己，雞以處宗為知己，鵝以右軍為知己，鼓以禰衡為知己，琵琶以明妃為知己。一與之訂，千秋不移。若松之於秦始，鶴之於衛懿，正所謂不可與作緣者也。

二、替文中的萬物取名。（原因：透過對萬物取名的動作，連結人與萬物的情感）試選一句抄錄
　　下來：「若是選『菊以淵明知已』之句，請替菊花取名。請將井字格畫於背面並進行取名過
　　程。」
三、組員各自從井字格挑選一個名字，並說明為何要這樣取。（須結合作者遭遇）

　　　取名結果為：
四、設計提問以引導寫作（如選一字送給知己，為什麼？）

圖19　井字格取名法分組討論單

---

[42] 筆者已根據2014年版亞大國文教科書的文本設計井字格取名法的創意寫作，詳參謝明輝：《井字格取名法的創意寫作》一書，亞大國文教師群編著：《文學與生活：閱讀與書寫》（新北：高立圖書公司，2014年9月）。

圖19學習單，設計了四個步驟：

一、閱讀短文（清代張潮《幽夢影》）

二、替文中的萬物取名。

三、組員各自從井字格挑選一個名字，並說明為何要這樣取。

四、設計提問以引導寫作（如選一字送給知己，為什麼？）

上列四個提問項目，其中二和四就是井字格寫作理論的兩道提問，差別在於最後一個提問是由學生自行設計，然後再創造文本。先請學生閱讀短文如下：

> 天下有一人知己，可以不恨。不獨人也，物亦有之。如菊以淵明為知己，梅以和靖為知己，竹以子猷為知己，蓮以濂溪為知己，桃以避秦人為知己，杏以董奉為知己，石以米顛為知己，荔枝以太真為知己，茶以盧仝、陸羽為知己，香草以靈均為知己，蓴鱸以季鷹為知己，蕉以懷素為知己，瓜以邵平為知己，雞以處宗為知己，鵝以右軍為知己，鼓以禰衡為知己，琵琶以明妃為知己。一與之訂，千秋不移。若松之於秦始，鶴之於衛懿，正所謂不可與作緣者也。

這段短文的主旨在強調人生在世，皆需要一位知己，如此則可終生無憾。同理，其他物種亦是如此，像菊花也需要一位知己，陶淵明曾寫「採菊東籬下」的名句流傳，故陶淵明是菊花的知己。其他像梅、竹、桃等萬物皆如是。學生先閱讀此古文，無形中增進閱讀能力。接著每組

學生必須先討論對哪句話較感動，將它記錄在學習單，然後替句子的某物取名。幼教系有一組（吳庭萱、郭宜蓁、江芷瑄、張如瑩、蘇品璇等）同學，討論後，選一句「雞以處宗為知己」為討論依據，她們運用井字格取名法替雞取了「講軒、聰朗、鴻朗、謇軒、謙烈」等名，其原因是：

> 我們猜拳決定幫雞取名為「講軒」，處宗雖然學問很好，對當時士大夫階層中盛行的道家玄學很有研究，但不善言談，說話有點結巴，曾多次想方設法矯正自己的口吃，但都沒有成功。自從買了這隻會講人話的雞，口才大進，說話越來越流暢，故替此雞取名「講軒」以紀念這一典故。

從這段學生們的書寫可看出，她們的寫作能力很流暢，在說明為何替雞取名為「講軒」時，結合了處宗的時代背景和口才漸進的特色，無形中除了閱讀書寫能力有提升外，也增進社會能力所需的溝通表達能力，她們極力用文句與老師溝通，為何要替雞取名為「講軒」。另外，資傳系有一組（黃心玫、陳怡靜、王儷蓉、郭柚均、詹淳閔等）同學，選「菊以淵明為知己」之句，她們運用井字格取名法替菊取了「悠晏、彬溽、婉琇、悟留、曼倩」等名。其理由是：

> 陶淵明「採菊東籬下，悠然見南山」，在採摘菊花時，抬頭看見勝景絕妙，同時也給人很悠閒的感覺，就像我們為菊花取的名字——「悠晏」是一樣的感覺。

文中可見學生將菊花取名為「悠晏」的原因敘述清楚，其書寫溝通的能力不錯，對未來社會所需的溝通表達能力是有很大助益。

㈡自行閱讀書籍，設計取名，可增口語表達等能力

在教室內可提供一篇短文或一本書籍給學生閱讀，然後讓他們討

論，讓他們各組上臺發表讀書心得。筆者曾教授學生TPTCR讀書心得寫作法[43]，讓他們在課堂外利用約三個月時間來閱讀一本書，但四次的讀書會討論和學習單練習都在教室內完成。筆者將井字格取名法結合讀書心得，讓他們練習提問，如圖20（直式A4紙）：

103-2學期 文學課程　期中　井字格提問與寫作回分測驗　　授課教師：謝明輝		
本測驗可訓練同學下列能力，請在（　）內畫○：　　　　　　　　　　　　系 （　）團隊合作（　）提問和解決問題（　）寫作能力（　）閱讀力（　）文字力（　）創造力 （　）取名方法（　）其他（請註明　　　　　　　　　　　　）		
第 組 成 員	組長	
閱讀書目或篇目：		
1.閱讀文本提問：（請就文本設計取名問題，請參考寫作教材，頁80-91）		
2. 井字格取名過程：（請於背面畫一井字格，解決取名問題，可參頁39） 取名結果是？		
3.井字格漢字提問：（請從井字格中的漢字，設計引導寫作問題，可能頁92-95）		
4.承上題，請完成一篇短文。		

圖20　閱讀書籍井字格取名法井字格學習單

---

[43]　詳見謝明輝：〈TPTCR小論文寫作法〉，《中國語文》月刊680期（2014年2月），頁66-69。

　　本來依據井字格取名法寫作理論是由老師設計兩道提問，但這次全由學生來設計，其設計步驟如下：

　　　1.閱讀文本提問
　　　2.井字格取名過程
　　　3.井字格漢字提問
　　　4.承上題，請完成一篇短文

　　就短文或書籍來提問思考，可促進學生閱讀能力，因為他們要融入書籍內容，始能提出問題，上列四個步驟正是井字格取名法寫作理論的步驟，第一題可深入閱讀，第四題可產出文本，最後則是上臺與同學分享，這無形中可增進口語表達能力。資訊傳播學系有一組（周易薇、李樺、鄭芷芸、吳勘峻、郭柚均、陳怡靜等）同學，閱讀《夢想這條路踏上了，跪著也要走完》一書，其文本提問是：

　　　作者在旅途中送了貧窮的小孩手鍊，手鍊對於作者與小孩
　　　都具有重要的意義，它是夢想的接續與延伸。試用井字格
　　　取名法替手鍊取名。

　　接著他們要花至少半小時用井字格取名法替手鍊取名，其結果是：

　　　手鍊的名字：邁嶽，象徵接近有如高山的夢想，具有鼓勵
　　　的意味。

　　接著他們再設計引導寫作的提問，如下：

　　　請從井字格中選出一個字送給貧窮的小孩，因為貧窮的小
　　　孩內心嚮往著廣大的外面世界，卻受限於自身條件而無法

實現內心的夢想。請給小孩一些鼓勵的話，自訂題目，不限文體字數。

最後他們用書信體，寫下感人的創作文字：

題目：給你的一封信

你好

我是看過你的故事的一個陌生人，在知曉你的狀況後，想送你一個字和一段話。我想送你一個字「勵」，不僅是鼓勵也是祝福。或許你的條件比不上外面城市的小孩，但若有相同的條件，你必定不會輸給那些優秀的孩子……加上「勵」，這個字所含的「奮發」……

祝成功實現夢想

祝福你的陌生人上

以上這些思考和書寫都是要上臺發表，因此訓練學生的口語表達與溝通能力，這些都是社會所需的就業能力。我們再看時尚系一組（鄭紫希、柯博容、林妍儀、蔡宛璇、謝明娟、張唯萱等）同學看了《半生緣》一書，所設計的兩道提問：

1. 文中的女主角在愛情場上有起有落，屢遭挫折，十分悲傷，為了讓她脫離悲傷面對人生。請用井字格取名法替女主角重新取名。

2. 請從井字格中任選一字送給文本中的女主角，鼓勵或告訴她一些愛情的觀念。題目自訂，文體不拘，字數不限，可畫插圖。

　　上列兩道提問除了已證明她們的思考能力，也可看出接下來她們的口語表達能力，她們的短文寫作〈珍〉，如下：

> 「我們……回不去了」這句話是女主角十幾年後與男主角重逢時對他說的。看完這本書，這句話一直牽動著我們的心……送女主角一個字「珍」，是因為我們知道過去的一切都已成定局無法更改，是悲傷的，但也同時是珍貴稀有的……所以「珍」是要女主角好好珍惜這份寶貴稀有的回憶活下去，好好面對人生……

　　透過井字格取名法的寫作過程，不僅使她們對《半生緣》這本書了解，從井字格查字典的操作中，逐漸增加文字思考力，最後她們對書中一句話感覺甚深，透過井字格送字來表達她們對女主角珍惜過去、揮別悲傷、好好展望未來的想法。這種思考和表達的能力都是未來社會所需要。

五、結論

　　國文或說文學相關領域的課程，隨著時代的變遷，已有許多教師思考如何創新，但創新要同時兼顧到教材和教法，目標在於讓學生學到一些實質的東西，而非理論而已。本文提出井字格取名法來創新國文教學，透過教學實例證明學生真正習得人文素養和社會所需能力。首先，井字格取名法的寫作理論借助提問的方式來進行學生對閱讀文本的思考，透過兩段式提問來提升他們的閱讀與書寫能力。其教學活動設計在三方面：一是註明增進幾種能力的學習單設計，二是有具體解決問題的分組討論設計，三是融入作文設計；這些設計足以讓學生感受到，教師不只是引導他們而已，尚加上教導，也不是派作業而已，尚加上就業能力的培養。

　　其次，筆者說明井字格取名法可實施於教室外，亦可於教室內，並

各以討論單及學習單或作文單設計來論述。在教室外，井字格取名法可運用在校園散步，替感物取名來加強萬物關懷，且在參觀亞大美術館的巡禮中，替藝術品取名，並寫家書與家人分享提升藝術美感的喜悅。這些都是具體提升學生人文素養的具體方法。最後，在教室內，筆者提供學習單讓學生分組討論解決清代《幽夢影》中一篇短文的井字格取名法的相關提問，強調閱讀書寫能力的增進，還有另一種學習單，是訓練學生思索一本書籍的兩道關於井字格取名法的提問，其所產出的書寫文本是要上臺分享讀書心得，藉此也增進口語表達及溝通能力。

　　總之，從井字格取名法的寫作理論設計多樣化的活動，確實可增進學生取名藝術、團結合作、創造力、文字力、溝通論述、口語表達以及藝術美感等等的人文素養及社會所需的生存能力。若能推廣及實施於各大中小學的國文課堂，筆者深信，將是一種全面的國文教學革命，適合更多的國文教師來參與，筆者衷心期盼著！

第四節　　井字格取名法在美術館巡禮和校園散步的教學活動設計[44]

摘要

　　井字格取名法經由筆者發表專利、專書、論文、演講及影片的研究推廣，已成為大一國文乃至文學相關課程的創新教材教法。其中筆者已在致理科大所舉辦的大一創新國文教學研討會中，連續發表兩屆關於井字格系列的論文。從不須文本閱讀的先賢取名活動，到閱讀某一文本設計取名問題，進而導出書寫創作，現在筆者欲將取名書寫活動擴展到教室外，因為創新的國文教學活動，也可在室外進行，透過

[44] 謝明輝：〈井字格取名法在美術館巡禮和校園散步的教學活動設計〉，《從生命轉彎處再出發》（臺中：真行文化出版社，2017年2月），頁93-110。ISBN：978-986-93433-4-3。

另一種欣賞大自然或藝術品的巡禮，除了提升藝術涵養外，亦能活化國文教學，體會另一番課堂外的風景。

井字格取名法不僅可應用於每篇文本的教學設計，在課堂外，它亦能發揮創新教學魔力。本文目的在詮釋井字格取名法如何在課堂外進行，筆者將分美術館巡禮和校園散步兩種場域來論述井字格取名法的教學活動設計並舉實例說明。在美術館巡禮中，主要透過替藝術品取名後，寫家書給家人分享美學感動；而在校園散步中，則經由替萬物取名，進而感受萬物平等且尊重大自然的觀念。筆者期待更多學者專家亦能借用此法，廣泛實施於各級教育現場，展現文學相關課程更不一樣的創新視野。

關鍵詞：井字格取名法、大一國文、陶冶心志、閱讀書寫、教學活動

一、前言

　　世界滾輪已進入五化時代：全球化、少子化、高齡化、數位化和氣候暖化。知識的傳承已有重大的交流與變革，世界各國的教育幾乎都向歐美先進國家借鑑，臺灣自然也不例外，從美國傳入翻轉教學，從英國傳入心智圖思考法，從日本傳入學習共同體，試問臺灣可以輸出什麼？筆者認為井字格取名法的相關學問可以擔此重任，目前正處草創階段，需要更多學者專家來投入推廣。井字格取名法經由筆者發表專利、專書、論文及影片的研究推廣[45]，已成為大一國文乃至文學相關課程的創新教材教法。

　　而其他的國文教學活動中，雖有創意，在國文教學上很有價值，如潘麗珠《國語文教學有創意》一書及楊繡惠〈語文領域教學活動設計讀

---

[45]　井字格相關影片可在Youtube首頁，搜尋「井字格」，即可出現相關影片，共三部。網址在：https://www.youtube.com/watch?v=2WWMCjwOP5Q。其他關於井字格的專利、專書、論文、演講等資訊，詳見文末的參考文獻。

寫策略與作文教學〉一文，但未獲專利證書肯定[46]，實在可惜。首先，潘麗珠《國語文教學有創意》一書中，她在〈白話文的創意教學法〉章節中，列出九種活動設計：問題討論活動、朗讀欣賞、錄製廣播劇、古詩訂題目並改寫成新詩、心理遊戲、朗讀重要段落比賽、仿寫名句或特色句、仿擬接寫活動、趣味有獎搶答、角色扮演、廣播配樂的作業設計[47]。又在〈本土小說創意教學活動設計〉章節中，列出五種設計：尋找文中的鄉土語言詞彙、排列重要情節的順序、擴展對話的設計、課堂小劇場、上網搜尋作者資料活動[48]。以上活動設計並無法通行於每一文本或即使無文本也可進行的活動設計，例如心理遊戲、錄製廣播劇，或排列重要情節的順序等活動，像孟浩然的〈夏日南亭懷辛大〉一詩則無法適用了。但書中所舉的多項活動確實有參考價值，只是缺乏一種應用廣泛的教材及教法，即任一文本皆可使用的教學活動。心理遊戲是任一文本皆可使用的課程活動嗎？

　　再者，楊繡惠在〈語文領域教學活動設計讀寫策略與作文教學〉一文中，她以《瘋狂星期二》繪本為閱讀素材，並想導引出寫作活動，與井字格取名法的立意相同，藉由閱讀導引出寫作，其分兩個活動進行，一是《瘋狂星期二》導讀與寫作活動，一是延伸應用——隨想像起舞。第一部分先將繪本轉換為文字本。第二部分則運用對文本的內容提問，如：「故事中的主角是什動物？牠們以什麼東西作為交通工具？」再請學生依據討論內容，書寫以「假如我有一條飛天魔毯」為題的一段文字[49]。

　　基於上述兩位學者的國文教學活動，我想再提出井字格取名法來創

---

[46]　使用專利證書是最客觀的證明，免去文獻探討，其新穎性已獲國家認同。發明專利證書通常要三年才能獲得，其間辯駁來往，耗費精神。將專利概念應用於國文閱讀書寫，可謂創舉，是種與眾不同的創新教學。

[47]　潘麗珠：《國語文教學有創意》（臺北：幼獅文藝出版社，2001年），頁65-76。

[48]　潘麗珠：《國語文教學有創意》（臺北：幼獅文藝出版社，2001年），頁110-114。

[49]　楊繡惠：〈語文領域教學活動設計讀寫策略與作文教學〉，頁15。收錄於陳添球主編：《典範教學：教學活動設計與實施》（花蓮：花蓮教育大學，2007年），頁11-15。

新國文課堂設計[50]。這是配合教育部全校型閱讀書寫革新計畫而設計出的寫作活動，藉以提升學生的書寫能力[51]。井字格取名法目前已從非文本的課堂活動設計，而至任一文本皆可設計活動，再至教室外的課程設計。本文擬以美術館巡禮和校園散步兩種場域來論述井字格取名法的教學活動設計並舉實例說明。在美術館巡禮中，主要透過替藝術品取名後，寫家書給家人分享美學感動；而在校園散步中，則經由替萬物取名，進而感受萬物平等且尊重大自然的觀念。

二、美術館巡禮寫家書活動

　　在國文課堂上，寫家書、校園巡禮或是戶外參觀文物館等活動，然後請學生寫心得感想的作業，這是很常見的課堂操作模式。但這種制式化的派作業方式，老師只有引導，而欠缺教導（教學加上引導），雖然學生可能因寫家書而連結家人情感，或校園巡禮而有特殊感受，或戶外參觀而增加知識，這些方式對學生而言，皆可自行獲得相關資訊，因此透過井字格取名法的操作方式，自可讓學生感到教師的引導，亦感受教導。筆者在文學與生活課中，運用一堂課逛美術館，一堂課在教室寫家書。學生進入美術館，不是隨便欣賞，而是仔細觀賞畫作或雕塑品，總覽後，必須選取一個較為感動的畫中之物或是藝術品，這個舉動已無形增加其內在的藝術涵養，接著要替感物取名，藉以連結人與物的情感，因此依據井字格取名法寫作理論，筆者設計兩道提問，如圖21（橫式A4紙）所示：

---

[50]　有關井字格取名法的相關理論說明，已發表在謝明輝：《應用華語文：以字典取名學為例》（高雄：麗文文化公司，2012年）及《井字格取名法的創意寫作》（高雄：麗文文化公司，2014年）二書，因本文著重在教學活動，故而省去理論論述，以免模糊焦點。

[51]　本法已獲授課學生九成以上的支持，其質量化回饋意見，則參見《井字格取名法的創意寫作》一書。

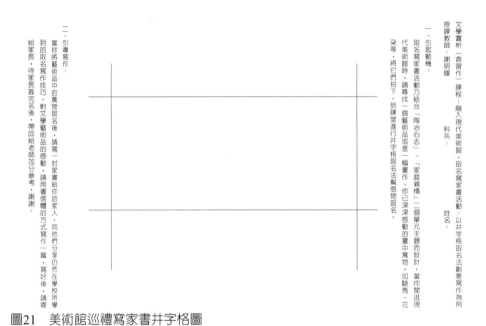

圖21　美術館巡禮寫家書井字格圖

圖21中，所設的兩道提問：

1. 取名寫家書活動乃結合「陶冶心志」「家庭親情」二個
   單元主題而設計，當你閒逛現代美術館時，請尋找一個
   藝術品或是一幅畫作，你已深深感動的畫中萬物，如駿
   馬、花朵等，將它們拍下，到課堂進行井字格取名法幫
   感物取名。

2. 當你替藝術品中的萬物取名後，請寫一封家書給你的家
   人，向他們分享你在學校所學到的取名寫作技巧、對文
   學藝術品的感動，請用書信體的方式寫作一篇。寫好
   後，請寄給家長，待家長簽完名後，帶回給老師加分參
   考，謝謝！

　　除了符合兩道提問之外，筆者配合寫家書給家人傳達藝術相關訊息，故再加上「家長回應欄」，內容包含評語、簽名、加分、建議等四項目。以加分方式，邀請家長也加入評分行列，以1-10分為範圍。如圖22（橫式A4紙）所示：

加分	評語	
（請填數字1至10分）		家長回應欄
建議	簽名	

井字格取名法創意寫作　指導老師：謝明輝

科系：　　學號：　　姓名：

圖22　井字格家書寫作圖

茲舉巫翊綺同學的作品：

　　雙親大人膝下：

　　今天我到美術館去，看到一個作品，叫「懷孕的女人」。我想替她取個名叫「巫姬瑤」，你們看看你女兒多厲害！看到那作品，就想到媽辛辛苦苦生下我和妹妹的情景，姬是對婦女的美稱，而瑤是比喻美好的樣子，我能想像，媽在當時懷我和妹妹時，慈愛地摸著肚子，要我們乖乖聽話，雖然長大後，有點小叛逆啦！辛苦啦～～不管是你，還是爸爸辛苦的付出。最後，幫我加分加多一點啦，最好十

分哦～～

敬請

福安

女兒翊綺叩上

　　上列家書，筆者並未將井字格取名過程呈現，但巫同學要經由井字格配對成「姬嬌」二字，至少也要花個半小時。在美術館這一小時中，她在遍覽所有藝術品後，令她感動的是名叫《懷孕的女人》，可能是畫作，也可能是雕塑品，但沒有具體名字，在感動之下，她將藝術品與自己辛苦懷下她的母親連結起來，除了培養藝術美感外，她還寫下家書與母親分享，文中看出巫同學很驕傲替懷孕的女人取名為「姬瑤」，並在第二段說明雙親辛苦的付出。而家長回應是：「老師所教的井字格取名法可以應用在生活上是一本好的教材。」這已證明井字格取名法在閒逛美術館的過程中，發揮積極效用。其他例證是

1. ……所以我用上課老師教的井字格取名法為這個小舞者取名為劉娜羽，因為小舞者儘管只是站著，那姿態也讓我為之動容，就像一隻真的小鳥在飛翔。……
   家長回應：井字格取名很特別，取得很好。

   （生科系劉妤婕）

2. 這一次的國文課中，老師帶領我們去參觀美術館，本來認為沒有什麼，但是後來看完之後有一種自己成為了藝術家的美感，其中一幅畫，其狀如萬馬奔騰之態，……
   家長回應：現代的社會充斥了太多像暴力、廝殺之氣的線上遊戲環境，虛擬幻想的氣氛。而培養孩子靜下心慢慢欣賞美感有意義的美術藝術創作也是一種平衡。　（生科系劉昱賦）

　　上列二文，可看出學生本身感受到具有美術涵養，而家長也認同透過井字格取名法的操作來培養藝術氣質。劉同學替小舞者取名爲「劉娜羽」，感覺她像小鳥在天空飛翔，這種藝術品的觀察是很有感受力的，所以家長回應說，取名很特別。另外，昱賦同學也沉浸在藝術家的美感氛圍裡，家長則認爲身處現今暴力虛擬的世界中，透過欣賞藝術品，能平衡身心，肯定美術館的取名活動。

　　美術館巡禮寫家書活動主要結合中文計畫的第二單元「陶冶心志」與第三單元「書寫家書」兩項主題，其特別之處有別於純寫家書，或是純逛美術館，之外我還加入井字格取名法的寫作活動，也得到家長們的肯定支持。

三、校園散步萬物取名寫作活動

　　亞洲大學素有花園大學之美名，身置其間悠遊，可連結人類與萬物之間特殊情感。筆者曾利用文學賞析的一堂課，約半小時，讓學生到校園進行有目的的散步，除欣賞美景外，主要目的要從大自然中抓住某一感物，接著替它取名，再寫一篇題目自訂，與萬物有約的佳文。如何具體進行呢？依據井字格寫作理論，必須以三段式的格式來完成：他創文本與取名問題、井字格與查字典、提問與自創文本[52]。簡單說，即運用兩道提問來連結閱讀與書寫任務，第一道是取名問題，另一道是井字格選字問題。學習單設計如圖23（橫式A4紙）：

　　上圖中有兩道提問：

1. 校園散步中，請尋找一個感動之物，如藝術品、流浪狗或花朵等，將它們拍下，到課堂進行井字格取名法幫感物取名。
2. 請從井字格中任選一名送給你所拍下的感物，告訴它你

---

[52] 謝明輝：《井字格取名法的創意寫作》，頁14。

「亞大心‧中文情」──生命閱讀與書寫課程革新計畫

課程：文學與生活（含習作）　授課教師：謝明輝　科系：

作文四　單元七　主題：尊重自然　　　　　姓名：

一、引起動機：
校園散步中，請尋找一個感動之物，如藝術品、流浪狗或花朵等，將它們拍下，到課堂進行井字格取名法鬮感物取名。

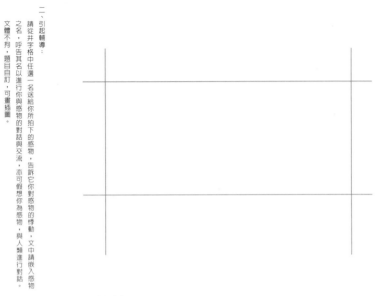

二、引起輔導：
請從井字格中任選一名送給你所拍下的感物，告訴它你對感物的悸動，文中請嵌入感物之名，呼告其名以進行你與感物的對話與交流，亦可假想你為感物，與人類進行對話。文體不拘，題目自訂，可畫插圖。

圖23　校園散步井字格圖

　　對感物的悸動，文中請嵌入感物之名，呼告其名以進行你與感物的對話與交流，亦可假想你為感物，與人類進行對話。文體不拘，題目自訂，可畫插圖。

　　透過提問的設計，可以讓學生有個思考的方向，且還有運用所學的井字格取名法來解決問題，最後產出佳作。作文則寫在上圖的背面，如圖24（橫式A4紙）所示：
茲摘錄社工系洪婉芸〈不經意的回頭〉一文

　　……而這株梅花，樹上綴著一點一點粉紅透白的花朵，我替其中一朵取名為「伶潔」。「伶」為聰慧，靈巧的意思，「潔」為乾淨、修養、端正的意思，我認為取這名字最適合她了，她的純白高尚，使我沉澱心靈，很慶幸當時一個不經意的回頭，讓我為之驚豔，在忙碌的同時，能停

井字格取名法創意寫作　指導老師：謝時輝

科系：　　　學號：　　　姓名：

題目：

圖24　井字格寫作空白圖

　　下腳步，欣賞大自然的傑作，而我用了手機，把我跟這株梅花凍結了，永遠。

　　古人寫詩也是從大自然的萬物中，選取自身感動的事物來創作，而井字格取名法透過取名的連結，產生人與萬物的情感，進而抒寫心情，關懷萬物。本來洪同學對校園中的這株梅花是沒感覺的，也不曾對它產生聯想。但經由井字格的取名動作，她與梅花則產生連結，她也可選其他東西，但這株花感動她，她替梅花取名「伶潔」，透過取名的動作和梅花形象的關注，因此寫下真情的佳文，而不是無病呻吟。

　　另外，財金系陳菀婷同學以「自由自在」為題，她透過一隻鳥的感動，想像牠很不快樂，編了一個主人放生，而鳥重獲自由的故事。首段寫：

　　有一隻鳥叫喜媲，但牠卻不像牠的名字那樣快樂，因為牠長得非常美麗，擁有別隻鳥無法媲美的羽毛，牠的羽毛是七彩的，因此主人非常疼愛牠，但為什麼喜媲不快樂呢？

　　陳同學使用井字格取名法替校園一隻鳥取名為「喜媲」，想像牠曾被主人關在鳥籠，如今被放出來，在亞大校園自由自在飛行，現在是快

樂，以前被人類豢養，當然不快樂，所以首段以設問法道出喜媲鳥不快樂的疑問。接著故事的發展就順著主人與鳥的關係敘述，並強調校園的這隻鳥為何快樂的原因在於獲得自由，亦即解釋了為何幫校園之鳥取名為「喜媲」的原因。

　　我們進一步想想，平常在校園散步，哪會駐足一地，專注觀察萬物，並為他說故事呢？但經由我取名格式的設計，引起學生對自然萬物的一花一木付出關懷，其所寫出的感動言語，必然是發乎內心，情感真實的交流。陳同學竟然對一隻鳥有那麼大的感動，創造一個鳥的生命故事，重點在連結名字與萬物的關係，從喜媲連結鳥的自由快樂。

　　由上兩例顯示，透過第一道井字格提問，筆者發現學生對校園的萬物觀察更有生命深層的感受，經由井字格的運作，的確對於寫作靈感的激發或引導，是有很大助益。筆者整理亞大社工系學生的作品，分析如下表所示：

校園散步萬物取名作文分析表

姓名	感動對象	取名結果	自訂寫作題目	摘錄作文中的感動句子
楊宜伶	落花	菁喘	菁喘	落紅不是無情物，化作春泥更護花。
陳思穎	小草	陳韌蜓	獨一無二	相信自己的價值，成為獨一無二的個體。
黃昱靳	亞洲驛站	炫閎	炫閎	給我一個安全的避風港。
陳潔螢	小蝸牛	保寧	從容不迫	當我們面對困難時，也一定要穩住自己的腳步去面對問題。
黃昭茹	玫瑰花	黃悠茜	永遠的紅	你是多麼美麗的一朵玫瑰。
王柏凱	鳥	凡熙	親友來信	為那小小卻不平凡的光芒而飛。
林宜萱	攀木而生的植物	呈穎	看見不可思議	想要看得更高，望得更遠，活得更精彩，而開創出嶄新的旅程。
嚴梓嘉	鴨子	稚啾	意外的邂逅	你那小小的身軀，配上呱呱的叫聲真是可愛極了。

姓名	感動對象	取名結果	自訂寫作題目	摘錄作文中的感動句子
路昀瑄	長長的流水	湍吉	「湍吉」給的禮物	讚美你的美好，呈現你的寬容。
夏金杏	侏儒兔	夏璨稀	相遇	總覺得牠和我很相像，總是一個人孤單的站在角落，於是我決定讓牠成為我的家人。
許恆瑜	大蜘蛛	單儥	巧遇	因為牠完美的保護色，使我在不經意間發現了牠，拍下這完美的一刻。

　　上表主要依據幾個問題而製，如學生會對校園中的何物感動？對它取了何名？題目如何訂？用什麼樣的句子來形容感物？一般來說，花、草、樹木等物象，應該是學生常入作文的題材，但經由井字格取名的觀察後，小蝸牛、亞洲驛站、鴨子、流水、侏儒兔和大蜘蛛等景象也入文來了。作文題目也訂得不錯：菁喘；永遠的紅；親友來信；看見不可思議等。上列的作文字數大約六百至一千字左右。

　　學生透過井字格作文格式的引導，針對校園萬物所感發出對於自身或生命反省是很顯著的，在物我的表現方式上，可分「物我合一」、「物我分離」兩種方式。「物我合一」是指把萬物看作自我，例如，陳思穎同學，她在校園看到一株小草，體悟出「相信自己的價值，成為獨一無二的個體」。

　　陳潔螢同學在面對小蝸牛時，她把小蝸牛當成自己，似乎生活上有些不如意，所以體會出「當我們面對困難時，也一定要穩住自己的腳步去面對問題」。此時小蝸牛對她來說是股正面的力量，給她向前的動能。林宜萱同學看到攀木而生的植物，她要努力拓展視野，其感動是「想要看得更高，望得更遠，活得更精彩，而開創出嶄新的旅程」。上述三位同學皆透過觀物而產生正面的人生方向，無疑與取名過程的觀照有很大的關係。

　　而「物我分離」則是物是物，我是我，主體將內在感受客觀地表達

出來。例如，黃昭茹同學看著玫瑰花，寫出「你是多麼美麗的一朵玫瑰」，看似平常語，但已深刻表現內心的真實情感，接著書寫更多人與物之間的情感。嚴梓嘉同學本來與鴨子無緣，若不是這次的井字格取名活動，他根本不會與鴨子「意外的邂逅」，當他用心欣賞鴨子時，他說：「你那小小的身軀，配上呱呱的叫聲真是可愛極了。」路昀瑄同學在看流水，與當年的孔子感慨的時光流逝太快不同，他曾說：「逝者如斯夫！不舍晝夜。」可是她竟樂觀地看待校園某處長長的流水，寫出：「讚美你的美好，呈現你的寬容。」流水在她的眼中，不是感慨，而是感恩。至於夏金杏同學觀察到侏儒兔，說實在的，我還真不知此物何在。但她有感而發，寫出了：「總覺得牠和我很相像，總是一個人孤單的站在角落，於是我決定讓牠成為我的家人。」她覺察到侏儒兔的孤單，進而想與她成為家人，這種情感交流，應該是以前所未曾有的。

　　本來我們在校園散步，很少關注具有生命力的小東西，但經由井字格的取名設計，竟然對小生命產生連結，並寫出感動的話語。如許恆瑜同學在不經意與大蜘蛛巧遇後，她運用井字格取名法幫牠取了單償一名，題目訂為「巧遇」，文中她表達了對蜘蛛的情感連結：「因為牠完美的保護色，使我在不經意間發現了牠，拍下這完美的一刻。」再如，嚴梓嘉同學與鴨子的邂逅，在感動之下，運用井字格取名法替牠取了「稚啾」一名，其作文題目訂為「意外的邂逅」，透過名字，呼應鴨子的啾啾叫聲，真實體現了人與萬物間的情感交流。

　　試想若不實施井字格取名法的寫作活動，那又如何？那可能只是老師派作業，請大家到校園走走，然後寫一篇心得，其間，老師有教導嗎？亦即，透過至少一小時以上的教學及引導。而筆者設兩道提問，幫助學生真心體會大自然萬物，事前還要教導她們如何進行井字格取名法，有教材，有教法，時間上少說也要二小時，透過取名將人與萬物連結，進而關懷萬物，此情況猶如父母替子女取名，產生親情連結，父母則關懷子女，名字顯示父子間的情感認同。

四、結論

　　井字格作文已漸成為學生激發靈感，寫下真實感動的有效國文教學活動設計。透過兩道提問，可引導學生撰寫佳文。井字格取名法不僅能透過每篇文本設計兩道提問並實施於教室內，亦可在教室外進行。本文透過美術館巡禮，引導學生運用井字格取名法對館內藝術品產生情感連結，加深對藝術品的感動，再寫下家書與家人分享這份生活美感，家人也對學生的家書內容予以正面肯定的回饋。另外，校園散步，萬物取名的井字格作文設計，已可看出學生對萬物的深刻體察，寫下美好的感動，不做無病呻吟，為賦新詞強說愁。因此，在國文創新教學的課程設計上，不能偏廢教室外的活動，尤其是認識美麗的校園，或是校外參訪美術館、博物館、名勝古蹟等，俱可實施井字格作文等相關教學活動。

　　未來，筆者主要的國文（或說人文藝術相關領域）教學目標是全球化的在地化，以臺灣為根，推向全球，即將井字格取名法的相關學問推廣至全世界。因為國外的學問頻頻傳入臺灣，引起教育部的政策推展，但臺灣是否有本土化研發出來的教學活動引起歐美或日韓等先進國家的教學政策參考呢？筆者期許井字格取名法在未來的世界文化交流中，發揮一些力量，則不枉此生矣！

Assimilate "The Method of Name-Choosing with 井" into the Design of the Teaching Activity in the Tour of the Art Museum and Walking on the Campus

Abtract

　　"The Method of Name-Choosing with 井" has become an innovative textbook teaching method for any freshman and literature-related courses through my performace in my patent, book, thesis, speech and film. Among them, I published two papers in the academic conference of innovatively native literature teaching held by Chihlee University of Technology. From the teaching activity to choose name for giant people with no need to read the text, to design a problem which is linked with the text, and guide to produce a composition. Now I would like to extend the name writing activities outside the classroom, because the innovative teaching activities in Chinese can be performed outdoors, through another appreciation of nature or art of the tour, the activity can not only enhance students the art of conservation, but also to activate Chinese teaching, and then they experienced another scene outside the classroom.

"The Method of Name-Choosing with 井" can not only apply to the teaching design for every text, but also exercise innovation of teaching to be more magic outside the classroom. This paper is to explain how "The Method of Name-Choosing with 井"display outside the classroom. I will divide two parts to discourse the teaching activity about "The Method of Name-Choosing with 井"and give the example to explain, The first one is traveling into museum, and second is about walking around the campus. In the activity of the museum , students must make a name for the art material, and then write a letter to share the happiness for their family. In the activity of walking around the campus, through choosing a name for the objects in the nature, and then they can feel the equal as well as gain the concept to respect the mother nature. I look forward for more scholars will use the method to teach in the educational campus of every level in order to display different vision in the literature class.

Keywords：The Method of Name-Choosing with 井, native literature course, Cultivate mind, reading and writing, Teaching activities

第五節　井字格取名法在翻轉教學上的運用[53]

摘要

　　翻轉教學的正面意義在於善用數位科技的潮流來改善教學上師生單向教學模式的一種新興的教學方法，但它不算是一種教材。翻轉教學確實對於現代各領域的教學現場有很大助益，甚至對於一種新興語文教學領域上的教材發揮更顯著的教學效果。筆者所研發的井字格取名法已作為一種創新的語文領域教材，曾試圖運用各種教學方法來活化其生命，其中一種方法即是翻轉教學。筆者已在文學與生活的課程中運用翻轉教學的模式：錄製影片、課堂活動、多元評量、同儕互評等教法，亦獲得學生的廣大迴響，建構了師生互動上的課堂風景。

　　本文擬分享井字格取名法在文學與生活課程中所進行翻轉教學上的運用情形，主要透過井字格取名法理論與寫作等三部線上影片，每部二十分鐘，共六十分鐘，教具製作、桌遊設計、井字格作文學習單、分組討論、影片寫心得加分等多種教學模式。實施步驟是讓學生先在家中預習觀看影片，而在課堂上進行井字格教具講解、分析課文、井字格作文學習單撰寫、分組討論、授課完後，學生自行上You-tube互動留言填寫感想。筆者認為實施翻轉教學後，對井字格取名法的教學頗具成效，但實施週數建議不超過整學期的四分之一，以達耳目一新之效果。

關鍵字：井字格取名法、翻轉教學、語文教學、文學與生活、數位學習

一、前言

　　身為大學教師，無論哪個時代，都應當有個超然的教育理念，那就是教材研發凌駕於教法之上，亦即創新教材的開創性宜先於創新教法。

---

[53] 謝明輝：〈井字格取名法在翻轉教學上的運用〉，「2018學術研討會：創新數位教學」，新北：淡江大學（2018年5月）。

在數位科技來臨以前，絕無翻轉教學的概念。筆者爲語文領域的大學教師，常思索若生於明代或是先秦時代，王夫之或孔子需要用到翻轉教學來教書嗎？再者，筆者所研發的井字格取名法若能早日發現，那麼對中華文化的傳承具有承先啓後的教育貢獻。若再進一步思索，井字格取名法不是筆者發明，而在古代早已先筆者發明，則無論是否使用翻轉教學概念，它亦能提升學子們的語文綜合能力。

但話又說回來，既然井字格取名法已命定在民國時代由筆者研發，當無法自外於現今數位科技的影響，適度將其融入於課堂教學中，亦無礙於中國（臺灣）語文方面的教學傳承。明確地說，井字格取名法是臺灣本土研發出來的語文創新學問。筆者是先研發此開創性的語文教材後，才再來談教學方法，無論中西方皆可毫無限度地嘗試運用。筆者已在2016年時榮獲亞洲大學翻轉教學的經費補助，已在文學與生活的課程中運用翻轉教學的模式：錄製影片、課堂活動、多元評量、同儕互評等教法，亦獲得學生的廣大迴響，建構了師生互動上的課堂風景。

筆者要強調的是，翻轉教學的概念是來自西方，而非臺灣本土。只是一種創新教法，而非創新教材。翻轉教學的正面意義在於善用數位科技的潮流來改善教學上師生單向教學模式的一種新興的教學方法，但它不算是一種教材。翻轉教學確實對於現代各領域的教學現場有很大助益，甚至對於一種新興語文教學領域上的教材發揮更顯著的教學效果。目前對於翻轉教學有一具體研究且有成果，當推《翻轉教室：理論、策略與實務》（黃國禎，2016）一書。書中號稱特色爲：「這是全世界第一本結合教育理論、教學策略及應用實務的翻轉教學書籍。」不管所論爲何？由於該書主要由八位大學教師合作撰成，其中關於翻轉教室應用於某課程教學模式的有：數理課程、高中歷史課程、大學計算機概論課程、高中資訊科技概論課程、國小自然科課程、國中生物課程。由此得知：第一，翻轉教室可應用於大中小學的課程；第二，翻轉教室可應用於理工領域，但人文領域則付之闕如。亦即應用於語文課程可能比較少人執行，或是已有人實施但成效不彰。筆者試想其因，可能因爲語文知識自行閱讀或許可獲得文章中的大義，即使無老師傳授，學生亦可習

得。而翻轉教室的概念本就起於補救化學科教學而來。如果學生不上課的話，是絕對無法理解化學題目。因此，若語文學科亦能像化學科一樣，學生不上課就學不會，這樣，翻轉教室應用於語文教學則能產生意義。本文所講解的井字格取名法正是在這個「要學才會，不學不會」的意義來落實翻轉教學之精神。

　　本文有兩個主軸須論述：其一，井字格取名法是種語文創新教材，由於是創新教材，學生才能在家中自學時發現問題，如果是篇文章，學生看一看，可能就會了，不須老師解決。故這部分在本文中是一個重點，強調如同化學科一樣，學生看一看，必然有問題。其二，既然井字格取名法可代表語文教學來落實翻轉教室，則其情況如何？步驟爲何？其成效又如何？

　　尤其是第二個主軸，本文擬分享井字格取名法在文學與生活課程中所進行翻轉教學上的運用情形，主要透過井字格取名法理論與寫作等三部線上影片，每部二十分鐘，共六十分鐘，教具製作、桌遊設計、井字格作文學習單、分組討論、影片寫心得加分等多種教學模式。實施步驟是讓學生先在家中預習觀看影片，而在課堂上進行井字格教具講解、分析課文、井字格作文學習單撰寫、分組討論、授課完後，學生自行上Youtube互動留言填寫感想。筆者認爲實施翻轉教學後，對井字格取名法的教學頗具成效，但實施週數建議不超過整學期的四分之一，以達耳目一新之效果。

二、井字格取名法是一種語文創新教材

　　井字格取名法的理論是透過設計取名問題，進而帶入課堂查字典活動，最後得出適當名字的結論，目的在提升學生關於語文知識文化等綜合能力（謝明輝，《應用華語文：以字典取名學爲例》，2012）。筆者稱之爲「非文本取名問題」。此時僅設計一道提問即可，但之後發展到設計兩道提問，第一道從閱讀文本設計提問，第二道連結第一道井字格漢字配對圖設計引導寫作，進而訓練學生寫作的能力（謝明輝，《井

字格取名法的創意寫作》，2014）。筆者稱之爲「文本取名問題」。

㈠非文本的取名問題（以生活中的問題提問）

　　取名問題與語文教學有很大關聯。目前較少語文領域的學者在課堂上透過取名活動來提升漢字形音義的認識和理解，而且在教學中亦講解取名方法。筆者認爲在生活中，我們可運用字典來解決取名問題，教學上，先假設古人遇到取名問題，然後帶入課堂活動，最後解決問題。非文本的取名問題是指從生活中提出一個取名問題，舉例來說，「如何取嬰兒名？以老子生龍鳳胎爲例」我們就必須就下列程序進行解題：查姓氏取名參考表、依部首查國語字典、產出漢字配對圖、井字格中配對出適當名字（謝明輝，《應用華語文：以字典取名學爲例》，頁174，2012）。所謂井字格漢字配對圖如圖25。

　　圖25中的井字格由右至左分三大區塊，右三格爲姓名筆畫數，由於道家始祖老子叫李耳，姓氏爲李，筆畫數爲7，查姓氏取名參考表（上開書籍，頁267），得7-9-16的姓名筆畫數，填入右三格。中三格則填入相對應筆畫數的漢字群，中二格全部的漢字，如「怡、思、柔」等字，都須註明形音義，且部首也要註明，以理解漢字字形結構。中下格亦屬同理。而左三格則是中中格和中下格的漢字群配對而成，得兩組名字供參考：男名「李祈謀」，女名「李怡駱」等。這過程是一種課堂活動，可促進師生互動，提升學生學習興趣。

㈡文本的取名問題（以文本中的問題提問）

　　不同於上述一道提問的非文本取名問題，文本的取名問題是指二道提問，第一道提問要連結文本中的萬物取名，第二道則是要引導寫作，結合這兩道提問，上接文本，下啓寫作，這樣的模式筆者稱之爲「井字格作文」。

　　圖26中，井字格作文的模式通常出現兩道提問：第一道提問：「上完王勃〈送杜少府之任蜀州〉一詩後，假設王勃所送的友人去蜀川是要去創業開書店，但杜少府不知如何取店名，請你運用井字格取名法幫他取店名。」第一道提問連結初唐四傑王勃的唐詩〈送杜少府之任蜀州〉設計了取店名的問題，此時必須運用井字格取名法來解決。井字格

李	李	7
2女：思　2男：柏　2女：怡　1男：祈	怡：喜樂。 思：慕念。 （心部5畫，2/39） 柔：溫和的。 柯：材質堅硬之喬木。 柏：堅挺的喬木。 （木部5畫，3/51） 祈：求福。 祉：福祿。 祇：地神，盛大的。 （示部4畫，3/8） 河：黃河簡稱。 治：管理。 法：規律或命令。	8
諧　駴　駱　謀	駱：尾和鬃毛黑色的白馬。 駢：成雙的，並列的。 騆：古駿馬名，周王之馬。 駔：高大的馬。 駬：群馬，眾多的。 （馬部6畫，5/11） 諦：真理，仔細地。 諺：前代流傳之美言。 謀：權變，策略，主意，有計劃地。 諧：調和，風趣。	16

圖25　李姓井字格漢字配對圖

取名法與翻轉教學的起源科目高中化學一樣，皆須由教師講解才會，而〈送杜少府之任蜀州〉一詩只要上網查詢相關資料就一定會的，兩者相較，井字格取名法可讓學生感受到習得智慧的美妙滋味。學生在課前觀看影片時，必然一頭霧水，之後在課堂進行活動及解惑，則可達成學習成效。此道提問的目的除了讓學生學到取名方法之外，約莫半小時的查字典取名過程，猶如寫書法一般，訓練學生靜心思慮，透過與文字的內心對話與交流，無形中已激發寫作靈感，此刻再進入第二道提問以引起寫作能量。

　　第二道提問是：「請從井字格的漢字中任選一字，在特別的時機，如生日或失落，送給友人或愛人，並說明其原因和意義。試擬一篇短文，自訂題目，不限字數和文體，針對所選之字發想，把你的話告訴

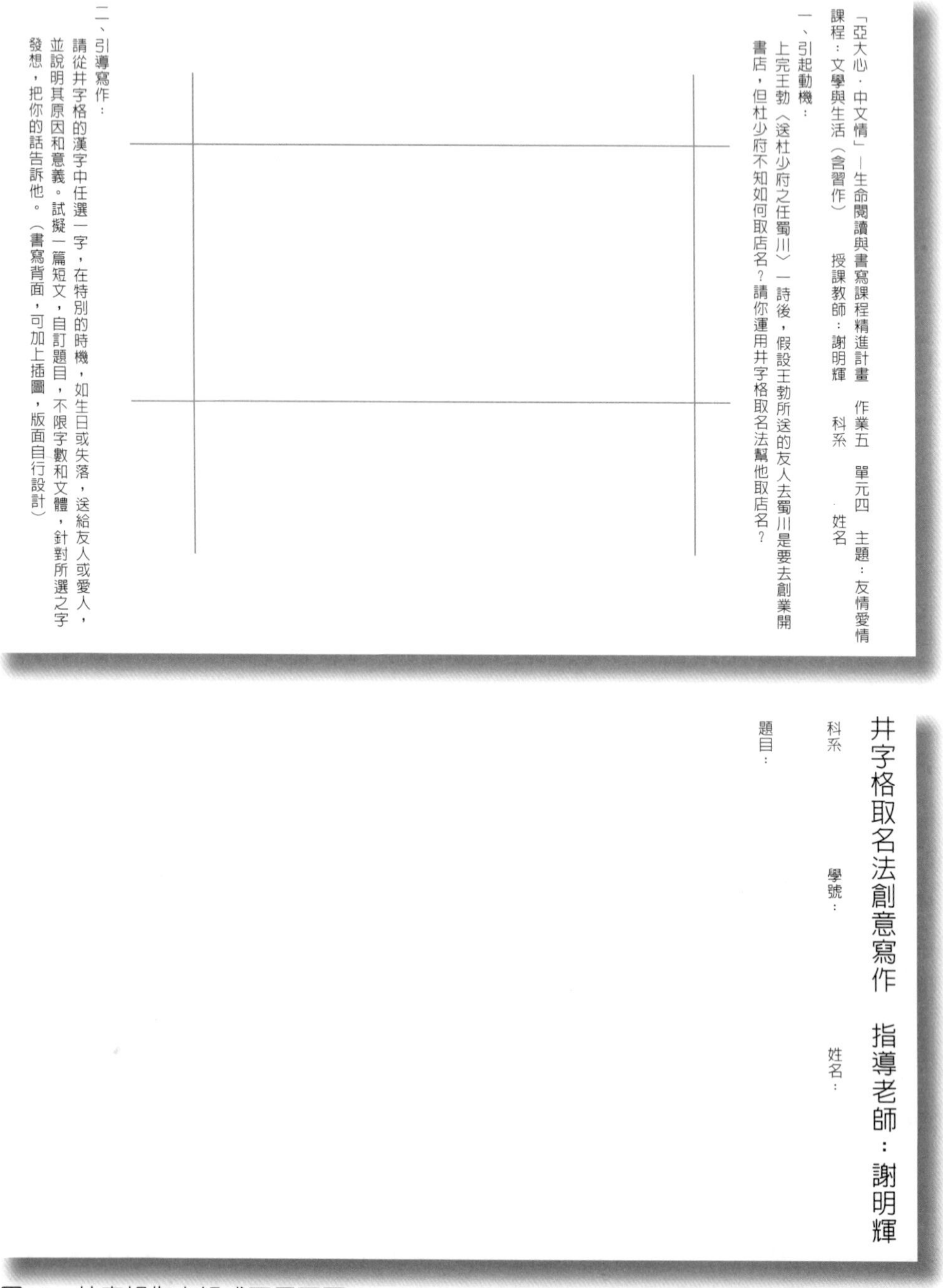

「亞大心・中文情」─生命閱讀與書寫課程精進計畫

課程：文學與生活（含習作）　授課教師：謝明輝　　作業五　單元四　主題：友情愛情

一、引起動機：

　　上完王勃〈送杜少府之任蜀川〉一詩後，假設王勃所送的友人去蜀川是要去創業開書店，但杜少府不知如何取店名？請你運用井字格取名法幫他取店名？

二、引導寫作：

　　請從井字格的漢字中任選一字，在特別的時機，如生日或失落，送給友人或愛人，並說明其原因和意義。試擬一篇短文，自訂題目，不限字數和文體，針對所選之字發想，把你的話告訴他。（書寫背面，可加上插圖，版面自行設計）

井字格取名法創意寫作　指導老師：謝明輝

科系：　　　　學號：　　　　姓名：

題目：

圖26　井字格作文格式正反兩面

他。（書寫背面，可加上插圖，版面自行設計）」（如圖26）上述提問連結井字格中的漢字群，可經由選字和送人的情感連結，進而快速勾起學生的生命感受，自然而然寫出一篇實在而發乎內心的好文章。

　　筆者已多次在致理科技大學及逢甲大學的大一國文創新教學研討會中宣讀論文，並公開井字格取名法為一創新語文教材。既然筆者已在語文教學領域中研發了創新教材，接下來則是選擇何種教學方法的問題，用PBL也行，其起源於醫學院（Robert Delisle, 2003），用翻轉教學也可，其起源於高中化學（Bergmann, 2012）。或者日後西方又出現新的教法，這些通通可以運用，因為井字格取名法是本，任一教法為末；亦可說，井字格取名法是體，任一教法為用。而本文即分享以「井字格取名法為體，翻轉教學為用」的實施情形來進行分享。

三、井字格取名法在翻轉教學上的成果

　　2007年美國化學高中教師Bergmann和Sams（2012）最早提出翻轉教室（Flipped classroom）的概念，其目的在解決學生缺課問題並進行補救教學。基於化學本身是專業科目，若不聽課的話，必然不懂，而井字格取名法亦具有專業的學問，因此筆者的課程中，盡量選擇較專業的內容來進行翻轉教學，比較能看到效果。筆者在文學與生活課程所實施的翻轉教學，一共拍了二十部短片，每部片長約二十分鐘。數位教材區分為文本分析和特色教材兩種，文本分析有十一部，主要講述文學篇章，另一種的特色教材是筆者獨特研發教材，有TPTCR、我名對聯以及井字格取名法等三類指導寫作的部分。影片主題共有七單元，四單元關於文本，三單元關於寫作，其中一單元與本文相關的井字格取名法理論與創作則有三部影片，共六十分鐘。傳統教學上，教室是以教師為中心，教師上課，學生回家做作業，而翻轉教室則顛覆此教學模式，教學以學生為中心，學生在家觀看教師預先錄製的影片，而在教室則進行問題解答及活動。以下則針對關於井字格取名法三部短片的實施成果加以說明，擬分課前錄製影片、課中規劃活動及課後學生回饋等三部分來分

享筆者在翻轉教學上的成果：

㈠課前錄製影片並上傳到Youtube平臺

　　黃國禎（2016）指出，建議一門課可以先嘗試在一學期中進行幾週的翻轉，再檢視翻轉的成效及調整比例。筆者所規劃的翻轉教學時程表中，先設定七週為翻轉週，而關於井字格創意寫作的單元是規劃在第九週，規劃表如下：

表1　文學與生活課程翻轉週規劃表

週別	翻轉內容及影片	線上評量及作業
四	翻轉週1 主題：社會關懷與公理正義〈賣炭翁〉解析	1.文本問答評量一 2.分組討論單一
六	翻轉週2 主題：TPTCR讀書心得寫作法	1.TPTCR問答評量 2.TPTCR作文
八	翻轉週3 主題：性別文化與族群融合〈葉限〉解析	1.文本問答評量一 2.分組討論單一
九	翻轉週4 主題：井字格創意寫作	1.發井字格作文 2.井字格作文
十一	翻轉週5 主題：尊重自然與環保省思〈道法自然〉解析	1.文本問答評量一 2.分組討論單一
十五	翻轉週6 主題：醫護人文與生命風景〈臨江仙·滾滾長江〉解析	1.文本問答評量一 2.分組討論單一
十六	翻轉週7 主題：我名對聯寫作法	1.我名對聯問答評量 2.我名對聯作文

　　筆者請助教協助拍完影片後，即上傳到Youtube平臺，任何人只要在首頁搜尋「井字格」關鍵字，即可找到「井字格發展理論」、「井字格查字典操作」和「井字格多種風情」等三部教學影片。由於Youtube平臺上有留言機制，筆者可透過學生留言以掌握他們的問題，以便課堂上來解答。目前已有二十四則學生留言，當時點閱率已破千人，目前則

約二千人左右。觀看影片前有一段說明文字：「井字格作文主要是提升大眾或學生的語文及口語表達能力，增進作文思考力和取名技巧。觀看本數位教材，請配合謝明輝《井字格取名法的創意寫作》一書來進行操作。觀影者將學會萬物取名技巧、井字格提問策略、井字格理論源流、井字格的多種樣貌及井字格教學活動。不學井字格不會怎樣，但學了之後，人生將有不同的創新思考。」（https://www.youtube.com/watch?v=2WWMCjwOP5Q）

　　由於井字格取名法是語文教學上原創性的學問，目前有書籍和影片兩種教材，學生在家觀看影片後，必有疑問，接著則須在課堂設計活動來幫助學生理解。

㈡課中設計多種活動

　　黃國禎（2016）對於翻轉教室的活動設計策略指出八種：⑴主題探究活動、⑵知識建構工具的應用及討論、⑶透過網站或輔助教材進行課程單元延伸學習及討論、⑷問題導向學習活動、⑸個人專題活動、⑹合作專題學習及分享活動、⑺同儕互評活動、⑻競賽活動。再者，謝明輝（2014）針對井字格取名教學活動提出七種：⑴分組討論、⑵演戲、⑶節慶卡片取筆名、⑷校園尋寶取名、⑸逛街訪店名、⑹走訪古蹟舊城並替建築物取名、⑺散步尋找感動之物取名。

　　學生對於井字格作文實在是很陌生，雖然已在家觀看影片，亦線上留言互動，然無法充分理解，故筆者在課堂上設計集體黑板取名、桌遊心臟病、分組討論、校園萬物取名井字格作文、同儕互評等教學活動，以提升學生學習成效。上述做法即是一種翻轉教學，依據（Bishop & Verleger, 2013; Chao, Chen, & Chuang, 2015）的說法，簡單來說，翻轉教學是將課堂教師直接講授的內容移至課前實施，以增加課堂中師生互動機會，讓教師有更充裕的時間引導學習活動及解決學生問題，以促進學習成效的一種教學方法。

1.集體黑板取名

　　井字格取名法要徹底理解的話，必須實作來加深印象。筆者根據

《井字格取名法的創意寫作》一書，頁35，爲範例，在黑板上出一道取名問題：「假設許愼開書店，店名如何取？」接著，學生們則被點名上臺將所查之漢字形音義註明在黑板上，我們觀看的動線是由右至左。他們在觀看線上影片後，在課堂實作，不僅促進師生互動，也加深取名技巧的印象。如下圖27所示：

圖27　黑板取名活動

　　筆者除了現場指導之外，也製作井字格漢字配對圖的教具，講解完後，點名學生上臺操作，以達學習目的。如下圖28：

　　在黑板取名的過程中，若學生有問題正好可以詢問老師，順利解決問題。

2. 文學心臟病桌遊

　　課堂活動也可藉由遊戲的方式促進學生對井字格取名法的理解，筆者仿照玩撲克牌心臟病的方法，制定規則爲：

圖28　學生上臺操作井字格取名教具

1. 每組5人為原則，共50張牌卡，每人分10張牌。若未整除，則餘數先放桌上。
2. 每回合進行皆有主題，主題與課文題目及寫作有關。如東門行，井字格作文
3. 遊戲進行時，自行指定1人先發牌，邊丟牌邊唸數字1，依數字順序唱名，直到50張全丟完。
4. 丟牌時，若牌上的文句或詞語與此回合主題相關者，必須壓桌上的牌卡，最後壓牌或壓錯者，則將桌上所有牌收歸己有。
5. 接著數字再從1或剛剛的數字唸起，直到大家都將手上的牌丟完。
6. 最後勝負看誰的手上留存的最多，即輸家，須表演或講笑話來處罰。而先丟完牌者，為贏家，加分表上加2分。

　　五十張牌中，有幾張與井字格有關的關鍵詞，如姓氏取名參考表、井字格、部首、漢字配對、兩道提問，只要筆者出示為井字格，遊戲中若出現這些相關的詞語則要壓牌，過程中緊張又刺激，如下圖29：

圖29　桌遊撲克牌競賽活動

3.井字格分組討論

　　上述的桌遊活動比較動態，屬於遊戲性質，而筆者亦設計分組討論，從教材中七題選一題關於取名問題，約五人一組，大家共同解決問題。學習單如圖30所示：

　　上列學習單是屬於文本式的取名問題分組討論，左上方請組員簽名，這表示是大家共同合作解決問題的活動。當影片及老師的講解無法被學生理解之下，分組討論亦是促進學習成效的一種方法。每組可能存在極少數不理解井字格取名法的操作，或是剛好生病缺課的同學上週沒

井字格取名法的創意　分組討論　學習單（一）		
組員簽名	訓練能力請在（）打○	加分（1-5）
	(1)閱讀書寫　　　　　　（　）	
	(2)取名方法　　　　　　（　）	
	(3)漢字認識與理解　　　（　）	
	(4)語文與口語表達　　　（　）	
	(5)團隊分工　　　　　　（　）	
	(6)其他	

一、閱讀短文
在《井字格取名法的創意寫作》一書，頁17至26頁中，有7道取名問題，閱讀文本後，請自選一題解決。

二、請於背面畫一井字格，完成整個取名過程。

三、組員各自從井字格挑選一個名字，並說明為何要這樣取？

　　取名結果為：
四、對此分組討論的學習建議或心得

圖30　井字格分組討論學習單

聽到，此時在一組中會的同學可教不會的同學，讓他們互相學習。本學習單提供四個步驟進行解題任務，實際操作中，互相激盪思考，尤其在第三個步驟大家要決議一個適當的名字時，必然要提出個人看法，最後只能從各說各話的情況中，選出一位取名結果。上面有個欄位是要學生反思，在這個解決取名問題的過程，反思自己提升什麼樣的能力，此舉充分表現以學生為中心的教學活動。

4. 井字格作文學習單

井字格作文的格式主要是設定二道提問，第一道題目是關於生活的非文本，或是文學的文本取名問題，只要這道問題能解決，接下來的作文比較沒問題了。筆者設定的二道問題如下：

1. 校園散步中，請尋找一個感動之物，如藝術品、流浪狗或花朵等，將它們拍下，到課堂進行井字格取名法幫感物取名。

2. 請從井字格中任選一名送給你所拍下的感物，告訴它你對感物的悸動，文中請嵌入感物之名，呼告其名以進行你與感物的對話與交流，亦可假想你為感物，與人類進行對話。文體不拘，題目自訂，可畫插圖。

井字格作文中，第一道提問必須運用井字格取名法來解決問題，若未經學習絕不會解題，如同化學一樣，故可使用翻轉教學法來促進理解。更具挑戰的是，井字格查字典以提升語文能力這部分，本來學生都不會，但經由影片教學及上課講解，明顯看出他們的進步，之後再產出一篇好的文章。我舉了兩篇井字格作文來對照，雖然學生都學會了，但還是有程度上的區別。如圖31兩篇。

從上列井字格漢字配對圖的內容可知王同學對於井字格取名法並不熟悉，此時筆者即可在課堂指導，或請已經學會的同學來進行同學互教。既然第一道提問無法使同學充分透過查字典來激發寫作靈感，於是第二道提問則無法引導其寫出內心感受的文章，如圖32、33所示。漢字配對圖比較符合筆者的標準，對下列的提問具有引導寫作的作用，黃同學寫出了在校園所見所聞的事，如圖34：

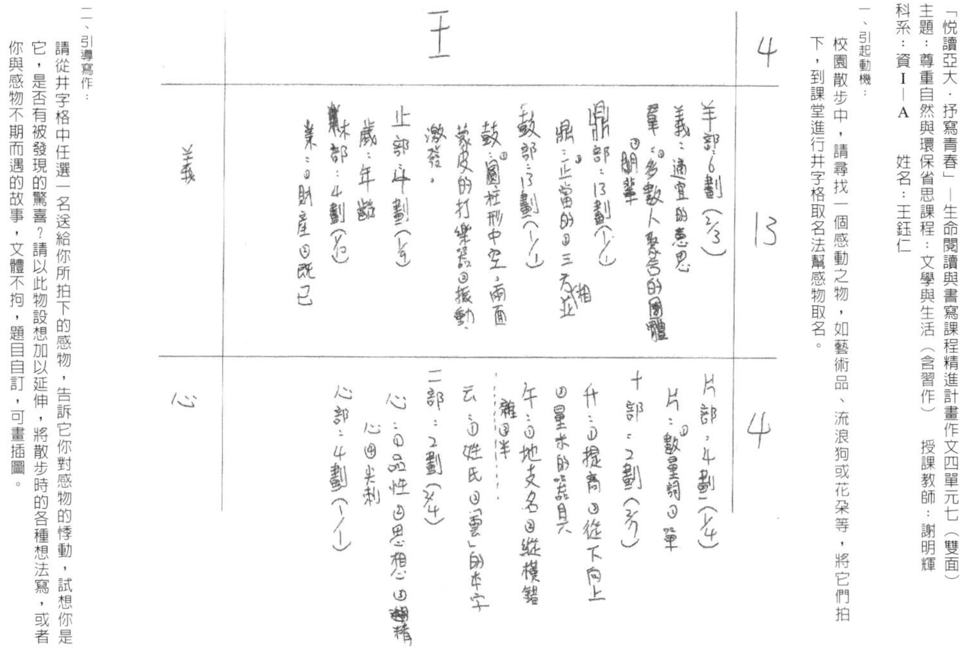
「悅讀亞大．抒寫青春」—生命閱讀與書寫課程精進計畫作文四單元七（雙面）
主題：尊重自然與環保省思課程：文學與生活（含習作） 授課教師：謝明輝
科系：資I—A 姓名：王鈺仁
一、引起動機：
校園散步中，請尋找一個感動之物，如藝術品、流浪狗或花朵等，將它們拍下，到課堂進行井字格取名法幫感物取名。
二、引導寫作：
請從井字格中任選一名送給你所拍下的感物，告訴它你對感物的悸動，試想你是它，是否有被發現的驚喜？請以此物設想加以延伸，將散步時的各種想法寫，或者你與感物不期而遇的故事，文體不拘，題目自訂，可畫插圖。

圖31 校園散步井字格作文學生作品正面

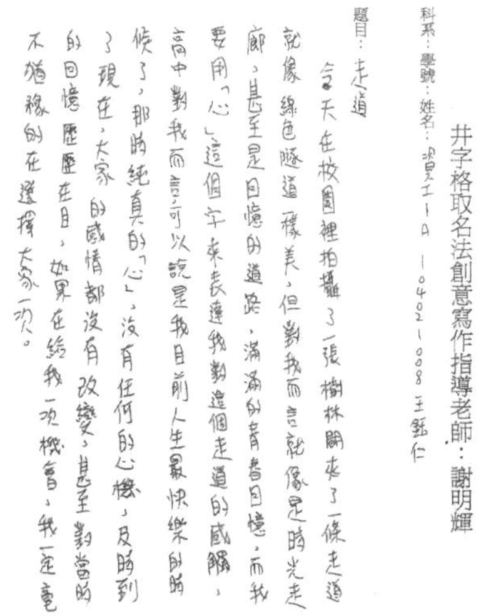
井字格取名法創意寫作指導老師：謝明輝
科系：學號：姓名：資工一A 1040210008 王鈺仁
題目：走道
今天在校園裡拍攝了一張樹林間走了一條走道就像綠色隧道一樣美，但對我而言就像是時光走廊，甚至是回憶的道路，滿滿的青春回憶，而我要用「心」這個字來表達我對這個走道的感觸，高中對我而言可以說是我目前人生最快樂的時候了，那時純真的「心」，沒有任何的心機，及時到了現在，大家的感情都沒有改變，甚至對當時的回憶歷歷在目，如果在給我一次機會，我一定毫不猶豫的在選擇大家一次。

圖32 校園散步井字格作文學生作品反面

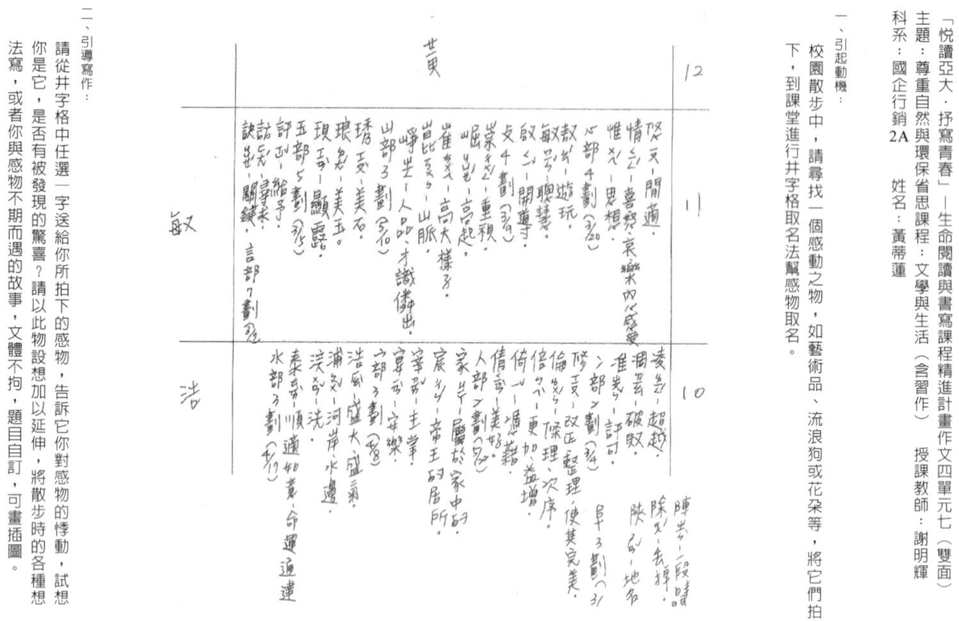

「悅讀亞大‧抒寫青春」——生命閱讀與書寫課程精進計畫作文四單元七（雙面）

主題：尊重自然與環保省思　課程：文學與生活（含習作）　授課教師：謝明輝

科系：國企行銷 2A　姓名：黃蒂蓮

一、引起動機：

校園散步中，請尋找一個感動之物，如藝術品、流浪狗或花朵等，將它們拍下，到課堂進行井字格取名法幫感物取名。

二、引導寫作：

請從井字格中任選一字送給你所拍下的感物，告訴它你對感物的悸動，試想你是它，是否有被發現的驚喜？請以此物設想加以延伸，將散步時的各種想法寫，或者你與感物不期而遇的故事。文體不拘，題目自訂，可畫插圖。

圖33　校園散步井字格作文學生作品正面

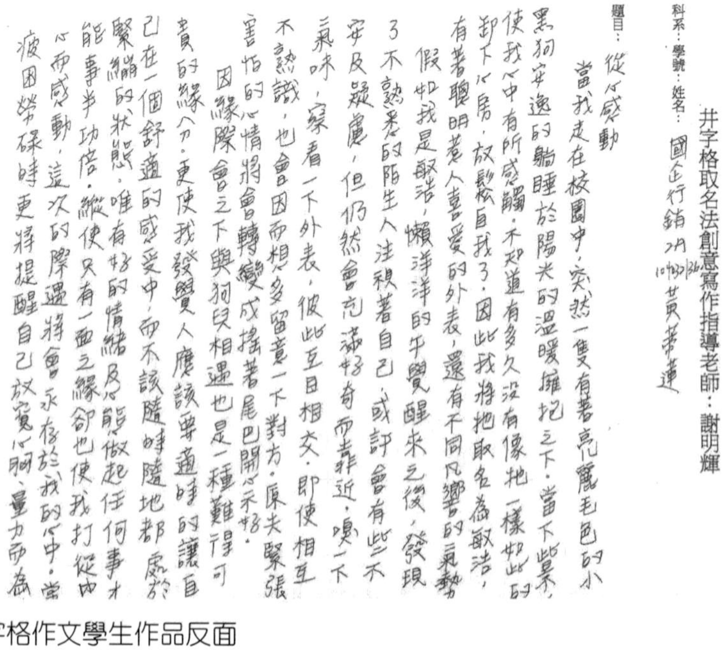

科系：　學號：　姓名：　井字格取名法創意寫作指導老師：謝明輝

國企行銷2A　1040424　黃蒂蓮

題目：從心感動

當我走在校園中，突然一隻有著亮麗毛色的小黑狗安逸的躺睡於陽光的溫暖擁抱之下。當下使我心中有所感觸，不知道有多久沒有像牠一樣地卸下心房，放鬆自我了。因此我將把取名為敏浩，有著聰明黃人喜愛的外表，還有不同凡響的氣勢。

假如我是敏浩，懶洋洋的平躺醒來之後，發現不熟悉的陌生人注視著自己，或許會有些不安及疑慮，但仍然會是好奇而靠近、嗅一下氣味，察看一下外表，即使相望不相識，也會因而想多留意一下對方。原夫緊張害怕的心情將會轉變成搖著尾巴開心采。

因緣際會之下與狗兒相遇也是一種難得可貴的緣份，更使我發覺人應該要適時的讓自己在一個舒適的感受中，而不該隨時都處於緊繃的狀態。唯有有好的情緒才能做起任何事才能事半功倍。縱使有一面之緣，卻也使我打從心底而感動。這次的際遇將會永存於我的心中，當我感到疲困勞碌時更將提醒自己放寬心啊，量力而為。

圖34　校園散步井字格作文學生作品反面

　　以上兩篇作文正是筆者要給全班同學互評的材料，透過較優與較劣的作品比較，可以達到見賢思齊，互相觀摩的學習效果。

5.同儕互評評分表

　　當他們學會井字格作文後，我則挑選其中兩篇，讓他們互評，藉此觀摩，反思自身作文的情況，並改進或保持作文能力。根據Nicolaidou（2013）的研究指出，透過同儕互評，可以幫助學生提升學習成效，學生對於知識的理解及評鑑能力也會隨之提升。而且，教師還須告知學生評分標準，該評分標準不僅提醒學生評分的重點，更可讓學生進行反思，以改善自己的作品（Hung, Hwang, & Huang, 2012）。筆者自製互評表如圖35、36。

　　筆者設計兩篇井字格作文（見第四項的學生作文）的互評表，量化和質化兩種，讓同學能再次思考及改正。

（三）課後回饋心得

　　在課堂上運用翻轉教學的概念實施井字格取名法後，同時學生也產出井字格作文，當然也要了解他們對本影片及課中講解的情況，筆者所設計的回饋單如圖37。

　　每位學生皆須對本課程中的井字格取名法影片表示意見，筆者認為不管從紙本回饋單或是線上的留言回饋，皆可證明大學生對於教學熱忱且勇於創新的大學教師抱以正面肯定的態度，雖也有少數不認同者，但筆者皆會依據其意見加以補充和改良。

四、結論

　　翻轉教學的用意是指在已成形的各科領域中，使用數位任一機器載體來輔助教學以達成學生學習的目的。然而，在各學科裡，翻轉教學運用於語文教學科目中遠比其他社會與自然等領域還少，即使有運用於人文學科，仍未見創新教材與翻轉教學並用。本文所提出的井字格取名法即是語文教學上的創新教材，此涉及民族自信心，它是臺灣本土研發出來的，而非借用西方學問。筆者以此為體、為本、為一，而以西方的翻

校園散步井字格作文 同儕互評 評分表

一、　　說明

　　為自我省思作文能力是否提升？今透過全班共同評分兩篇文章的措施，每人在省思別人的寫作情況中，期能達到同儕學習的目標。請參考下列評分標準給分，謝謝。

井字格取名法的創意寫作評分標準

項目	細項	批改說明	訓練能力
井字格 30 (專注、激發靈感)	右三格 10	未依據姓氏取名表填寫，扣5分，未寫扣10分	知識力
	中三格 10	未依部首區隔，扣5分，未填滿井字格者扣2分	專業力、專注力、靈感力
	左三格 10	未搭配成名字者，扣10分	創造力、靈感力
作文 70 (生命感動且自然)	題目 10	文章應依內容簡化成一個題目，缺者扣10分	表達力
	組織架構 30	未分段扣5分，結論未簡潔扼要扣5分，重點未清楚放在中間者扣5分	邏輯力
	舉例或修辭 30	陳述理念時，未舉例者扣5分，全文至少應有一種修辭技巧，無者，扣5分	表達力
	文句流暢 10	若語句不順或錯字，扣2分，至多扣5分	表達力
抄襲一律0分，篇幅太少則予不及格計。			

圖35　同儕互評評分表規則

量化評分

	右三格 10	中三格 10	左三格 10	題目 10	組織架構 30	舉例或修辭 30	文句流暢 10
第一篇 某心感動	10.	9.	7.	10	25	25	8.
第二篇 走道	10.	7.	8.	8.	15	15	7.

質化評分

	你對井字格作文的整體評價為何？
第一篇	文章題目取得讓人為之一亮，文章鋪陳的也很不錯，但替文中狗兒取的名字感受就沒有那麼深刻，聰明憲人喜愛及不凡氣勢無法從文得知也沒有與後文連結，較為可惜。
第二篇	走道這篇前面井字格的部份就較顯微弱了！文章部份算是比較簡單，所以感染力顯得不足，我認為無論在走道的陳述或是高中美好生活的部份都可以多做加強。

圖36　學生互評案例

謝明輝老師 104-2 翻轉計畫課程創新教學影片回饋單

一、　說明

各位同學好：

由於本學期老師拍攝 20 部教學影片，欲提升學生對「文學與生活(含習作)」課程的學習興趣，並增進閱讀與書寫之能力。每部長度約 20 分鐘，模仿 TED 短講規格，請同學對「井字格作文」單元主題之短片做一些心得反饋，俾利老師教學計畫之參考。

謝明輝敬筆

二、　請問你對〈井字格理論發展〉影片的看法或心得？

> 老師真的很用心，解說的非常仔細，從老師講解井字格取名法的過程中，聽似簡單，卻是老師的心血。謝謝老師特別拍攝教學影片，不然我想，單閱讀書本，可能還是會產生一些疑問。

三、　請問你對〈井字格字典操作〉影片的看法或心得？

> 老師親自操作，讓我對井字格字典操作有了更清楚的了解，跟著老師的步驟去操作，學習效果提高了很多呢！

四、　請問你對〈井字格多種風情〉影片的看法或心得？

> 井字格真的有很多功用耶！不僅提升了自己用字的能力，還能夠訓練自己的思考運作能力，祝老師能將井字格取名法發揚光大，加油！

圖37　影片回饋單學生案例

轉教學為用、為末、為多。亦即井字格取名法為根本，翻轉教學為運用。

　　在井字格取名法為語文教學領域上的創新教材的前提下，本文始談翻轉教學的運用。第一個重點在井字格取名法之理論與創作，第二個重點是井字格取名法如何運用翻轉教學的概念到實際教學現場。第一個重點中，筆者介紹非文本式的取名問題以及文本式的兩道提問的井字格作文格式。井字格取名法的操作程序乃屬複雜且專業的查字典過程，這些將提升學生的語文相關能力。第二個重點中，筆者拍攝三部影片，每部二十分鐘，已上傳Youtube平臺以便學生進行自主學習課前觀賞。筆者規劃課中許多活動，如黑板集體取名、桌遊、分組討論、井字格作文以及同儕回饋等五種。課後則設計回饋心得單，蒐集學生對本翻轉教學的方式是否須改進或補充的地方。雖然他們大都給予正面回應，但筆者仍須在日後變換更多教材與教學方法，期能善盡作為一位教師的教學責任。

　　若本會場有語文教學領域的學者專家，歡迎將筆者所提供的活動運用於課堂中，應該會有不錯的教學成效。

第五章
井字格取名法與華語及漢字教學
國際

提要

　　本章的問題意識是：井字格理論是否能國際化？所謂國際化，係指以外籍人士為對象的語文教學，本人已實際華語授課，發現此法具實用價值，日後將另外發表。

　　第一篇論文則強調取名方法論而非歸納取名文化，因而在前人取名文化的基礎上進而提出以字典為工具，輔以姓氏取名參考表，再以認識漢字形音義為目的的井字格取名法。透過字典的實際操作，我幫王氏某人改名為王琰升，而比爾‧蓋茲取漢字名為狄焰亨。取名過程本身即是華語文教學的文化展現。

　　第二篇論文則假設賈伯斯（Steve Jobs）來臺學華語，以他將如何取中文名為引起動機的教學問題開始，設計一個取名的教學活動，逐步展示井字格取名法與漢字學習之間的關係。這個過程包含查字典、認識漢字形音義、掌握部首要件、漢字配對成多組名字，詮釋名字之內涵，最後則投票擇一適當名字等活動細節。而這課程設計的目的不僅替賈伯斯取一個道地的中文名字，試取為「康俸邁」，亦促成課堂實施中的師生互動。在有趣的課程安排下，達到認識漢字形音義的學習目的。

　　第三篇論文則展示井字格取名法的漢字教學活動實況。首先，教師必須先設計取名問題導入課程活動，筆者以「假設許慎開書店，店名如何取」的問題出發，學生們集體在黑板上完成了井字格漢字圖。再者，運用提問法促進學生思考，而老師要給予學生漢字形音義相關知識的回饋。最後，教師再講解「或」字在形音義結構上的源流發展。本文所提供的漢字教學方法是一種創新且能促進師生互動的有成

效的學習，若能透過師資培育方式落實此方法的傳承，將對國際漢字教育的傳播有耳目一新的新奇感受！

第一節　運用井字格取名法進行華語識字教學[*]

摘要

　　鑑於世人常苦於取名之事，在取名這個需要上，我發明了井字格取名法，一方面可解決世人取名問題，另方面亦可應用於華語文教學，本文重在點出取名方法論而非取名文化歸納，因而在前人取名文化的基礎上進而提出以字典為工具，輔以姓氏取名參考表，再以認識漢字形音義為目的的井字格取名法。透過字典的實際操作，我幫王氏某人改名為王琰升，而比爾‧蓋茲取漢字名為狄炤亨。取名過程本身即是華語文教學的文化展現。

關鍵詞：取名文化、字典、井字格取名法、華語文教學、姓氏

一、前言

　　華語文教學之主要核心概念在於使外國學生認識中華文化之博大精深並將所學的中華文化運用於生活中。我認為取名文化能擔任這項任務，透過幫外國學生取名，進而將取名智慧帶回他們的國家。在課堂中，若能進行雙向的字典取名活動，則能使外國學生對漢字產生更大的興趣，所以我結合歷代的取名文化知識後，發明了井字格取名法。透過字典操作，實際取出多種名字，讓外國學生名正而言順，從中體認漢字

[*]　本文已通過中山大學產學營運中心技審會審查，發文字號：中101產學字第099號，而獲經費補助向經濟部申請發明專利，發明名稱為「借助電腦選名稱之方法、電腦程式產品及電腦可讀取記錄媒體」，校內編號101026TW，經濟部智慧財產局申請案號101118553，特此致謝，並希望本法能於將來對社會國家有所具體貢獻。謝明輝：〈運用井字格取名法進行華語識字教學〉，《臺灣科技大學人文社會學報》9卷2期（2013年6月），頁107-126。

之形音義美感。大陸學者白朝霞在〈姓名文化與對外漢語教學〉一文中指出：「通過給學生起中文名，能夠使學生從一個側面了解中國文化，這也是宣傳、弘揚中華民族優秀傳統文化的一個重要組成部分。」[1]可惜文中並未提出具體可行的取名法，以利漢字教學之用。

　　姓名文化乃指姓氏和名字制度文化的合稱，而本文重在取名方法，故略去姓氏文化之探究。關於人名之議題研究，以蕭遙天和王泉根的專書為主要代表。蕭遙天《中國人名的研究》一書是較有系統而全面地研究人名的開山之作[2]。其書雖對歷代人名制度及特色做一論述，然未針對人名歸納整理後，進而得出一套取名方法論，以助世人創造更多名字。王泉根《華夏取名藝術》則從人名的意義、中國取名小史和中國多名制叢談等三個主要面向做一深入探討，其中不乏指出孩子取好名、取名的方法、和尚道士的取名法、名字與社會生活等獨到見解，但仍未見切實可行的取名過程，和以字典為工具的認識漢字形音義的方法[3]。其他在相關書籍的某章節中雖有提及取名方法，如趙瑞民著《姓名與中國文化》[4]、王大良等編著《趙錢孫李：中國大姓與取名》[5]、劉孝存著

1　該文以「漢語姓名文化的特點」、「給留學生取名的原則」、「給留學生取名應注意的問題」三個論點展開論述，惜未點出用字典來取名的具體方法，詳見白朝霞：〈姓名文化與對外漢語教學〉，《雲南師範大學學報（對外漢語教學與研究版）》4卷4期（2006年7月），頁61。

2　饒宗頤在該書序中說：「本書撮其大凡，綱提領挈，在這處女地寫下嶄新的一葉，篳路藍縷，以啟山林，不愧為第一部的『人名學』著作。」詳見蕭遙天：《中國人名的研究》（臺北：臺菁出版社，1969年），頁3。

3　王泉根1988年5月先在大陸廣西人民出版社出版《華夏姓名面面觀》一書，接著經微修分成兩書在臺灣雲龍出版社出版《華夏姓氏之謎》和《華夏取名藝術》，1993年。

4　趙瑞民論及先秦時期的命名特點、名字的時代性特徵、宋元以來下層社會的名字、名字中的倫理精神以及陰陽五行等理論模式在名字中的顯現等議題。詳見趙瑞民：《姓名與中國文化》（海口：海南人民出版社，1988年7月）。

5　王大良等人主要探討百家姓中的前四大姓：趙、錢、孫、李等尋根議題，其中亦點出此四姓的取名技巧。如在趙姓中，指出「引經據典法」、「姓名互訓法」、「姓名反義法」、「數字取名法」等四種，頁42-43。又如李姓中，指出「姓名典故」、「偏旁連木」、「姓名成詞」、「希賢慕古」等四種，頁216-217。詳見王大良等編著：《中國大姓尋根與取名》（北京：氣象出版社，1994年4月）。

《姓名・屬相・人生》[6]及寧業高、寧耘合著《中國姓名文化》[7]等書，但仍未出蕭氏和王氏二書之論述範圍。而能提出具體取名方法者，則以李鐵筆《命名資料庫》[8]為代表。可惜李氏未重字典部首之操作及漢字形音義之認識為主要目的，該書直接列出取名結果而非過程，讓讀者從中挑選佳名，這種做法僅能提供讀者快速取名，其過程付之闕如，而難登學術殿堂，讀者未見該書將漢字形音義列出，以進行取名之外的漢字教學，亦即我們是否進一步思索，讀者在取名過程中，兼能體會及學習漢字之美呢？

　　從上述各學者對姓名學之研究中，在廣義上應可分文化派和術數派兩類。文化派較重歷史縱深的姓名文獻做一分析研究，術數派則重命理取名方法；本文則吸取兩派之精華，並在中華文化之基礎上做一開創性的發明，既可用於取名又可施於華語文教學，故發明井字格取名法。以下將依傳統取名文化和井字格取名法之形成兩個論點展開論述，期能對華語文教學做一開創性的引導工作：一方面教外國或本地學生取自己的名字，一方面又教他們認識漢字文化。

二、傳統取名文化

　　名字這個概念古今不同，古代名和字分開，現代則合一。《禮記・

---

[6]　劉孝存指出「以譜系形式或論輩分取名」、「在兄弟姐妹中選一個特定的字」、「以數字取名（字）」、「以出生地或故鄉為名」、「以父母期望為名」、「部分少數民族的命名習俗」等，值得注意的是，他在「怎樣取一個好名字」中，點出：(1)名字的整體要講究聲調變化、(2)姓名要講究字音字形字義、(3)姓與名的配合等議題，這樣的想法就與華語文教學相關。詳見劉孝存：《姓名・屬相・人生》（北京：中國文聯出版社，1998年）。

[7]　寧業高以七個章節討論姓名文化，其中第四章〈起名技法分解〉中，歸納出「圓應夢兆」到「包函虛詞」等四十二種取名方法，值得後人取名參考。詳見寧業高、寧耘：《中國姓名文化》（北京：中國華僑出版社，1991年10月）。

[8]　李鐵筆提出姓氏2畫至22畫的「撰名吉劃數理配置範式表」，頁123-127，該表是我所擬定「姓氏取名參考表」的重要依據，我從中簡化並更動少數的吉數錯誤，詳見李鐵筆：《命名資料庫》（臺北：益群書店，2001年12月15版）。

檀弓上》說：「幼名，冠字，五十以伯仲，死諡，周道也。」[9]可知至少從周代起，古人年幼時取名，成年後取字。在《禮記‧曲禮上》也說：「男子二十冠而字。」[10]又《禮記‧冠義》亦說：「已冠而字之，成人之道也。」[11]由此可見，古人成年後，至少有兩個名字。除名字外，還有別號，是一種代表個人志向的稱謂，所以古人處世至少就要自取三個名字[12]。中華取名文化源遠流長，宏觀上看，夏商時代用干支命名，周代提出五則和六避的取名法[13]，唐以後出現引經據典法，或按族譜字輩法來取名，而這過程正是給後人取名時的借鑑，故以下先歸納前人的取名方式，以顯示井字格取名法之開創性。

（一）序輩法

1.用「元、長、次、幼、稚、少」等字，表示行輩

先秦時代正名多用「伯（孟）、仲、叔、季」以示行輩，如桓公有

9　詳見《禮記‧檀弓篇上》，頁136-1。2013年2月1日，取自漢籍電子文獻資料庫
http://hanchi.ihp.sinica.edu.tw/ihpc/hanjiquery?@59^961861110^807^^^60101001000600050003^4@@1527110392

10　詳見《禮記‧曲禮上篇》，頁39-1。2013年2月1日，取自漢籍電子文獻資料庫
http://hanchi.ihp.sinica.edu.tw/ihpc/hanjiquery?@59^961861110^807^^^60101001000600030004^3@@134849017

11　詳見《禮記‧冠義篇第四十三》，頁998-2。2013年2月1日，取自漢籍電子文獻資料庫
http://hanchi.ihp.sinica.edu.tw/ihpc/hanjiquery?@59^961861110^807^^^60101001000600450001^1@@1883242655

12　據《中國姓名文化》一書中第三章〈古今名類別裁〉指出有：小名、大名、學名、別號、表字、別號、筆名、譚名、藝名、法名、道名、稱號、封號、徽號、諡號、廟號、年號、喻號、代號、外族名字、外國名字等，這二十一種姓名稱謂皆可用井字格取名法迅速取出。詳見寧業高、寧耘：《中國姓名文化》（北京：中國華僑出版社，1991年10月），頁109-185。

13　《左傳》曾記桓公六年九月，其子出世後，問大夫申繻如何取名，申繻提出「名有五：有信，有義，有象，有假，有類」之五種命名方法，又提出「不以國，不以官，不以山川，不以隱疾，不以畜牲，不以器帛」等六種避諱之命名法。詳見《左傳》，頁112-2。2013年2月1日，取自中央研究院編，漢籍電子文獻資料庫
http://hanchi.ihp.sinica.edu.tw/ihpc/hanjiquery?@59^961861110^807^^^70101001000700050003004^3@@289432360

四子分別名為：伯同、仲慶、叔牙和季友。又如商紂王末期亞微的長子叫伯夷，三子叫叔齊，商亡後，兩人不食周粟。而秦漢以後，行輩區分則不施於名而用於字，如晉代桓彝的長子桓溫，他的字叫「元子」；晉代王導的長子王悅，他的字叫「長豫」，這兩個人的字中有元和長，指的是排行老大的意思，相當於「伯」。而字中有「次」則表示排行第二，相當於「仲」，如東漢有個人叫祭遵，他的字是弟孫，他有個堂弟祭肜就字「次孫」。而字中有「幼、稚、少」等基本上同指末子或行輩較低者，如晉代謝奕有三子，他的小兒子謝玄就字「幼度」，又如葛洪為幼子，行輩最低，其字為「稚川」，又如東漢許荊字「少張」，即排行較低。

2.單名用偏旁之字，雙名用一字相同，來表示行輩

　　名字可分兩種類型，一字稱為單名，二字稱為雙名。單名可用同偏旁之法，如「日」偏旁的有漢代董卓和董旻兩兄弟，「玉」偏旁的有劉表之子劉琦和劉琮及魏晉時衛恆之子衛瓘和衛玠兩兄弟，「韋」字旁的有張華之子張褘和張韙兩兄弟，「山」偏旁的有鍾岏、鍾嶸、鍾嶼等兄弟，「水」偏旁的有北齊的高洋、高演、高澄和高湛等兄弟。

　　雙名可用其中一字相同之法，如長狄兄弟四人，同用一「如」字為名，像是僑如、焚如、榮如及簡如等。此法單名則不適用，否則失去區別之作用，家族成員皆是同名。

3.用數字排行

　　以數字取名不用於正名，而用於小名或暱稱。唐人計算行第，並非以同父所生子女名之，而是以整個家族，像是白居易則稱白二十二郎。

4.用五行相生法

　　五行的相生次序是，木生火，火生土，土生金，金生水，水生木。古人取名亦用此五行相生法取名，如唐代的華構，其子名炕，孫二人則名垌和增，這個家族的名字偏旁乃從木開始第一代，第二代為火偏旁，第三代是土偏旁。三代間的五行相生格局是木生火，火生土。

(二)家族偏旁法

　　家族繁衍，人數眾多，故用偏旁取名，不失為好的取名方法。像是《紅樓夢》的賈府，分別用了「水、人、文、玉、草」等偏旁。賈源和賈演用的是「水」偏旁，下一代是賈代化和賈代善，用的是「人」偏旁，下下一代是「文」偏旁，如賈敷、賈敬、賈赦、賈政、賈敏，再來是「玉」偏旁，像賈珍、賈琮、賈璉、賈珠、賈環等。再來是「草」偏旁，如賈蓉、賈菌、賈菖、賈芸、賈芹、賈芷等。

　　《明史・諸王世表》卷一百：「洪武中，太祖以子孫蕃眾，命名慮有重復，乃於東宮、親王世系，各擬二十字，字為一世。子孫初生，宗人府依世次立雙名，以上一字為據，其下一字則取五行偏旁者，以火、土、金、水、木為序，惟靖江王不拘。東宮擬名曰：允文遵祖訓，欽武大君勝，順道宜逢吉，師良善用晟。」[14]建文帝朱允炆即用第一字，名字的「炆」乃用「火」偏旁。

　　《南史・謝弘微傳・子莊》卷二十載曰：「五子：颺、朏、顥、崈、瀟，世謂莊名子以風月景山水。」[15]謝莊是謝弘微的兒子，他生了五個兒子，在命名時，以「風、月、景、山、水」為偏旁來取用，故五子分別取名為「颺、朏、顥、崈、瀟」。

(三)父母期望法（含景仰前賢法）

　　「望子成龍，望女成鳳」深刻反映出父母對子女的期望，而這期望會寄託在取名之中。順達、盛興可能商人子弟；書成、進賢可能是書香門第；永安、順平可能是平民百姓；建設、建中可能是工人子弟。另外，亦有父母期望兒女成為某領域之優秀人才，故以各行各業傑出人物為取名對象者，如漢代司馬相如是以戰國時期趙國名相藺相如為取名參

---

[14] 明朝張廷玉等撰：《明史》表第一，諸王世表一，頁2504。2013年2月1日，取自中央研究院漢籍電子文獻資料庫。

[15] 唐朝李延壽撰：《南史・謝弘微傳・子莊》，頁557。2013年2月1日查詢中央研究院編，漢籍電子文獻資料庫http://hanchi.ihp.sinica.edu.tw/ihpc/hanjiquery?@59^961861110^807^^^60202013000200100001^1@@1726668176

照。取名通常會帶有「景、仰、慕、希、學、若、如、望、宗、尊、同、則」等字，如顏慕淵、張學良、李希白、杜若甫、林則徐等。

㈣**字輩譜法**

　　大家族的祖先對下代萬世的希望和期待，而先設計好幾個漢字以作為傳承的人生德目。例如孔子家族設計了多個漢字作為傳承的取名參考，如下：

> 希言公彥承，弘聞貞尚衍，興毓傳繼廣，昭憲慶繁祥，令德維垂佑，欽紹念顯揚，建道敦安定……

　　有些姓氏分占各地，也用不同的字輩法取名，像湖南、湖北、廣東的謝氏家族。湖南寧新縣謝氏用「光昌興宗德，富貴古流傳」十字作為字輩；湖北棗陽縣謝氏用「立修懷德遠，倫正澤會長，學典定中道，運開永克昌」二十字作為字輩；廣東謝氏用「士崇文學，道德才華，日聖維彥，汝克紹嘉，應元啓裔，宏宗世退」二十四字作為字輩。每代使用一字，方便後代子孫取名，而這種取名法可聯繫血緣關係，增進家族情感。

㈤**出生時地法**

　　出生時間與人的取名有時是一種方便，如春天所生就叫春生，秋天所生就叫秋生。當然出生地與人的關係也很密切，有人會以出生的地方取名，像是出生在北京叫「京生」，在上海叫「滬生」，在山東叫「魯生」，在遼寧叫「遼生」，在屏東叫「屏生」，那麼在花蓮會叫什麼生？另外，像寫《資治通鑑》的司馬光，在他出生時，因他的父親司馬池在光州（今河南省光山縣）當縣令，故取名「光」。

㈥**性別區別法**

　　有些父母對生男或生女的期望不同，故取名的方向也相異，一般說來，對兒子取名有四種期待：第一，選擇較陽剛之字，如「剛、陽、日、天、天、江、海、山、雄」等；第二，選擇道德品格操守之字，「忠、孝、仁、愛、禮、智、信、義、善」等；第三，選擇吉祥和福氣

的字，如「吉、祥、富、貴、康、健、平、安、和、順」等；第四，選擇成就大業的字，如「才、業、成、功、志、超」等。對女兒期待則有：第一，用「女」字旁的字，如「娟、婕、娣、娜、妮、娥、媛」等；第二，用女性有關的物品的字，如「釵、繡、翠、瑩、瑛、珍、珠、珊、琳、珮」；第三，用花草和色彩的字，如「芹、蓮、芝、梅、萍和紅、青、紫、翠」等；第四，用品德的字，如「貞、淑、靜、雅、文、愛」等。

(七)經典法

傳統取名方法中，似乎是知識分子或是有讀過書的人才可能用的方法，那就是命名時從古人典籍中取材。像幾年前我有個學生叫顏如玉，這個名字很可能取自大家耳熟能詳的那句話：書中自有顏如玉。以下則提供類似這種經典取材法的例證：

1.從四字成語中選取

有些名字從四字成語中取材，像是李嘉言和郝懿行，取材成語「嘉言懿行」。杜鵬程和楊萬里，取自「鵬程萬里」成語。戴安邦和于定國，取自「安邦定國」成語。「龜年鶴壽」成語是由李龜年和王鶴壽取材。其他如克勤克儉、至善至美、美輪美奐，等重字成語，可以作為一家兄弟姐妹取名的參考。

2.從詩詞名句中選取

齊魯青是從杜甫〈望岳〉：「岱宗夫如何？齊魯青未了」詩句來的。鄭愁予是從辛棄疾〈菩薩蠻〉：「江晚正愁予，山深聞鷓鴣」詞句來的。陳亮〈水調歌頭〉：「當場隻手，畢竟還我萬夫雄」之詞句是萬夫雄取名的根據。劉丹青取自「人生自古誰無死，留取丹心照汗青」（文天祥〈過零丁洋〉）。

3.從散文名句中選取

于省吾是化自「吾日三省吾身」（《論語·學而》）之文句，朱自清是源自「寧廉潔正直以自清」（《楚辭·卜居》）之文句。鄭振鐸

之名是從《周禮·春官》：「司馬振鐸，群吏作旗」取材。楚圖南之名從《莊子·逍遙遊》來的，句子是：「背負青天莫之夭閼者，而後乃今將圖南。」另外，古人也有同時取名和字的風尚，像唐代茶神陸羽，名羽，字鴻漸，乃出自《周易·漸卦》：「鴻漸於陸，其羽可用為儀。」清代馮浩，字養吾，係源出《孟子·公孫丑》：「吾善養吾浩然之氣。」

㈧民間算命法

上述七種取名法都不用額外花費取名，自身家族長輩即可完成的任務，不須假手他人，但第八種的民間算命法可就要掏出錢來請算命師取名。結合生辰八字、五行、筆畫、生肖等傳統術數元素，標榜取好名可得好運的觀念，適合普羅大眾的不安心理。何榮柱《姓名學教科書》將姓名學研究分成六派：熊崎派、太乙派、天運派、九宮派、五宮派和格局派等。各派有各派的取名要訣，如：熊崎派認為五格皆為吉數，三才配置恰當，成功運與基礎運配置良好；太乙派認為規避凶數，即是吉名；天運派認為除天格外，不能有二格與天運相剋；五宮派認為各宮之數理以九進位[16]。

綜上所討論的各類取名法，不足之處則是未看見既能取名又兼具漢字教學的取名法，這正是井字格取名法誕生之契機。

三、井字格取名法之形成

姓名乃個人在社會交往中的識別符號，姓名符號嚴格來說具備形音義三元素的文字，與其他符號有不同之處，像是驚歎號「！」在交通號誌上隱含危險的意義，而不具備讀音的文字元素。換句話說，要扮演文字的功能須有三元素，字形、字音和字義，缺一不可。姓名符號即具備形音義三要素，姓名文字會透過這三要素來影響我們的思考或心情。例

---

16 以上姓名學各派之說及取名要訣，請參何榮柱：《姓名學教科書》（臺北：玄同文化事業有限公司，2003年），頁17-21。

如有齣《犀利人妻》的電視劇中，有個新興的流行語「小三」，意指破壞夫妻感情的第三者，或是指外遇的對象，因此取名「筱珊」的女性就讓人有諧音上不舒服的聯想，致心情沮喪，大受困擾。再者，意義上若囿於傳統男尊女卑的束縛，而缺乏當事人的奮發精神，那這個名字不算太好。像是「招弟、罔市（臺語，隨便養）、罔腰（臺語，隨便顧）」等名字顯示出父母在生了女兒之後，希望下胎能生男兒的願望。

為了解決上述不當諧音及毫無意義的取名問題，在中國歷史上許多對姓名有興趣的研究者不斷地結合陰陽五行、生辰八字、筆畫吉凶、《易經》卦象、生肖、天干地支等傳統民間術數內涵，出現了八字派、生肖派、格局派、五格派、六神沖剋、九宮流年、筆畫派、太乙派、天運派、三才派以及十長生等十大門派，或筆畫派、三才五格、補八字、卦象派、天運派、生肖派等六大派別的姓名學。各派間各自吹捧，而將姓名學導入迷信的商業圈套中。

由於我個人是學院派出身的，對中國傳統學術及民間信仰有基本的認識，長久以來一直思索如何將古代學問應用於現代生活，並能解決人類的某些問題，故在理解姓名學後，再加上個人的深思明辨，兼採古今各說，終於能自成一家之言，我稱之為「井字格取名法」。井字格取名法是指取名時在紙上畫一井字格，右側三格為數字筆畫，中間三格為查字典時所記錄的形音義漢字字群，左側三格為挑選字群後的候選姓名。

此法可同時解決取名問題，亦可應用於漢字教學。以下將依「姓名與人生的四種關係」、「姓氏取名參考表」及「井字格的內容界定及字典操作」等次第加以探討。

(一)姓名與人生的四種關係——從吉凶和生剋判斷

我們先假定，若無特別意外因素（改名），姓名從出生時長輩所幫我們取的名字，一直到離開人間，它是跟隨我們一輩子，那麼我們一生在人際的互動中，就有四種關係的對待，即對上、對下、對平輩、對自我。這種對上下平我等四種關係中經由互動而具體呈現出衝突或和諧的結果，這在姓名文字中就能反映出來並作為我們行事的參考。如圖1所示：

1

○2　　　　　＞A（上）3火

土（平）5E＜　　　○9　　　　　＞B（內我）11木

○4　　　　　＞C（下）13火

－ － －

D（外我）15土

圖1

　　圖1中，先從中間的○符號開始，三個○代表每個人不同的姓名文字，三個○可分解成數字筆畫，假設以「丁香云」帶入三個○，其筆畫數為2、9、4；「丁香云」再分析成ABCDE五元素[17]，A代表姓氏筆畫數1＋2＝3，B則是姓氏加名字第一個字的筆畫數2＋9＝11，名字二字筆畫數的總和則為C，即9＋4＝13。而D是全名三字的總和，即2＋9＋4＝15。E則是第一字加最末字的相加，1＋4得5。

　　這名字的ABCDE五元素就象徵人生的四種關係，先從代表個性的B開始，內涵是內在的自我，內我在一生中必然會面臨與父母、長輩及長官等對上關係的互動，這就是B對應A的關係，內我也會與子女、晚輩及下屬產生對下的關係對待，這是B對應C的關係，內我也會與同學、平輩及同事朋友互動而產生對平的關係，這是B對應E的關係。內我也會面臨孤獨而不與人互動，它對外所表現的行為可能與內心所想的不同，戴著假面具與人互動，這可從B和D的對應中看出。

　　以上四種關係的互動中都可能產生衝突及和諧，這時再將這五元素轉換成五行，透過五行的生剋來解釋這四種關係的吉凶。那麼這五

---

[17]　A元素乃姓氏筆畫數的總和，由於國人姓氏有單姓和複姓之別，單姓遠多於複姓，故最上方之1是假設單姓者的第一字筆畫，這空格假設為1。若是「歐陽」之姓，那A元素則是15＋17＝32。B元素為姓氏加上名一，C元素為名一加上名二，D元素是姓名三字或四字的總和，E元素則是第一字加上最末字。

元素如何轉換呢？看個位數，1和2屬木，3和4屬火，5和6屬土，7和8屬金，9和0屬水，所以A是3屬火，B是11屬木，C是13屬火，D是15屬土，E是5屬土。人生的四種關係分別是：第一，B對上A，即木對上火，屬木生火的和諧狀態；第二，B對下C，即木對下火，屬木生火的和諧狀態；第三，B對平E，即木對平土，屬木剋土的衝突狀態；第四，B對D，即木對土的關係，屬木剋土的衝突狀態。

綜上所述，我們能從三字的姓名中，分析成五元素，以內我B為中心而放射出去：對應到A，則成內我對長輩的對上關係；對應到C，則成內我對晚輩的對下關係；對應到E，則成內我對平輩的平等關係；而對應到D，則成內我對外我行為是否一致的關係。

姓名既然反映出人生中的四種關係，而這四種關係又有衝突及和諧的兩種結果，因此姓名中若是衝突的結果愈多，當然姓名的負面影響力就愈大。而和諧的結果愈多，當然姓名的正面影響力就愈強，好壞姓名於是鑑定出來了。這個鑑定依據何在？主要從筆畫吉凶和五行生剋兩個角度觀察，原則是：第一，筆畫吉>凶，第二，五行生>剋。以下列姓名為例：

1

	謝17	＞A，18吉，金（B對A相生）
（B對E相和）土，吉16，E＜	明08	＞B，25吉，土
	輝15	＞C，23吉，火（B對C相生）

－ － －

D，40吉帶凶，水（B對D相剋）

圖2

由圖2可知，先從「謝明輝」三字分析成五元素，再從文字轉換成數字筆畫，得出A為18，屬吉數，五行金。B為25，屬吉數，五行土。C為23，屬吉數，五行火。D為40，屬吉帶凶，五行水。E為16，

屬吉，五行土。現從筆畫吉凶和五行生剋兩角度判斷，五元素中，除D爲吉帶凶外，餘皆吉，此現象稱爲吉大於凶，又B對應於其他四元素中，除B對D爲凶外，餘皆吉（和亦算吉），此現象稱爲生大於剋，因此「謝明輝」這個名字在吉＞凶和生＞剋的情況下，鑑定爲佳名。反之，若凶＞吉和剋＞生的話，那就是劣名了。

　　上述的吉凶和生剋兩原則的根據何在？第一，根據農民曆八十一數吉凶[18]，如下所示：

1（吉）2（凶）3（吉）4（凶）5（吉）6（吉）7（吉）8（吉）9（凶）

10（凶）11（吉）12（凶）13（吉）14（凶）15（吉）16（吉）17（吉）

18（吉）19（凶）20（凶）21（吉）22（凶）23（吉）24（吉）25（吉）

26（凶帶吉）27（吉帶凶）28（凶）29（吉）30（吉帶凶）31（吉）32（吉）33（吉）34（凶）

35（吉）36（凶）37（吉）38（凶帶吉）39（吉）

40（吉帶凶）41（吉）42（吉帶凶）43（吉帶凶）44（凶）45（吉）46（凶）47（吉）48（吉）

49（凶）50（吉帶凶）51（吉帶凶）52（吉）53（吉帶凶）54（凶）55（吉帶凶）56（凶）57（凶帶吉）58（凶帶吉）59（凶）60（凶）61（吉帶凶）62（凶）63（吉）64（凶）65（吉）

66（凶）67（吉）68（吉）69（凶）70（凶）71（吉帶凶）72（凶）73（吉）74（凶）75（吉帶凶）

76（凶）77（吉帶凶）78（吉帶凶）79（凶）80（吉帶凶）81（吉）

　　而五行的生剋及其數字屬性則如下所示：

1. 姓名筆畫與五行：一二畫屬木；三四畫屬火；五六畫屬土；七八畫屬金；九十畫屬水
2. 五行的生剋：（木、火、土、金、水）
   相生：金生水、水生木、木生火、火生土、土生金。
   相剋：金剋木、木剋土、土剋水、水剋火、火剋金。

---

[18]　我根據的版本是葉俊逸所編著《農民曆》（臺南：世一文化出版社，2004年1月），頁124。

　　所以一個名字的好壞可以從筆畫吉凶和五行生剋來綜合判斷，看出他在人際四大關係上的矛盾衝突或是順利和諧。

(二)擬定「姓氏取名參考表」

　　經由上述的筆畫吉凶和五行生剋兩角度來鑑定姓名優劣後，我們應思考：有什麼方法提供世人取名的方便，以及如何享受取名過程的樂趣？在《國學與現代生活》一書中，在附錄有個「取名參考表」，現引用如後：

(1)	(1)	(1)	(1)	(1)	(1)	(1)	(1)	(1)	(1)	(1)	(1)
2	2	2	3	3	4	4	4	5	5	5	6
19	13	11	20	18	19	13	3	12	20	18	10
4	20	20	12	14	2	4	14	6	4	6	7
—	—	—	—	—	—	—	—	—	—	—	—
25	35	33	35	35	25	21	21	23	29	29	23
(1)	(1)	(1)	(1)	(1)	(1)	(1)	(1)	(1)	(1)	(1)	(1)
6	7	7	7	8	8	8	8	8	9	9	9
12	9	18	10	23	9	9	7	13	9	12	22
23	16	6	15	2	16	7	16	20	6	20	10
—	—	—	—	—	—	—	—	—	—	—	—
41	32	31	32	33	33	24	31	41	24	41	41
(1)	(1)	(1)	(1)	(1)	(1)	(1)	(1)	(1)	(1)	(1)	(1)
9	10	10	10	10	11	11	11	11	12	12	12
7	21	3	13	3	12	10	24	12	13	11	13
16	2	12	12	10	12	20	13	14	10	10	4
—	—	—	—	—	—	—	—	—	—	—	—
32	33	25	35	23	35	41	48	37	35	33	29
(1)	(1)	(1)	(1)	(1)	(1)	(1)	(1)	(1)	(1)	(1)	(1)
12	12	13	13	13	13	14	14	14	14	15	15
19	9	3	12	12	12	9	9	11	21	20	10
14	12	15	4	6	12	6	22	12	12	4	8
—	—	—	—	—	—	—	—	—	—	—	—
45	33	31	29	31	37	29	45	37	47	39	33

(1)	(1)	(1)	(1)	(1)	(1)	(1)	(1)	(1)	(1)	(1)	(1)
15	15	16	16	16	16	17	17	17	17	18	18
2	10	9	13	2	9	8	22	18	12	17	11
14	6	14	4	14	6	7	9	17	6	6	10
—	—	—	—	—	—	—	—	—	—	—	—
31	31	39	33	32	31	32	48	52	35	41	39
(1)	(1)	(1)	(1)	(1)	(1)	(1)	(1)	(1)	(1)	(1)	(1)
18	19	19	19	20	20	20	21	21	21	22	22
17	12	6	22	13	3	1	20	8	12	13	3
10	20	7	7	12	2	12	4	10	4	2	12
—	—	—	—	—	—	—	—	—	—	—	—
45	51	32	48	45	25	33	45	39	37	37	37

　　這張表即是根據上述筆畫數吉大於凶、五行生大於剋的取名理論所擬定，我重新定名為「姓氏取名參考表」，強調查表取名時，應先掌握姓氏筆畫數，鎖定欄位後，再進行查字典的活動。雖然這張表的原始材料是參考李鐵筆《命名資料庫》中篇幅不到四頁的「撰名吉劃數理配置範式表」，但在理論詮釋和應用層面上，已有極大的差異。我的「姓氏取名參考表」有下列幾個特點：第一，在形式上，本表化繁為簡，濃縮其十幾組姓氏筆畫為三到四組，提供更為簡便的取名方法。第二，本表重視部首取名過程，以認識漢字內涵為目的；而李書在每個姓氏下，已列出許多名字的結果，做成現成的命名資料庫，讀者很難享受查字典的樂趣，進而體會漢字形音義之美。第三，本表詮釋姓名優劣之原則清楚，透過姓名與人生四大關係中的吉凶和生剋兩角度考察；而李書理論較複雜。第四，本表應用層面廣，可用於取嬰兒名、改名、公司名、筆名字號、網路暱稱、外國人取漢字名、小說人物取名等；而李書僅用於取嬰兒名、改名、取別號或替他人撰名等。第五，關於單名或複姓的問題；我認為單名則省略名字第二字（名二）的查字典過程，而複姓則不管第一字，以第二字為姓氏來鎖定欄位。如司馬之姓，不管「司」，而採馬筆畫，鎖定10畫欄位。

　　另外還有幾個問題再做釐清：首先，本表每個欄位都有數字(1)，

這個不須理會它，每個欄位都有三個數字，第一個數字是姓氏筆畫數，另二個數字就是要取的名字。姓氏筆畫數從左上方的2數，由右而下，直到右下方的22數。再者，本表不須考慮生辰年月日。最後，取名時須從部首著手，而非直接從總筆畫挑現成的，而部首字有些有正體和變體兩種，如「水」和「氵」，前者為正體，4畫，後者為變體，3畫，查字典時，我認為兩者皆可，但以正體「水」為主先查，而變體「氵」為輔，其他以此類推。

㈢井字格的内容界定及字典操作

　　在了解「姓氏取名參考表」所提供的每個欄位都是好名之後，接下來就是如何運用這張表，發揮其最大取名功效。在取名前，先畫好井字格，如圖3所示：

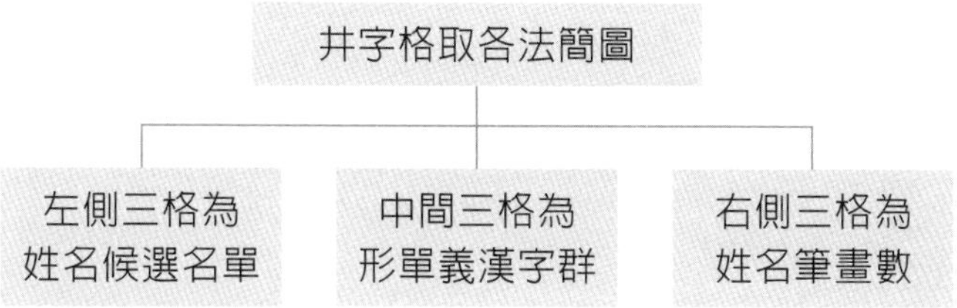

井字格取各法簡圖

左側三格為姓名候選名單	中間三格為形單義漢字群	右側三格為姓名筆畫數

姓		姓氏筆畫數
名一	名一漢字群	名一筆畫數
名二	名二漢字群	名一數字筆畫數

圖3

　　圖3井字格中，我們觀賞的動線是由右而左，由上而下。右側三格主要根據「姓氏取名參考表」，使用本表須先掌握當事人的姓氏為何，中間三格是查字典的整個過程，必須根據所喜愛的部首進行。左側三格則是從這些漢字群中選出心目中想要的姓名。

　　例如某人姓王，他想改名，那就先找4的欄位，共有3組號碼，任

選其一，假設選4、13、4、21那欄，再來就進行查字典的活動。

由於「姓氏取名參考表」是功能強大的取名依據，它主要建立在筆畫數吉大於凶和五行生大於剋的兩大原理上，我們有必要將這張表加以檢視，若是符合這二大重點，那本表所列4、13、4、21之欄位則為佳名。先從吉凶來看：

```
                    1
                    4              ＞A5吉
        吉5E＜      13             ＞B17吉
                    4              ＞C17吉
                    ― ― ―
                    D21吉
```
圖4

再從五行生剋看：

```
                    1
                    4              ＞A5土生
        土生5E＜    13             ＞B17金
                    4              ＞C17和金
                    ― ― ―
                    D21剋木
```
圖5

綜合兩個姓名圖式運算後，得知4、13、4、21之欄則為佳名，這欄位意義是4是姓氏筆畫，名一為13畫，名二為4畫，總筆畫是21畫。

接著我們套用剛剛上面所列的簡圖具體來呈現井字格取名法的過程：

3王 2王 1王	王	4
琪　琰　暐	琪：美玉。 琳：玉相擊之聲。 琴：樂器。 琰：玉璧之光輝。 琦：美玉。 （玉部，5/22） 暖：溫和的。 喧：溫暖的。 暐：日光。 暘：日出。 （日部，4/13）	13
友　升　元	亢：星名，高傲的，極。 （一部，1/1） 仁：有仁德的人。 介：鎧甲，正直不屈。 今：現在，當前的。 （人部，3/11） 升：上進，由下而上。 （十部，1/4） 化：教化，改變，文化。 （匕部，1/1） 元：人頭，首長，開始。 （儿部，1/2） 友：和睦。（又部，1/3）	4

圖6

　　取名時，透過查字典的活動中，我們應細看每個漢字的形音義三元素，像表格中13畫的「暐」字，其字形乃左「日」右「韋」的結構，其字音為「ㄨㄟˇ」，字義有日光之義。所以，在井字格內標示「暐：日光。」其他字依此類推。在現代字典二百一十四個部首中，可任意挑自己喜愛的部首來查詢，假如先查玉部，總筆畫為14，那麼我們須查八畫的字，暫以周何編《國語活用辭典》（臺北：五南圖書公司，1990年）為工具書，查出符合條件有二十二字（頁1222），分別為「琺、琪、琳、琢、琥、琵、琶、琴、琮、琯、琬、琛、琰、琤、琖、琦、琚、琨、琭、珝、珦、琤」等，為了體會漢字的樂趣，每字皆必觀察其形音義，然後從中挑出喜歡的字來，假設我喜愛「琪、琳、琴、琰、琦」五字，那就把這些字的形音義列出，最後一字再以「（玉部，5/22）」標明，表示這些字是查玉部，再從其中挑選喜愛的字出來。

　　13畫中，我還查了日部，扣掉日部本身4畫，所以再鎖定9畫的日部字，共有「暖、暉、暇、暗、暈、暄、曔、暌、暕、暐、暘、暍、暋」等十三字（頁909-912），從中篩選出「暖、暄、暐、暘」四字，記得註明每字的形音義，最後在末字「暘」字下標示「（日部，4/13）」，表示從十三字中挑出四字。我們再以同樣的手法來查4畫的字，過程如下：

　　亠部二畫有1字：亢（頁67）
　　人部二畫有11字：仁、什、仃、仆、仇、仍、今、介、仄、仂、仉
　　　　　　　　　　　　（頁78-81）
　　十部二畫有4字：午、升、卅、廿（頁258-259）
　　匕部二畫有1字：化（頁248）
　　儿部二畫有2字：元、允（頁164-165）
　　又部二畫有3字：友、及、反（頁278-279）

　　於是我分別篩選出「亢、仁、介、今、升、化、元、友」諸字，一樣在每部首末字標上（某部，幾分之幾）之訊息。最後，再分別從13畫及4畫的字群中做完美意義上的配對，可搭配出多組姓名來，假設敲定三組姓名，那就列在井字格的最左側，即「王暐元、王暖升、王琪友」等姓名。

　　1號「王暐元」寓有一開始就有日光出現之義，表示勝在起跑點，也可說事業爬到最高位，其諧音同「王委員」，可能是立法委員，或是教評會委員，或是某高階委員。2號「王暖升」則寓追求目標步步高升，像玉一樣光彩奪目，受人景仰愛戴。而3號「王琪友」有良好的人際關係，廣結善緣，像美玉一樣的貴人從旁提攜，一生平安順利。這三組人名在意義都很好，實在不好選，這時建議從聲調上來評斷。國語有四聲調，最好能錯開而不重複。像「謝明輝」三字，其聲調為421，第4聲、第2聲和第1聲；同理，「王暐元」聲調232，「王暖升」聲調231，「王琪友」聲調223；這時只有2號的「王暖升」聲調沒重複，餘

皆重複2，故結果應該由「王琰升」勝出。

　　若要落實於教學活動上，則先請教師在黑板上畫一井字格，右側三格由上而下先寫上筆畫數4、13、4，接著隨機點名幾位學生依所喜愛的部首查字典，查13畫的同學上臺寫在中間第二格，查4畫的同學則上臺寫在中間第三格，等第二格和第三格都填滿漢字形音義的字群後[19]，再隨機點名三位同學充當紅娘，將剛剛第二格和第三格的字群做一配對，分別上臺寫在左側三格中，三位同學寫出三個人名後，再請他們上臺解釋爲何取出這樣的名字，藉此訓練口語表達能力，最後再請所有同學來票選這三個人名，最高票則爲最佳人名。

　　容我再舉一例，關於「外國人求學，如何取漢字名？」之取名問題。21世紀是華語熱的時代，許多外國人都想學華語，國內爲因應這股風潮也紛紛成立華語文相關學系，儲備華語師資，遠赴世界各地教授華語相關課程。在國內也有許多從外國來取經的學習者，而華語教師都應義務幫外國人取中文名，取名同時，除了能告訴他們漢字之寫法外，尚須藉此說明中華文化之精神所在，因此井字格取名法就符合這樣的教學需要。

　　爲了顯現姓氏取名參考表的國際化，應用面無遠弗屆。英文姓氏開頭離不開二十六個字母之範圍，對照姓氏取名參考表2畫至22畫，由左至右，再由上而下，如下表所示：

A	B	C	D	E	F	G	H	I	J	K	L	M
2	3	4	5	6	7	8	9	10	11	12	13	14
N	O	P	Q	R	S	T	U	V	W	X	Y	Z
15	16	17	18	19	20	21	22	2	3	4	5	6

---

[19] 這些漢字群主要以楷書字為主，這時可適時就某字列出其古今字形音義之流變，可參考東漢許慎撰，清代段玉裁注，民國魯實先正補：《說文解字注》（臺北：黎明文化公司，1994年7月11版）。以及高樹藩編纂：《正中形音義綜合大字典》，（臺北：正中書局，2002年11月臺二版第12次印行）。

　　假設微軟總裁Bill Gates來臺灣求學，照理說，他的中文名應該音譯為蓋茲就行了，但這是沒方法的方法，毫無意義可言，蓋茲有什麼意思呢？若用我的字典取名法，則先從姓氏出發，姓為Gates，開頭為8筆畫，查姓氏取名參考表，得下列五個選擇欄：

(1)	(1)	(1)	(1)	(1)
8	8	8	8	8
23	9	9	7	13
2	16	7	16	20
—	—	—	—	—
33	33	24	31	41

　　由於外國人對漢字較不熟悉，所以我以筆畫較少者為優先考慮，鎖定左起第三欄8、9、7，然後書寫在紙上井字格的最右側，如圖7：

Gates（8畫中文九姓氏）			8
			9
			7

圖7

　　中間兩格則是要進行查字典的活動，以部首為核心檢索要領，依個人所喜愛的部首切入，我在9畫那格查了「手、火、力、石」等四部首及9畫部首本身，手部符合條件有四十字，我挑了「挂、拓」二字，註明形音義後，再以「（手部5畫，2/40）」標示出來，其他以此類推。而7畫那格查了「木、宀、人、八、口」等五部首及7畫部首本身，木部3畫有二十一字，我選了「杏、材、村、杉、杂」等五字，註明形音義後，再標示「（木部3畫，5/21）」，其他部首以此類推。最後配對

成三組漢字名，列在井字格最左側，如圖8：

	Gates（8畫中文九姓氏）	8
3 2 1 研 焰 拓	拄：支撐。 拓：開墾。（手部5畫，2/40） 炫：強光照耀。 炯：光明。 烓：燈心，點燃。 焰：照耀。（火部5畫，4/13） 勇：具有超人的膽識。 勉：勉勵。 勁：神采奕奕。（力部7畫，3/4） 研：深入探究。 砇：山高貌。 砆：似玉之石。 砏：堅硬的。（石部4畫，4/13） 革、音、風、飛（9畫部首）	9
佈 亨 村	杏：樹名。 材：資質。 村：聚落。 杉：木名。 宋：屋上之大梁。（木部3畫，5/21） 亨：順遂。（一部5畫，1/1） 位：等級。 估：商人，推算。 佈：傳達。 余：我也。 佑：保護。 佐：輔助。（人部5畫，6/40） 兵：武器。（八部5畫，1/1） 君：君王。（口部4畫，1/32） 角、言、辰、里（7畫部首，4/20）	7

圖8

　　我列了「拓村、焰亨、研佈」爲人名候選名單。這些名字都是爲美國比爾‧蓋茲量身訂做的，「拓村」之名表達蓋茲微軟事業的跨國精神，向全世界開拓村落。「焰亨」之名暗示蓋茲的勢力像火焰般照耀世界，事業亨通。「研佈」之名強調蓋茲將他研發創新構想傳達全世界。意義上看皆佳，若從聲調看：拓村，41，仄平，有變化；焰亨，41，仄平，也有變化；研佈，24，平仄，也有變化。實在難選，再用刪去法，「拓村」可能與日本明星木村拓哉造成誤解，可刪；而「研佈」是否與哥倫布類似，再刪；最後剩下「焰亨」這個名字較爲獨特，故我建

議若比爾‧蓋茲來臺留學要取中文名的話，可取「焰亨」。若執意要加上姓氏的話，建議可用8畫姓氏，如林、周、季、孟、岳、易、金、沈、官、宗、卓、狄、屈、武等字，那就叫狄焰亨。

　　我們可以運用井字格取名法來教外國學生取名，在教學活動上，先請教師在黑板上寫好井字格並假設某位留學生取漢字名的問題，然後就英文字母對照姓氏取名參考表，將姓名筆畫寫在井字格最右側，再來就是查字典活動，請幾位外國學生依名字筆畫將所查之字群，分別寫在井字格中間的第二及三格，等漢字群都填滿後，再請三位同學來挑選，並寫在井字格之最左側，最後請他們用華語表達名字之涵義即可。

四、結語

　　我在綜觀傳統取名文化的過程中，探索有哪種方法既可兼顧取名又可應用於華語文教學活動，故總結為八種的傳統取名方法後，從而提出井字格取名法。進行井字格取名法時，必須準備字典和姓氏取名參考表兩個工具，姓氏取名參考表中的每個姓名筆畫數欄位都是佳名，主要是依據五行生大於剋以及農民曆筆畫吉大於凶之理論所設計，姓名之筆畫數可分解成生剋和吉凶之對待關係，藉以詮釋人生的四種關係。在字典操作前，我先假設王氏某人改名及美國首富比爾‧蓋茲取漢字名兩道問題，實際運用井字格取名法後，我把王氏某人改名為「王琰升」，而比爾‧蓋茲取名為「狄焰亨」，而井字格中的漢字群都是提供華語文教學的素材。

　　井字格取名法與傳統取名文化比較後，其特點在於：⑴有系統的理論；⑵有簡明的操作方法；⑶以字典為工具，充分認識漢字之形音義；⑷可同時創造多種名字；⑸可應用於華語文教學。簡言之，此法包含取名理論和應用華語文教學等兩大特色。井字格取名法是我發明的取名方法，若能推廣至全世界，必能讓外國人體會中華文化的博大精深及趣味。日後將有相關專文探討，為中華文化推廣略盡棉薄之力！

THE METHOD OF NAME-CHOOSING WITH 井 FOR TEACHING CHINESE WORDS IN CLASS

Abstract

In name puzzles, I invented a method of choosing peoples' names by a 井 form. It is able to solve people's naming problems; it can be used in Chinese language teaching. This paper focuses on how to choose names without resorting to name culture. Therefore, I employ the name culture of predecessors, and then offer a Chinese dictionary as a tool, supplemented by a reference table of the surnames, and then recognize the shape, pronunciation and meaning of Chinese characters, which is called the method of name-choosing with 井. Through the actual operation with a dic-tionary, I changed someone of the Wang Family name to Wang Yan Sen（王琰升）, and Bill Gates Di Zhao Heng （狄炤亨）. The process of naming with a 井 is the cultural presentation of Chinese teachings.

Keywords：name culture, dictionary, the method of name-choosing with 井, Chinese teaching, surname

第二節　試論一種創新的漢字教學課程設計：以井字格取名法替賈伯斯（Steve Jobs）取中文名為例[20]

摘要

　　井字格取名法是新興的語文教學方法，目前幾乎沒有學者知道這個教學法。此法是由臺灣年輕學者謝明輝所提倡，已發表成專書，並由中山大學產學營運中心經費補助申請發明專利且已取得專利證書，亦有兩篇相關論文刊登。它適用於國內外的漢字教育，可說是具備國際視野的教學法。井字格取名法實施於課堂時，須在黑板上畫一胖胖的井字格，其間的有九個空格必須填入數字和漢字，右邊三格應依姓氏取名參考表填入三個數字，中間三格則填入查字典後的漢字群，左邊三格則配對成幾組名字，最後經由班上同學票選出最佳名字。

　　本文假設賈伯斯（Steve Jobs）來臺學華語，以他將如何取中文名為引起動機的教學問題開始，設計一個取名的教學活動，逐步展示井字格取名法與漢字學習之間的關係。這個過程包含查字典、認識漢字形音義、掌握部首要件、漢字配對成多組名字，詮釋名字之內涵，最後則投票擇一適當名字等活動細節。而這課程設計的目的不僅替賈伯斯取一個道地的中文名字，試取為「康俸邁」，亦促成課堂實施中的師生互動。在有趣的課程安排下，達到認識漢字形音義的學習目的。

關鍵字：井字格取名法、漢字、華語文教學、課程活動

---

[20] 謝明輝：〈運用井字格取名法替賈伯斯（Steve Jobs）取中文名：一種創新的漢字教學課程設計〉，「第十二屆臺灣華語文教學年會暨國際學術研討會」，高雄：文藻外語大學（2013年12月）。

謝明輝：〈試論一種創新的漢字教學課程設計：以井字格取名法替賈伯斯（Steve Jobs）取中文名為例〉，《臺中教育大學：人文藝術》31卷2期（2017年12月），頁23-39。

一、前言

　　井字格取名法是附屬於字典取名學的一項創新的語文新學問，是臺灣本土化的新興語文教學法[21]。雖有大陸學者白朝霞在〈姓名文化與對外漢語教學〉一文指出：「通過給學生起中文名，能夠使學生從一個側面了解中國文化，這也是宣傳、弘揚中華民族優秀傳統文化的一個重要組成部分。」[22]可惜她並未提出具體可行的取名語文教學法。

　　井字格取名法應用於華語文教學或漢字教學可說是空前，有兩點證明：其一是未有書籍或期刊論文探究過，其二是本法已獲發明專利證書。就第一點來說，筆者為了想了解海峽兩岸是否有相關的語文教學法問世，因此大量閱讀相關書籍，如下：黃沛榮《漢字教學的理論與實踐》、何淑貞等合著：《華語文教學導論》、臺灣師範大學華語文教學研究所編：《華語教學系所課程大綱彙編》、鄭昭明：《華語文的教與學：理論與應用》、朱榮智等合著：《實用華語文教學概論》、宋如瑜：《實踐導向的華語文教育研究》、周思源主編：《對外漢語教學與文化》、周小兵，朱其智主編：《對外漢語教學習得研究》、國家對外漢語教學領導小組辦公室編：《高等學校外國留學生漢語專業教學大綱附件一》、傅海燕：《漢語教與學必備：教什麼？怎麼教？（下）怎麼篇：組識教學》、張金蘭：《實用華語文教學導論》、世界華語文教育學會編：《第五屆世界華語文教學研討會論文集，教學應用組下冊》。上述多種專書中[23]，並未出現井字格取名法的教學相關論述。

　　就第二點而言，除了匿名審查過我的論文[24]外，目前幾乎沒有學者

---

[21]　字典取名學是創新的語文教學學問，包含井字格取名法和姓名對聯。從寫作教學的角度看，字典取名學有三部曲：一是姓名寫作，二是姓名對聯寫作，三是姓名對聯自傳寫作。

[22]　詳見白朝霞〈姓名文化與對外漢語教學〉，《雲南師範大學學報（對外漢語教學與研究版）》4卷4期（2006年7月），頁61。

[23]　專書的相關資訊，請參見文末的參考文獻。

[24]　例如，筆者曾發表〈運用井字格取名法進行華語識字教學〉，《臺灣科技大學人文社會學報》9卷2期（2013年6月），頁107-126。

注意到這項創新的語文教學法，而井字格取名法是我所提出的語文教學法，目前已申請到發明專利證書[25]。並已發表〈初探創作姓名對聯之具體策略及其應用〉[26]、〈略談井字格取名法對語文教學之創新意義〉[27]、〈運用井字格取名法進行華語識字教學〉[28]等三篇學術論文，一篇學術研討會論文〈井字格取名法對國文教學之創新思維——以老子、白居易和許慎爲例〉[29]，一本專著《應用華語文：以字典取名學爲例》[30]，頗受學術界肯定。

從上述研究成果來看，井字格取名法已成功運用在語文教學課程，但我認爲應再拓展其國際性，讓外國人也了解臺灣創新的語文教學法，吸引更多外籍學者來研究，從而使井字格取名法成爲發揚中華文化的新學問，因此我想設計一位外國人取中文名的漢字教學課程。

本文假設賈伯斯（Steve Jobs）來臺學華語，將如何取中文名爲引起動機的教學問題開始，設計一個取名的教學活動，逐步展示井字格取名法與漢字學習之間的關係，這個過程包含查字典、認識漢字形音義、掌握部首要件、漢字配對成多組名字，詮釋名字之內涵，最後則投票擇

---

[25] 本法已獲經濟部智慧財產局核發中華民國專利證書，證號爲發明第I 464610號。本法申請過程先是通過中山大學產學營運中心技審會審查，發文字號：中101產學字第099號，而獲經費補助自經濟部申請發明專利，發明名稱「借助電腦選取名稱之方法、電腦程式產品及電腦可讀取記錄媒體」，校內編號101026TW，經濟部智慧財產局申請案號101118553，特此致謝，並希望本法能於未來對國家及全世界漢語教學有所貢獻。

[26] 謝明輝：〈初探創作姓名對聯之具體策略及其應用〉，《國立臺灣科技大學人文社會學報》8卷4期（2011年12月），頁325-345。

[27] 謝明輝：〈略談井字格取名法對语文教學之創新意義〉，《中國語文》月刊第668期（2013年2月），頁69-74。

[28] 謝明輝：〈運用井字格取名法進行華語識字教學〉，《國立臺灣科技大學人文社會學報》9卷2期（2013年6月），頁107-126。

[29] 謝明輝：〈井字格取名法對國文教學之創新思維——以老子、白居易和許慎爲例〉，《第二屆全國大一國文創新教學研討會會議論文》（臺北：致理技術學院，2013年6月4日），頁154-168。

[30] 謝明輝：《應用華語文：以字典取名學爲例》（高雄：麗文文化公司，2012年）。

一適當名字等活動細節。而這課程設計的目的不僅替賈伯斯取一個道地的中文名字，亦促成課堂實施中的師生互動，在有趣的課程安排下，達到認識漢字形音義的學習目的[31]。

二、井字格取名法之相關理論

由於進行井字格取名法落實教學的過程中，第一個步驟須查看姓氏取名參考表，如圖9：

(1)	(1)	(1)	(1)	(1)	(1)	(1)	(1)	(1)	(1)	(1)	(1)
2	2	2	3	3	4	4	4	5	5	5	6
19	13	11	20	18	19	13	3	12	20	18	10
4	20	20	12	14	2	4	14	6	4	6	7
—	—	—	—	—	—	—	—	—	—	—	—
25	35	33	35	35	25	21	21	23	29	29	23
(1)	(1)	(1)	(1)	(1)	(1)	(1)	(1)	(1)	(1)	(1)	(1)
6	7	7	7	8	8	8	8	8	9	9	9
12	9	18	10	23	9	9	7	13	9	12	22
23	16	6	15	2	16	7	16	20	6	20	10
—	—	—	—	—	—	—	—	—	—	—	—
41	32	31	32	33	33	24	31	41	24	41	41
(1)	(1)	(1)	(1)	(1)	(1)	(1)	(1)	(1)	(1)	(1)	(1)
9	10	10	10	10	11	11	11	11	12	12	12
7	21	3	13	3	12	10	24	12	13	11	13
16	2	12	12	10	12	20	13	14	10	10	4
—	—	—	—	—	—	—	—	—	—	—	—
32	33	25	35	23	35	41	48	37	35	33	29

―――――――――
[31] 本文已在第十二屆臺灣華語文教學年會國際學術研討會中宣讀，感謝匿名學者審查通過。

(1)	(1)	(1)	(1)	(1)	(1)	(1)	(1)	(1)	(1)	(1)	(1)
12	12	13	13	13	13	14	14	14	14	15	15
19	9	3	12	12	12	9	9	11	21	20	10
14	12	15	4	6	12	6	22	12	12	4	8
—	—	—	—	—	—	—	—	—	—	—	—
45	33	31	29	31	37	29	45	37	47	39	33
(1)	(1)	(1)	(1)	(1)	(1)	(1)	(1)	(1)	(1)	(1)	(1)
15	15	16	16	16	16	17	17	17	17	18	18
2	10	9	13	2	9	8	22	18	12	17	11
14	6	14	4	14	6	7	9	17	6	6	10
—	—	—	—	—	—	—	—	—	—	—	—
31	31	39	33	32	31	32	48	52	35	41	39
(1)	(1)	(1)	(1)	(1)	(1)	(1)	(1)	(1)	(1)	(1)	(1)
18	19	19	19	20	20	20	21	21	21	22	22
17	12	6	22	13	3	1	20	8	12	13	3
10	20	7	7	12	2	12	4	10	4	2	12
—	—	—	—	—	—	—	—	—	—	—	—
45	51	32	48	45	25	33	45	39	37	37	37

圖9

　　表內有好幾欄數字，許多人可能看不大懂，因此有必要在此做一說明。

　　每欄有四個數字，第一個數字代表姓氏筆畫數，第二及三個的數字代表名字筆畫數，最底部的是姓名三個字的總筆畫數。例如，左上方第一個欄位中，顯示2、19、4、25；2是姓氏筆畫數，姓丁的，就可使用此欄位。而外國人則看英文字母排序，2即是A，3即是B，依此類推，看外國人姓氏的開頭字母來判斷。像賈伯斯的姓氏是Jobs，開頭為J，英文字母排為10，但取名表從2開始，所以要查11。

　　「姓氏取名參考表」主要是符合筆畫吉大於凶，五行生大於剋兩個原理。

㈠筆畫數吉大於凶

　　關於第一橫列如下：

(1)	(1)	(1)	(1)	(1)	(1)	(1)	(1)	(1)	(1)	(1)	(1)
2	2	2	3	3	4	4	4	5	5	5	6
19	13	11	20	18	19	13	3	12	20	18	10
4	20	20	12	14	2	4	14	6	4	6	7
—	—	—	—	—	—	—	—	—	—	—	—
25	35	33	35	35	25	21	21	23	29	29	23

$\qquad$ 1

$\qquad$ 2　　　　　　　＞A　3吉

吉5E＜　　　　　　19　　　　　　＞B21吉

$\qquad$ 4　　　　　　　＞C23吉

$\qquad$ － － －

$\qquad$ D25吉

$\qquad$ 1

$\qquad$ 2　　　　　　　＞A　3吉

吉21E＜　　　　　13　　　　　　＞B15吉

$\qquad$ 20　　　　　　＞C33吉

$\qquad$ － － －

$\qquad$ D35吉

```
                          1
                          2              ＞A 3吉

         吉21E＜           11             ＞B13吉

                          20             ＞C31吉

                          － － －
                          D33吉
```

　　以上為姓氏2畫的姓名圖式[32]，五元素筆畫皆吉數。姓氏2畫有：丁、卜、刀、七。

㈡五行生大於剋

　　在「姓氏取名參考表」的所有欄位中姓名圖式皆符合吉大於凶的原則情況下，我們再以相同方法檢視，看看表內各欄位是否生大於剋？

　　關於第一橫列如下：

(1)	(1)	(1)	(1)	(1)	(1)	(1)	(1)	(1)	(1)	(1)	(1)
2	2	2	3	3	4	4	4	5	5	5	6
19	13	11	20	18	19	13	3	12	20	18	10
4	20	20	12	14	2	4	14	6	4	6	7
—	—	—	—	—	—	—	—	—	—	—	—
25	35	33	35	35	25	21	21	23	29	29	23

---

[32] 所謂的姓名圖式是參照姓名學相關書籍而來，而筆者再融合並解讀為姓名與人生的四大關係，即得出姓名圖式中，看出姓名中的對上關係、對下關係、平等關係及人生總關係，這些關係必須用五行生剋和筆畫吉凶來詮釋，生就是和諧，剋就不合，吉就是好，凶就是差。這部分知識請參謝明輝：《應用華語文：以字典取名學為例》（高雄：麗文文化公司，2012年），頁54-62。

剋土5E＜
    1

    2　　　　　＞A　3生火

    19　　　　＞B21木

    4　　　　　＞C23生火

    －－－

    D25剋土

木剋21E＜
    1

    2　　　　　＞A3　火生

    13　　　　＞B15木

    20　　　　＞C33火生

    －－－

    D35和土

生木21E＜
    1

    2　　　　　＞A3　和火

    11　　　　＞B13火

    20　　　　＞C31生木

    －－－

    D33和火

　　姓氏2畫的姓名圖式中,由元素B為中心來對應其他元素,結果除第一圖二個生對二個剋,即生等於剋外,餘皆生大於剋。

　　以上我舉姓氏2筆畫為例,說明此表符合五行生大於剋,筆畫吉大於凶的原理,其他欄位筆畫,以此類推。許多學者因初次看到這樣的理論,誤以為命理之說,其實若我們不去強調這個理論過程,只注意後面的應用實務,我們將發現,查字典時的選字,以及漢字配對,這兩個步驟都是操之在己,由自己對漢字形音義的學習與理解而配對出的名字。這與先前所謂的姓名學理論何干呢?因此,教學時,筆者則將理論帶過,姓氏取名參考只是一種手段或方法而己,過程中的查字典、漢字配對、活動設計等井字格活動才是語文教學的目的。

三、賈伯斯取中文名過程說明

　　井字格取名法主要是由九個格數所構成,右三格,中三格,左三格。右三格須依姓氏取名參考表填入適當漢字筆畫數字,中三格則依此數字查字典填入適當漢字。查字典時,須依部首查字,突顯漢字字義特色。左三格則由這些漢字群中任意搭配,有意識地構成名字詞語,可選三組姓名候選名單,最後再挑出一組名字作為賈伯斯的中文名。以下我展開賈伯斯取中文名的整過個程:

　　由於姓氏取名參考表須依據姓氏,而賈伯斯(Steve Jobs)的姓氏為Jobs,依中英文姓氏對照表,Jobs的開頭字母J對照中文為11。查姓氏取名參考表後,得出四種可能,我選擇11、10、20、41,那一欄,並填入右三格,如圖10:

賈伯斯(Jobs)	11
	10
	20

圖10

　　而姓氏11畫的字有：張、許、胡、梁、康、曹、范、苗、邢、麥、崔、章、尉、商、寇、梅、那、麻、強、粘、從、崖（頁149）。我將之填入中上格，如圖11：

賈伯斯（Jobs）：張許胡梁康曹范苗邢麥崔章尉商寇梅那麻強粘從崖	11
	10
	20

圖11

　　接下來，井字格取名法的重頭戲則在中中格和中下格，此時要依所喜愛的部首查字典，將所符合的條件填入，其結構用部首隔開，格內將出現源源不絕的漢字，如圖12。

　　而左三格則填入賈伯斯的中文名候選名單，幾組皆可，建議用三組。圖13。

　　經由中三格的漢字群，我挑選出三組候選中文姓名名單，第一組「胡倬懷」，第二組「康俸邁」，第三組「商倜邃」。由於賈伯斯是外國人，故姓氏挑「胡」。他是蘋果電腦公司的創始人之一，將電腦產品行銷全世界，具有偉大的理想，所以我幫他選「倬懷」二字為中文名，因此第一組取為胡倬懷，一位具有崇高遠大抱負的外國人。而第二組「康俸邁」之名中，姓氏「康」，有健康之義，若要做更大的事業，必須要有健康的身體。工作獲得高薪是創業者的共同目標，隨著年紀增長及事業版圖拓展，薪資應與日俱增，故取為「俸邁」，薪俸向前邁進。第三組「商倜邃」之名中，因賈伯斯從事的電腦產業是商業性質，所以姓氏選「商」。他很有想法，不受大學正規教育的局限，自由不拘，在電腦方面精通創新，故選「倜邃」為其名。

　　這三組中文名都不好選，都很特別。當我以此三組為關鍵字在網路上google尋找，竟沒有人取這些名字，透過井字格取名法取出的名字，果真是獨一無二。問題是我要如何從這三組姓名中，挑選較適合賈伯斯呢？先從聲調來看，姓名最好平仄皆有，三個字三個聲調，唸起來較好

賈伯斯（Jobs）：張許胡梁康曹范苗邢麥崔章尉商寇梅那麻強粘從崖	11
庫：藏兵車的地方。 庭：廳堂前的空地。 庤：高峻狀。 彪：豐厚的。 俸（广部7畫，4/7）：薪俸。 倫：條理，秩序。 修：研習，修養。 健：快速。 倬：顯著而巨大。 個：不受拘束。 城（人部8畫，6/50）：城市。 埒：界限，相等。（土部7畫，2/13） 馬、高（10畫部首，2/8）	10
嬴：利潤，勝過。 贍：豐厚，充足。（貝部13畫，2/2） 懷：抱負，想念。 懍：強健的。（心部16畫，2/4） 邁：超越。 邇：近處。 邃：精通，深遠。（辵部13畫，3/8） 諰：讚美。 諝：詢問。（言部13畫，2/8） 醳：甜酒。 醲：醇厚的酒。 醳：醇酒。（西部，3/5） 耀：照射。 翿：古舞者所持的羽扇。（羽部14畫，2/2）	20

圖12

3 2 1 商 康 胡	賈伯斯（Jobs）		11
倜 俸 倬		庫 庭	10
邃 邁 懷		嬴 贍	20

圖13

聽。像「謝明輝」三字，聲調為421，有變化，具抑揚頓挫之美；而第一組「胡倬懷」之名中，聲調為222，讀音太過上揚，缺少變化，故此名可刪；另兩組：「康俸邁」，聲調為144；商倜邃，聲調144，皆為平仄交替，唸起來有美感，可考慮。從意義延展性來看，「康俸邁」包含身心健康與工作薪資增加，而「商倜邃」包含工作性質和工作專業，「倜」也有個性不拘的意思，兩相比較似乎「康俸邁」所涵蓋的範圍較廣，人生價值較大。故最後我選擇「康俸邁」為賈伯斯的中文名，期許他身體健康，薪資愈來愈高。

四、井字格取名法漢字教學活動設計

㈠假設取名問題，引起學習動機

　　井字格取名法運用於課堂教學，講求的是師生互動並激發創意，因此在進行此法教學時必先設計一道有名人物遇到取名問題，如東漢許慎創業開書店，店名如何取？白居易貶官，命運不好，如何改名？比爾・蓋茲來臺求學，中文名如何取？諸如此類的問題[33]。老師先假設：「賈伯斯來臺行銷蘋果電腦，爲貼近中華文化，他應如何取中文名？」這個問題作爲課堂的開始，先寫在黑板上，然後逐步經由師生互動導出答案。井字格取名法的教材可採用謝明輝的《國學與現代生活》或《應用華語文：以字典取名學爲例》，以後者爲佳[34]。此外，尙須準備一本任何版本皆可的字典[35]。

㈡黑板上畫一井字格，展開師生互動

　　進行井字格取名法時，學生必須手頭上有取名參考表和字典。老師開始指導學生查字典解決賈伯斯取中文名的問題。針對取名問題先請學生看看「姓氏取名參考表」，問他們應查哪一欄，賈伯斯應查11畫哪欄，有四種選擇，任選一種作爲課堂教學即可，若選11、10、20那欄，則在黑板上畫上井字格，如圖14：

---

[33] 詳參謝明輝：《應用華語文：以字典取名學爲例》（高雄：麗文文化公司，2012年），第四章〈運用字典，解決取名問題〉，頁171-221。

[34] 《國學與現代生活》是2006年由臺北：秀威資訊出版，當時僅有初步構想，而《應用華語文：以字典取名學爲例》是2012年出版，前後差了六年，這六年正是在課堂實驗過程，終有成果才寫成教材，主要實施學校有：中山大學、臺南大學、臺南應用科大及長榮大學等校之國文課程，亦在臺南應用科大開設「姓名與人生」通識課程。井字格取名法名稱首度出現在《應用華語文：以字典取名學爲例》一書，標誌本書是語文課程的革新成熟之作。

[35] 我採用的是，周何總主編：《國語活用辭典》（臺北：五南圖書公司，1990年）。

	賈伯斯（Jobs）	11
		10
		20

圖14

　　詢問學生應查哪一欄，已開始師生互動，接著詢問：「為何是11、10、20那欄？」姓氏取名參考表的形成，基本上符合筆畫吉大於凶、五行生大於剋的條件。

㈢點名學生上臺在井字格內填入漢字

　　由於右三格已填滿數字，接著六格須再填漢字。中上格請一位學生查11畫姓氏字填入。再者，依部首查字典，每一部首請一位學生查，查完填入中中格和中下格。例如，10畫格，點名甲同學，甲同學想查广部，广部3畫，總筆畫10畫，故他須在字典裡查7畫的字，出現「庫、庭、座、庨、庮、庪和庬」等七字，他覺得「庫、庭、庨、庪」等四字形音義皆不錯，所以上臺填入這四字的形音義，最後寫上「（广部7畫，4/7）」註明所查資訊；4/7表示從七字中選出四字。而乙同學查人部，丙同學查土部，直到中中格填滿為止。再來是20畫格，丁同學喜歡貝部，戊同學喜歡心部，己同學愛辵部，庚同學愛言部，辛同學愛酉部，他們查完後，一一上臺將漢字形音義寫出來。而黑板上會出現這樣的畫面，如圖15。

㈣點名三位同學當紅娘，詮釋名字意義，並投票表決

　　中間三格的每個漢字就像一個人，如何將他們配對成有機的生命體，發揮姓名作用，這就須靠紅娘來牽線。老師點名三位同學來擔任此任務，配對後上臺寫在左三格內。結果1號紅娘填入「胡倬懷」，2號紅娘填「康俸邁」，3號紅娘填「商偶邃」。黑板上出現如圖16畫面：

　　這三位紅娘必須上臺解釋：為何要幫賈伯斯取這樣的名字？意義何在？結果1號同學說賈伯斯是外國人，具有遠大的理想，他將蘋果電腦行銷全球。2號同學說賈伯斯英年早逝，希望他健康並且薪水愈賺愈

賈伯斯（Jobs）：張許胡梁康曹范苗邢麥崔章尉商寇梅那麻強粘從崖	11
庫：藏兵車的地方。 庭：廳堂前的空地。 庥：高峻狀。 庬：豐厚的。 （广部 7畫，4/7） 俸：薪俸。 修：研習，修養。 倫：條理，秩序。 倢：快速。 倬：顯著而巨大。 個：不受拘束。 （人部 8畫，6/50） 城：城市。 埒：界限，相等。 （土部 7畫，2/13） 馬、高 （10畫部首，2/8）	10
贏：利潤，勝過。 瞻：豐厚，充足。 （貝部 13畫，2/2） 懷：抱負，想念。 懔：強健的。 （心部 16畫，2/4） 邁：超越。 邇：近處。 邃：精通，深遠。 （辵部 13畫，3/8） 謹：讚美。 諡：詢問。 （言部 13畫，2/8） 醴：甜酒。 醲：醇厚的酒。 醇：醇酒。 （酉部 13畫，3/5） 耀：照射。 翮：古舞者所持的羽扇。 （羽部 14畫，2/2）	20

圖15

3 2 1 商 康 胡	賈伯斯（Jobs）：張許胡梁康曹范苗邢麥崔章尉商	11
個 俸 倬	庫：藏兵車的地方。 庭：廳堂前的空地。 庥：高峻狀。 庬：豐厚的。 （广部 7畫，4/7） 俸：薪俸。 修：研習，修養。 倫：條理，秩序。 倢：快速。 倬：顯著而巨大。 個：不受拘束。	10
邃 邁 懷	贏：利潤，勝過。 瞻：豐厚，充足。 （貝部 13畫，2/2） 懷：抱負，想念。 懔：強健的。 （心部 16畫，2/4） 邁：超越。 邇：近處。 邃：精通，深遠。	20

圖16

多。3號同學感覺賈伯斯因為有不受拘束的思想並有電腦專業能力，才能開創跨國事業。三位同學各說各的理，口語表達能力都很有水平，但只能選一個名字作為本次課程的答案。請全班投票表決，結果1號「胡倬懷」得8票，2號「康倴邁」得26票，3號「商倜邃」得16票。因此，我們一致幫賈伯斯取中文名為「康倴邁」。

㈤角色扮演，戲劇表演

　　我們從這三位紅娘中選出兩位來進行戲劇表演，最高票者2號來演東方取名大師，最低票1號則演賈伯斯，兩位各站在講臺兩側，中間走道為大西洋。1號賈伯斯同學須搭乘交通工具從西方到東方臺灣來宣傳蘋果電腦，肢體動作須表現出來。譬如，搭船，同學兩手向下划動，划到2號同學面前，若是游泳，也要表現出游過來的動作。當1號搭乘交通工具到2號面前時，兩人則展開對話。

　　　　嗨，取名大師好，我是賈伯斯。

　　　　嗨，賈伯斯好，久仰大名。

　　　　我來臺灣的目的是要宣傳蘋果電腦，但我想取個中文名，入境隨俗，或許能吸引更多的蘋果迷。聽說你是取名大師，你能幫這個忙嗎？

　　　　沒問題，你來找我取名就對了。我運用謝明輝先生的井字格取名法幫你取中文名為「康倴邁」，目的希望你身體健康，薪水愈賺愈多。請問你滿意嗎？

　　　　我非常滿意，這個姓名在網路上找不到耶，正如同我獨一無二。

　　　　（也可回答：不滿意，我早偷學井字格取名法，取了胡倬懷為我的中文名，表達我征服全世界的雄心抱負。）

㈥設計問答或分組討論與評量

井字格內的漢字都可作爲課堂活動設計的參考。例如，老師可以點名幾位學生提問：

1. 中間三格的漢字群中，哪個字代表你現在的心情？爲什麼？
2. 哪幾個字沒看過？學到哪些字？
3. 最討厭哪個字？喜歡哪個字？爲什麼

透過老師的提問，和學生的回答，對於漢字的學習是有深刻的影響。而分組討論也可這樣設計：

1. 除了三位紅娘所配對的中文名外，是否還有其他可能，請四人爲一組，討論出最佳答案，上臺報告。
2. 井字格內所查部首不多，請再找其他部首，配對成更好的中文名，請分組討論，且上臺報告。

至於評量的設計，主要是測驗學生是否確實學會這個取名方法，所以再重新假設取名問題即可，發一張空白紙，寫上取名問題，老師只要看他們寫的過程，就知道學到了什麼。評量可設爲：

1. 試用井字格取名法，幫自己取一個筆名，目的要投稿一篇讀書心得。
2. 媽媽想開服飾店，但不知如何取店名，想請敎博學的你，你如何幫她呢？試用井字格取名法解決。

五、結語

井字格取名法運用於華語文敎學的獨特性，已由兩點證明，在我博覽相關群書後，發現無人研究；另外，本法亦已獲得中華民國專利證書。故而本法可謂學術和敎學兼具的學問。

我透過賈伯斯取中文名的問題設計，導出漢字形音義的學習動機，經由點名多位學生查字典，上臺寫漢字，同學配對漢字成中文名，賈伯斯中文名取爲「康俸邁」，並解說名字意義，再加上戲劇表演活動，分組討論、問答、評量等課程設計，相信學生無形中對漢字形音義產生興

趣;若是外籍生,則設計客制化即可,即依外籍生的程度來設計,像是用簡單部首或是簡單的漢字。井字格取名法是國際性的漢字課程設計,外籍生取中文名亦可採用此法,辦個取名比賽也很有意義。

我希望將來井字格取名法能落實各級學校的語文教學課程上,像是中小學的國文課程上,可假設課本上的某位作家碰到取名問題,大學課程直接開成通識課程,如「姓名與人生」,而海外的華語文教學現場亦可用此法替外籍生取中文名,並從中介紹部首或漢字形音義,而社會大眾學會此法亦能幫助自己解決取名問題。因此,井字格取名法的用處是廣泛的,在華語文教學方法上,尤是助益良多,若能獲得學者先進及華語老師的採用,則我的語文教學研究才有小小的貢獻。

誌謝

我非常感謝下列單位,否則字典取名學將無法面世。經濟部智財局、中山大學產學營運中心、致理技術學院、臺灣科技大學、臺南應用科技大學、中國語文月刊、高雄麗文文化公司、五南文化公司、臺章法學會、華語文學會。

An Innovative Curriculum Design for a Chinese Character : How to Use the Method of Name-Choosing with 井 to Pick a Chinese Name for Steve Jobs

Abstract

This article assumed that Steve Jobs (Steve Jobs) came to Taiwan to learn Chinese Characters. We started with the teaching question of how he could choose a Chinese name, and then designed a teaching activity about name-choosing and displayed the relation between the method of name-choosing with 井 and learning Chinese characters. This process included looking up the word in the dictionary, recognizing the Chinese character's form, sound and meaning, mastering the radical elements, matching many Chinese names, interpreting the connotation of the name and finally choosing a suitable Chinese name. The purpose of this course was to design not only to choose an authentic Chinese name for Steve Jobs, but also to contribute to the implementation of classroom teacher-student interaction. With interesting curriculum, we can reach the learning objectives which help students recognize the form, sound and meaning of Chinese characters.

Key words：The Method of Name-Choosing with 井, Chinese Characters, Chinese Language Teaching, Course Activities.

第三節　透過井字格取名法建立對漢字形音義的理解：以許慎開書店取店名為教學活動引導[36]

摘要

　　本文已展示井字格取名法的漢字教學活動實況。首先，教師必須先設計取名問題導入課程活動，筆者以「假設許慎開書店，店名如何取」的問題出發，學生們集體在黑板上完成了井字格漢字圖。再者，

---

[36] 謝明輝：〈透過井字格取名法建立對漢字形音義的理解：以許慎開書店取店名為教學活動引導〉，「2017漢字與漢字教育國際研討會」，高雄：國立高雄師範大學（2017年1月）。本文將於2018年8月刊於《漢字研究》（*The Journal of Chinese Character Studies, JCCS*），由大韓民國韓國漢字研究所2009年創辦，旨在為世界範圍內漢字研究者和愛好者提供一個學術交流平臺。

運用提問法促進學生思考，而老師要給予學生漢字形音義相關知識的回饋。最後，教師再講解「或」字在形音義結構上的源流發展。本文所提供的漢字教學方法是一種創新且能促進師生互動的有成效的學習，若能透過師資培育方式落實此方法的傳承，將對國際漢字教育的傳播有耳目一新的新奇感受！

關鍵字：井字格取名法、漢字教學、部首、字源、教學活動

一、前言

　　井字格取名法已漸成為學術界重視的新學問，目前透過專利、專書、期刊論文、國內外研討會、教學影片和教學現場等各種姿態呈現。井字格取名法已結合作文、分組討論、課堂活動等形式活化了國語文相關課程。

　　目前兩岸三地關於漢字教學法的探討，王寧在〈漢字教學的原理與各類教學方法的科學運用（下）〉一文中簡要分析幾種主要的識字教學方法：「韻語識字」、「注音識字」、「字族文識字」、「字理識字」、「集中識字」、「分散識字」[37]。李剛《漢語國際教育漢字教學探析》則提出依據六書專案進行舉例分析，以掌握漢字結構的基本規律，從象形字和指事字教起，這對外國留學生的識字有很大幫助[38]。胡甲昌《依形釋義，以聲串字──探索漢字教學新途徑》則提出：「具體做法是每解說一個象形字，隨即列出以該象形字為聲符的形聲字和由形聲字而派生出的形聲字（指事、會意同），這樣就把大量的形聲字分別

＊　〔臺灣〕謝明輝，臺灣亞洲大學通識教育中心助理教授，研究方向：古典文學、漢字教學、華語教學、創意寫作。（shang00007@gmail.com）

37　王寧：〈漢字教學的原理與各類教學方法的科學運用（上）〉，《課程‧教材‧教法》2002年10期，頁1。王寧：〈漢字教學的原理與各類教學方法的科學運用（下）〉，《課程‧教材‧教法》11（2002），頁23。

38　李剛：〈漢語國際教育漢字教學探析〉，《瀋陽大學學報（社會科學版）》2016年3期，頁341。

穿插於象形、指事、會意字之中，使它們和與之相應的象形、指事、會意字有機地結合起來。」[39]筆者將上述兩種稱之為「六書教學法」。李靜峰《論漢字形音義相結合的特點及其在識字教學領域當中的應用》中提出改革識字方案，突出以特點的形識法，以音為特點的音識法，以義為特點的義識法。能正確對待漢字形音義相結合的特點，充分利用漢字字形、字音、字義的聯繫規律，在實踐中均取得了良好的效果[40]。

　　王寧教授以及上述學者在論述漢字各類教學原理與方法時，並未見識到臺灣本土化學問井字格取名法，因此其漢字研究缺少這部分的視野，或可說目前海峽兩岸三地都未真正明白這門學問[41]，而這門學問已獲得發明專利證書，此可證明為獨一無二的教學法，應該要有更多的學者研究及運用於教學現場，以嘉惠學子。

　　井字格學問不僅能以作文、取名、口語表達或思考創造力為目的，尚可以漢字教育為核心開展成一種漢字習得的課堂活動，而本文正是以理解漢字形音義演變為教學目的，其方法則是在井字格取名法的基礎上，再針對井字格內的每個漢字形音義做細部的分析，藉此讓學生更習得漢字形音義，並理解漢字與部首的字義連結，而取名為次要的目標。

　　依據井字格課堂活動，教師必須先設計一個取名問題，再導入師生雙向溝通，故筆者先擬以「許慎欲開書店，店名如何取？」為假設問題作為教學活動的引導，接著在黑板上產生井字格漢字圖，最後教師針對井字格圖中的漢字群來設計提問並解析漢字群的形音義，達到理解漢字形音義的目的。

---

[39]　胡甲昌：〈依形釋義，以聲串字──探索漢字教學新途徑〉，《漢字文化》2006年6期，頁76。

[40]　李靜峰：〈論漢字形音義相結合的特點及其在識字教學領域當中的應用〉，《廣西大學學報（哲學社會科學版）》2002年5期，頁67。

[41]　以謝明輝：《應用華語文：以字典取名學為例》（高雄：麗文文化公司，2012年）及謝明輝：《井字格取名法的創意寫作》（高雄：麗文文化公司，2014年）兩書為代表。

二、許慎開書店取店名如何實施？

　　以「許慎欲開書店，店名如何取？」爲假設問題作爲教學活動的引導，其理由有二：一是提高漢字形音義的理解，二是日後若自行創業，亦能爲公司取名。在告知學生的學習目標後，學生較易進入課堂情境，這時在黑板上寫下問題：許慎開書店，店名如何取[42]？

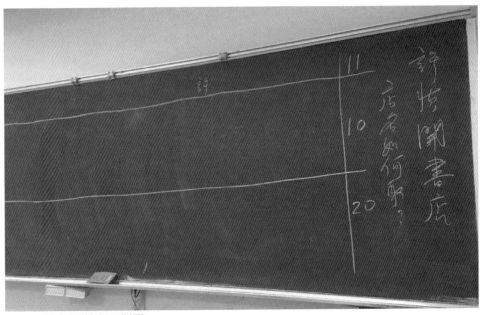

圖17　井字格漢字配對圖

　　然後在黑板上畫一井字格，如下圖所示：

---

[42] 本取名問題已於謝明輝：《井字格取名法的創意寫作》（高雄：麗文文化公司，2014年），頁35-36，一書作爲取名教學的範例，但尚未針對井字格圖中的漢字逐一解釋。亦即，此問題在該書中並非以漢字教學爲目的，而是作爲取名問題的教學範例。本文借用其取名問題及井字格圖（如下圖6）以解讀漢字字義與部首的關係。

圖18　井字格漢字配對圖

　　黑板上有個老師所繪的胖胖井字格，我們觀看的動線是由右至左，分三個部分：右三格，中三格，左三格。這時我們要請學生準備兩項工具：姓氏取名參考表和任一版本的國語字典。「姓氏參考表」[43]如下表：

表1　姓氏取名參考表

(1)	(1)	(1)	(1)	(1)	(1)	(1)	(1)	(1)	(1)	(1)	(1)
2	2	2	3	3	4	4	4	5	5	5	6
19	13	11	20	18	19	13	3	12	20	18	10
4	20	20	12	14	2	4	14	6	4	6	7
—	—	—	—	—	—	—	—	—	—	—	—
25	35	33	35	35	25	21	21	23	29	29	23
(1)	(1)	(1)	(1)	(1)	(1)	(1)	(1)	(1)	(1)	(1)	(1)
6	7	7	7	8	8	8	8	8	9	9	9
12	9	18	10	23	9	9	7	13	9	12	22
23	16	6	15	2	16	7	16	20	6	20	10
—	—	—	—	—	—	—	—	—	—	—	—
41	32	31	32	33	33	24	31	41	24	41	41
(1)	(1)	(1)	(1)	(1)	(1)	(1)	(1)	(1)	(1)	(1)	(1)
9	10	10	10	10	11	11	11	11	12	12	12
7	21	3	13	3	12	10	24	12	13	11	13
16	2	12	12	10	12	20	13	14	10	10	4
—	—	—	—	—	—	—	—	—	—	—	—
32	33	25	35	23	35	41	48	37	35	33	29
(1)	(1)	(1)	(1)	(1)	(1)	(1)	(1)	(1)	(1)	(1)	(1)
12	12	13	13	13	13	14	14	14	14	15	15
19	9	3	12	12	12	9	9	11	21	20	10
14	12	15	4	6	12	6	22	12	12	4	8
—	—	—	—	—	—	—	—	—	—	—	—
45	33	31	29	31	37	29	45	37	47	39	33
(1)	(1)	(1)	(1)	(1)	(1)	(1)	(1)	(1)	(1)	(1)	(1)
15	15	16	16	16	16	17	17	17	17	18	18
2	10	9	13	2	9	8	22	18	12	17	11
14	6	14	4	14	6	7	9	17	6	6	10
—	—	—	—	—	—	—	—	—	—	—	—
31	31	39	33	32	31	32	48	52	35	41	39

(1)	(1)	(1)	(1)	(1)	(1)	(1)	(1)	(1)	(1)	(1)	(1)
18	19	19	19	20	20	20	21	21	21	22	22
17	12	6	22	13	3	1	20	8	12	13	3
10	20	7	7	12	2	12	4	10	4	2	12
—	—	—	—	—	—	—	—	—	—	—	—
45	51	32	48	45	25	33	45	39	37	37	37

　　我們觀看上表的動線是由左至右、由上而下，每個欄位有五個數字，(1)下的第一個數字是姓氏筆畫數，第二和第三為名字筆畫數，最後一個數字是姓和名字的筆畫數總和。表中，我們從左上方那欄的姓氏筆畫數2看起，筆畫數一直增加，至右下方的那欄姓氏筆畫數22。而許愼姓氏為許，11畫，查11畫的欄位，得下列四種選擇：

表2

(1)	(1)	(1)	(1)
11	11	11	11
12	10	24	12
12	20	13	14
—	—	—	—
35	41	48	37

　　四種選擇皆可，我們選第二種11、10、20，此為姓名的的三個筆畫數，填入黑板上井字格的右三格，便得上列的上課照片。接著，請學生查字典，上臺將10畫及20畫的空白處填滿，詳見下圖：

　　中間三格填滿後，左三格再請學生二位來配對，兩位同學分別配對成「玲鐸書局」、「恆曦股份有限公司」。如下圖所示：

　　請這兩位學生上臺發表為何幫許愼取這樣店名的理由之前，筆者必須針對井字格內的漢字群向學生提問幾道問題，這可作為師生互動的手段之一。例如：「井字格中的哪個字是你2014年的代表字？哪些字你從未見過？哪個字形容你此刻的心情？」教師可任意點名學生，學生則

圖19 學生逐一查字典上臺填寫

圖20 學生集體完成井字格漢字配對圖

圖21　學生上臺說明漢字配對成店名的理由

針對教師的提問而做回答。之後教師要對學生所提的井字格漢字做深入
的漢字形音義分析，可請學生自行查閱，自主學習，亦可教師做重點式
的漢字源流解說與補充。

三、運用提問展開井字格中漢字形音義源流教學

　　同學們在課堂上集體依部首查字典，並點名上臺填滿井字格，這個
活動一方面促進師生互動，一方面也能防止上課睡覺。筆者自行查閱如
圖22：

　　此圖可運用提問來進行漢字教學[44]。請學生觀看黑板或上圖，提

---

[44] 此圖請參閱謝明輝：《井字格取名法的創意寫作》，頁35。若教師欲進行其他取名問題來活化
漢字教學，請詳參謝明輝：《應用華語文：以字典取名學為例》，頁174-221。例如：「假設
老子生龍鳳胎，如何取嬰兒名？白居易和歐陽修命運多舛，如何改名？謝靈運上網，如何取網
路暱稱？女詩人薛濤如何取筆名？比爾‧蓋茲來臺求學，如何取中文名？」諸如以上的取名問
題，在書中皆有詳解，請教師自行運用。

	許（取店名時，姓氏不列入考量。）	11
席：座位，宴會。 帩：古男用頭巾。 師：軍旅，老師。 帨：古女用佩巾。 （巾部 7畫，4/4） 晉：日光所至而萬物滋長，進。 晏：天晴，和平，晚。 晟：明亮。 晃：照耀。 晁：朝日已出。 （日部 6畫，5/11） 彧：文章美好，有文彩的，通「郁」。 （彡部 7畫，1/1） 益：好處，富裕。 盉：古調酒器，調味。 （皿部 5畫，2/4） 庫：存物之地。 庪：貯藏，通「庋」。 庠：屋宇深闊。 （广部 7畫，3/7）		10
馨：芳香遠聞。 （香部 11畫，1/1） 瞻：豐厚。 （貝部 13畫，1/2） 醴：甜酒，甘泉。 醳：醇酒。 （酉部 13畫，2/5） 譯：溝通，詮釋。 譓：讚美。 議：討論。 （言部 13畫，3/1） 瓊：美玉，美好的。 瓅：珠光閃耀。 （玉部 15畫，2/4） 籌：計算，謀劃。 籛：竹製樂器。 籍：書冊。 （竹部 14畫，3/6） 騰：奔馳。 （馬部 10畫，1/14）		20

圖22　許氏井字格漢字配對圖

問：「你學了井字格取名法後，請選用井字格內的一字來形容你的感受？」「井字格中有哪些字從未見過？」「請從井字格中選一字以代表你優點的字？」解讀時，從部首切入，聯繫同部首之字做全面式的解詮。

㈠井字格圖中部首與漢字的關係

筆者認為，在依部首查字典的過程中，學生從實作經驗中經由理解漢字形音義，進而體會漢字之美，並因實際了解漢字與部首的密切關係，也可推及即使未看過的漢字，而能從部首判斷其義，井字格圖中的漢字群已顯示出部首與漢字的關係，以下分10畫和20畫格中的漢字

群，加以分析說明[45]：

1.井字格中10畫的漢字群

　　上列許氏井字格漢字配對圖中，中二格筆畫數10的欄位，筆者共查了巾部、日部、彡部、皿部、广部等部首，這些部首是依個人喜好任意挑選的，當我們填滿井字格的空間後，便可全面審視漢字群與部首有著字義上的關聯。例如，巾部有「席、帩、師、帨」等四字，都與「巾」的本義「佩巾」有相關的意義，如下圖

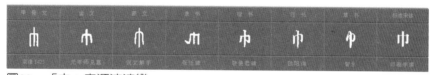

圖23　「巾」字源流演變

　　巾從甲骨文至今楷書，字形變化不大，容易辨識。而字音，就《廣韻》載曰：「居銀切。巾小韻見母眞B韻三等開口。」而其字義，據《象形字典》指出：「巾，甲骨文 $\sqcap$ 像是用帶子 $|$ 繫吊的一塊下垂的布 $\sqcap$ 。造字本義：用布帛製作的繫佩飾物。金文 $\sqcap$ 、篆文 $\sqcap$ 承續甲骨文字形。」而《說文解字》解說得更簡潔，載曰：「巾，佩巾也。從冂，丨象糸也。凡巾之屬皆從巾。」由此可知，巾在《說文》時代，被定義爲部首字，意思是佩帶布帛飾物。「席、師和帨」在《說文解字》中都是巾之屬之類，意義與佩巾相關，「師」雖然是軍隊之義，但可想像爲軍服上的佩件；但「帩」在《廣韻》時代才出現[46]，縛也，現代意思是古

---

[45] 本文所查詢的字典資源，除了紙本外，尚利用線上資源，如：教育部《異體字字典》http://dict.variants.moe.edu.tw/variants/rbt/query_by_standard_tiles.rbt；象形字典http://www.vividict.com/WordInfo.aspx?id=1132；漢典http://www.zdic.net/z/jbs；韻典網http://ytenx.org/zim?dzih=%E5%B7%BE&dzyen=1&jtkb=1&jtdt=1。井字格圖中的漢字最好是繁體字比較能顯示其來源及祖宗生活文化，因此查字典的版本盡量以繁體字爲主，若須簡體字再轉換即可。若教師僅以學會取名爲目的的話，則筆畫數依簡體字的筆畫亦無妨。

[46] 詳參教育部《異體字字典》，11月6日查詢http://dict.variants.moe.edu.tw/variants/rbt/word_

代男子綁 用的頭巾,因此「席、師、帨、帩」四字字義皆與巾有關。

　　其他部首所列出的字群,也都可看出字義連結的關係,「晉、晏、晟、晃、晁」等五字與太陽之光相關。彡部首在《說文解字》的解釋是:「毛飾畫文也。象形。凡彡之屬皆從彡。」此字甲骨文缺,金文或小篆才出現,有花紋或毛髮裝飾的意思[47]。而「或」有文采之義,「彡」與「或」意義相關。「皿」,飯食之用器,而「益」本義是盛器水滿而溢出,故而與「皿」義相關。「广」,因广為屋,象對刺高屋之形,就山岩構成之屋;引申為廣闊、收藏之義。故而與「庫、庪、庨」有相連之義。

2.井字格中20畫的漢字群

　　上列井字格圖中,中二格筆畫數20的欄位,筆者共查了香部、貝部、酉部、言部、玉部、竹部、馬部等部首,當我們細看每個部首所挑的字,兩者的意義連結是很明顯的。

　　「香」,《象形字典》中,認為:「享用麥、黍五穀做成的熱食時體驗到的怡人氣味」,《說文解字》則簡單說:「芳也」,香氣之義,這與「馨」字的芳香遠聞之義相關。「貝」,《說文解字》解曰:「海介蟲也,古者貨貝而寶龜。」[48]本義為有甲殼的軟體動物,古代用貝殼做貨幣,稱為「貝貨」。而引申為富足之義,是因財貨累積變多,故「贍」和「貝」,兩者之義相關。「酉」,《象形字典》中,解曰:「釀在大缸裡的酒」,意義與酒有關。「醇」為醇酒,醴為甜

---

attribute.rbt?quote_code=QjAwOTI4。本線上字典所查之字,若《說文解字》有,則列出大徐本和段注本,若無,則不列,「帩」則從《廣韻》開始列,可見《說文》無此字。且筆者也實際查詢東漢許慎撰,清代段玉裁注,民國魯實先正補:《說文解字注》(臺北:黎明文化公司,1994年)以及高樹藩編纂:《正中形音義綜合大字典》(臺北:正中書局,2002年)。兩書亦缺「帩」字。而井字格圖的「帩」字,是筆者查詢周何總主編:《國語活用辭典》(臺北:五南書局,2000年),頁597。

47 高樹藩編纂:《正中形音義綜合大字典》(臺北:正中書局,2002年),頁433。

48 《說文解字注》,貝部,頁281-282。

酒，皆與酒相關。「言」，《象形字典》說：「言，甲骨文🔥在舌🔥的舌尖位置加一短橫指事符號一，表示舌頭發出的動作。造字本義：鼓舌說話。金文🔥將甲骨文的🔥寫成🔥。篆文🔥再加一橫指事符號。隸書簡寫成言，完全失去舌形。」《說文解字注》則說：「直言曰言，論難曰語。」可知「言」有開口說話、談論之義。而「譯」為溝通，「讕」為讚美，「議」為討論，三者從「言」之旁的字都與「言」的本義相關。「玉」，《象形字典》解為：「用絲繩串起來的珍玩寶石。」《說文解字注》說：「石之美者」，美麗的玉石。「瓊」，美玉，而瓅，珠光閃耀，皆與玉之義相關。「竹」，《象形字典》解為：「甲骨文𝓐像兩根細枝上垂下的六片葉子。造字本義：名詞，溫帶或熱帶禾本科植物，空心，有結，長筍。」竹為葉子向下垂的植物。而「籌」為計算，「甄」為竹製樂器，「籍」為書冊，都是竹的引申義，意義相關。「馬」，動物名，而「騰」為馬奔馳，故而兩者意義相關。

　　以上筆者從井字格圖中，考察中二格和中三格內的漢字群，一字與其部首有著相關的意義，學生在查閱字典過程中，若事前由教師說明漢字與部首的關係，再導入井字格取名活動，則能達成理解漢字形音義的深層結構關係。

㈡透過師生提問對話來探討漢字形音義及其字源

　　我們突破了老師僅單方面的講授方法，運用井字格圖中的漢字群來設計提問，因為提問是獲取知識的重要方法，也可促進學生對漢字形音義的思考，以下則以幾道關於漢字的提問，來強調提問與井字格圖的連結性。

1.選用井字格內的一字來形容你的感受

　　教師藉由井字格圖與學生進行提問對話，提問：「選用井字格內的一字來形容你的感受」，假設甲同學說：「席」，「因為今天聽聞老師講解井字格取名法的內涵後，加上在黑板上大部分同學的實作，提升我們的學習興趣，增加對漢字的理解，我認為井字格取名法在將來會占有一席之地」。教師接著對席字進行字源分析，如圖24：

圖24　「席」字源流演變

　　井字格圖中的巾部字除了「席」之外，還有「帨、師、帨」三字，其義也都與巾類似，這樣同學就對巾和其他巾部字有印象深刻，而教師就達成講授漢字形音義的目的了。

　　假設乙同學形容此刻內在的感受說：「馨」，「當我聽到井字格取名法並實作查字典時，感覺到整個人就像芬芳的花朵般，充滿馨香」！

圖25　「馨」字源流演變

　　《象形字典》說：「殸，既是聲旁也是形旁，是『磬』的省略，表示敲擊石樂器時發出的悠遠、寧靜的樂音。馨，金文 會意線索不明。篆文 （磬，悠遠寧靜的磬樂）+ （香），表示香息如樂，悠遠寧靜。造字本義：寧靜怡人的香氣。」「馨」屬於香部，再補充「香」的意思，如圖26：

圖26　「香」字源流演變

　　《象形字典》說：「香，甲骨文 = （散發著怡人氣味 的麵食 ）+ （口，吃、品嘗），表示享用熱騰騰的麵食時所體驗到的怡人氣味。有的甲骨文 將 寫成 ，省去麵食上的熱氣 。有的甲骨文

將甲骨文的「口」 寫成「甘」 ，強調「香」爲一種「怡人的口感」。篆文 將甲骨文字形中的「麥」 寫成「黍」 ，表示黍子煮熟時的可人氣味。造字本義：享用麥、黍五穀做成的熱食時體驗到的怡人氣味。隸書 則將篆文字形中的「黍」 簡寫成「禾」 ，表示「香」來自五穀糧食；同時誤將篆文字形中的「甘」 寫成「日」 ，導致字形費解。」

　　上列引用《象形字典》對馨和香的字源解讀，有助學生對漢字的理解。

2. 井字格中有哪些字從未見過？

　　學生集體所完成的井字格圖中，必然有人不一定全然看過這些字，所以這過程本身就是學習漢字的過程，這時教師向點名一位學生提問：「井字格中有哪些字從未見過？」假設同學回答：「庪」，「此字竟有收藏之義，實在不理解」。然後教師針對「庪」做解析。

　　「庪」字從广部，其據《廣韻》的解釋是因岩爲屋，意指依山崖所建造的房屋，《說文》段注本說：「象岩上有屋」，讀若「儢然」之「儢」[49]。「庪」，具有收藏、埋藏之義，與「广」字之本義「依山崖所建造的房屋」有引申的連結。

3. 請從井字格中選一字以代表你優點的字

　　教師也可運用井字格圖提問：「請從井字格中選一字以代表你優點的字。」假設同學回答：「彧」，「因爲我作文常得獎，文采就是我的專長，將來可出書造福人類」。之後，教師則針對「彧」做進一步分析。

　　「彧」，從彡部，有文采的意思，與「馘、鬱」並通。《說文解

49　教育部《異體字字典》，广，http://dict.variants.moe.edu.tw/variants/rbt/word_attribute.rbt?quote_code=QTAxMjMw

字》未收錄此字[50]。彡，《說文解字》說：「毛飾畫文也，象形。」其義爲物體上裝飾毛髮或是綴以圖畫，類似插圖之類的。這種在質樸的主體上加上裝飾物之義，而具有文采，所以明顯看出「彧」與本義彡和引申義連結[51]。

以上主要透過課堂中教師針對井字格圖的提問來補充或講解漢字形音義知識及用法，加深學生識字或應用效果。

四、結論

井字格取名法是一門很創新或說是獨特的漢字課堂活動設計，改善了漢字教育中的教師在課堂講解而學生在臺下聽講的單向教學模式。本文已展示井字格取名法的漢字教學活動實況，首先，教師必須先設計取名問題導入課程活動，筆者以「假設許愼開書店，店名如何取」的問題出發，學生們集體在黑板上完成了井字格漢字配對圖，接著運用提問法促進學生思考，如：「選用井字格內的一字來形容你的感受。」「井字格中有哪些字從未見過？」「請從井字格中選一字以代表你優點的字。」等三個問題，他們必須從黑板上的井字格漢字圖來挑選適合的答案。然後老師要給予學生漢字形音義相關知識的回饋。例如，井字格圖中部首與漢字的關係，像是「巾」和「席、師、帨、帩」四字是有意義上的關聯。在師生問答之中，學生由於和教師有漢字提問以及查字典上臺塡寫井字格漢字群的雙向互動，不僅促進學生對漢字形音義的理解，

---

[50] 教育部《異體字字典》，字型大小B01023，http://dict.variants.moe.edu.tw/variants/rbt/word_attribute.rbt?quote_code=QjAxMDIz

[51] 趙志剛對「彡」的字源做了解說：「鼓聲的象徵符號」，可以參考。「彡」本義應當為鼓聲之象徵符號。後引申擴大為毛髮、彩飾、垂穗、飄帶、聲響、光影、氣味等各種各樣條狀細軟、晃動之物的象徵符號。趙志剛：〈對漢字部件中意象的動態考察〉，《衡水學院學報》2015年6期，頁107。教師在課後，可請學生就井字格漢字配對圖中任選一字，回家查詢其形音義之來源與演變，可增加學生對漢字更深的體會。或另設一道取名問題，依本文所揭示的課程步驟重新演練一次。

也增進師生的學習情感，從而活化漢字教學的課堂樂趣與意義。

　　總之，將井字格取名法融入漢字教育的課堂活動設計，無論對外漢字教學或是臺灣本土的中小學漢字教育皆可適用。亦即，無論是以外國人爲教學對象或是兩岸三地的漢字相關課程，俱能由此種創新漢字教學法獲得樂趣與知識。筆者希望井字格取名法能推廣到全世界的各個角落，尤其是漢字文化圈，因爲相對於西方，井字格取名法是中華文化存在的思想寶貝，歐美國家見識到後，必發出讚歎的一笑！

To Create a Comprehension of the Shape, Sound and Meaning of Chinese Characters Through "The Method of Name-choosing with 井」": Guided by how to Make a Xu Shen's Bookstore Name as a Teaching Activity

Abstract

　　This article has shown the actuality of Chinese character teaching activities by using the method of name-choosing with井。First of all, teachers must first design the name question into the curriculum activity, While I started from the question of "assume Xu Shen's opening of a bookstore and how to get the name of the store." The students collectively completed the kanji character on the blackboard. Furthermore, the questioning method is used to promote student thinking, and the teacher is to give students feedback on the knowledge of the Chinese characters, sounds, and meanings. Finally, the teacher will explain the origin and development of the word 「或」 in the structure of shape, sound, and meaning. The Chinese character teaching method provided in this article is an innovative and effective learning that can promote teacher-student interaction. If we can implement this method through teacher education, we will have a refreshing experience in the dissemination of international character education!

Keywords：The Method of Name-choosing with井，Chinese character teaching, radical, Word source, Teaching activities

第六章
結論

　　本書已試圖解決如何創新語文教學及井字格理論應用在各種教學樣態的兩大問題，進而體現研究和教學實踐的可能性。就語文教師而言，只要任選一種文本，哪怕是古典小說或古典詩，都能在課堂上進行井字格取名法的二道提問式活動。且在上課前，亦可交代學生運用井字格時鐘意象法來進行系統且邏輯的文本閱讀及作者分析，有助學生的語文及寫作能力。若是不用文本的話，亦可隨機設計一道取名問題，自可進入教學活動，以促進師生的對語連結。此外，就學生而言，學生運用井字格時鐘意象法來分析作者及文本，一方面促進對文本的思考能力及感受思維，一方面亦能對作者的生命遭際有一啓發式的覺醒，達到見賢思齊之效果。另外，在井字格取名法的各種語文學習活動中，亦能感悟到語文的創新教學景象，進而開發其對人生之創新思維。

　　在當今臺灣高教少子化的現實情況下，中文領域的研究是要鎖在學術狹窄的泥淖裡？抑或是要呼應現今臺灣大學院校所面臨的實際困境而探索一種新的學術內涵？本書則結合研究和教學的理路出發，將古今中文領域相關的書籍統整成一種可實施於語文教學相關的課程之中，其理路有四大主軸：「理論詮釋」、「創意寫作」、「教學活動」、「華語及漢字教學」，以此爲本書各大章，而各章皆設有提要來說明每篇論文所歸屬的內在邏輯和理由。本書透過已發表的十四篇論文加以論述井字格取名法如何融入語文教學之課程中。

　　在理論基礎上，我試圖解決語文教學上的問題。如何提起學生對閱讀文章的興趣，並在閱讀文章後，能受文章的啓發以撰寫具有生命感悟的文章，尤其是對生活有感的文章。在〈從閱讀他創文本〈鐵魚〉到書寫自創文本〈鐵魚〉：以井字格閱讀寫作理論爲教學策略〉一文中，我

提出井字格時鐘意象法來分析〈鐵魚〉文本及作者廖鴻基，此稱之為井字格閱讀理論；再就〈鐵魚〉文本設計二道提問，協助學生引導思考自然萬物平等的議題，並創作出有感發的文章，此所謂井字格寫作理論，兩者皆為創新的語文教學。其次，在〈字典取名學與章法學關係析論〉一文中，則是談及文章的構成要素，從漢字、詞語、對聯、自傳段落，到各類文章等等，皆可透過非文本式的提問，產生井字格漢字配對圖，然後經由師生對話，逐步產生文章，這些文章都可成為章法學的分析材料，在未來則成為文獻文本。另外，在〈井字格取名法寫作格式之形成〉一文中，我提出文本式的二道提問。所謂的「井字格作文」的格式，強調只要任一文本皆可設計創意作文的兩道提問，第一道是關於取名問題，因為文本必然出現萬物，若讀者的我們對文本中的萬物有感動，接著替某物取名，就像父母替子女取名一樣，就有產生兩者之間的情感連結，透過取名的過程，我們逐漸對文本產生興趣，從而提升學生對文本的興趣。此時所產生出的井字格漢字配對圖，則成為個人的生命資產，可利用送字的概念來引導生命創作。

在創意寫作上，我舉兩篇古詩來實際操作，論證兩道提問之文本式的引導寫作模式，確實能使學生撰寫出有生命有溫度的感人文章，而非無病呻吟。〈結合井字格取名法設計王勃〈送杜少府之任蜀州〉一詩的創意寫作活動〉和〈井字格取名法之寫作格式設計：以王勃〈送杜少府之任蜀州〉一詩為例〉二文中，主要說明從〈送杜少府之任蜀州〉一詩中來設計兩道提問，以及如何解決取名問題，到最後，學生產出劇本、書信、散文和新詩等各類文體創作。而〈從〈歲暮到家〉一詩設計借物抒情的生命敘事書寫：以井字格取名法為引導策略〉一文中，則是從清詩的文本來設計兩道提問，並從學生所產出的文本中，製表分析，強調他們的文本產出與井字格取名法有密切的引導關係。

在教學活動上，為了促進師生互動，提升學生對國文或中文教學上的興趣，五篇論文中，提供豐富多元的課室內或外的活動學習單。此部分即設計一道取名問題即可進入師生互動的教學趣味。〈略談井字格取名法對語文教學之創新意義〉一文中，所設計的提問是：如何替謝靈運取網路暱稱？而另一文〈井字格取名法對國文教學之創新思維——以老

子、白居易和許愼爲例〉中，則分別設計了「假設老子生龍鳳胎，如何取名？假設白居易欲改名，如何解決？假設許愼開書店，如何取名？」等等的這幾種取名教學活動，除了提升學生語文能力，亦能習得實際取名技能。〈試論井字格取名法的教學活動設計對學生人文素養及社會能力之培養〉一文中，則舉各種類別的學習單，提供教師們在課堂活動上做參考。〈井字格取名法在美術館巡禮和校園散步的教學活動設計〉一文，則設計教室外的教學活動，並提供學生作品分析表來論述，增進井字格取名法與教室外活動之關係。〈井字格取名法在翻轉教學上的運用〉一文則強調使用我所錄製的教學影片來進行課前預習而課堂活動及解疑的翻轉教學，對於創新教學上也能提升學習成效。

　　華語及漢字教學上，主要也是運用非文本式的一道取名提問。在〈運用井字格取名法進行華語識字教學〉一文中，我所設計的問題是：假設微軟總裁Bill Gates來臺灣求學，如何取中文名？此文亦論述傳統取名文化，井字格取名法的理論來源，可全面理解井字格取名法的內涵。另一文〈試論一種創新的漢字教學課程設計：以井字格取名法替賈伯斯（Steve Jobs）取中文名爲例〉中，假設「賈伯斯（Steve Jobs）來臺學華語，將如何取中文名？」爲問題，並提供多種課堂教學活動。〈透過井字格取名法建立對漢字形音義的理解：以許愼開書店取店名爲教學活動引導〉一文中，透過取店名的過程，集中在井字格中漢字群的漢字形音義的來源及其發展，對漢字教學有很大的助益。

　　井字格取名法在未來仍有持續探究的前瞻價值：第一，深化寫作理論。在第一道取名問題中，萬物取名與文學理論的關係，作者如何選擇所感動之物進入文本，讀者又是如何針對文本中的萬物取名。第二，兩道式的提問能否在《文心雕龍》或其他文學理論家找到依據？第三，井字格漢字配對圖與語法有何連結？第四，井字格取名法與閱讀寫作的關係是什麼？第五，除了古詩和散文以外，其他文類的井字格操作，如小說、新詩以及新聞報導等。日後可透過多種文類的井字格研究，充實此一議題的教學內涵。

　　綜上所論，期待未來更多學者投入研究井字格議題的教學實踐，或許在國文教學或語文教學將有更多的社會貢獻！

重要參考文獻

一、專書

1. 古籍

西漢司馬遷：《史記》（北京：中華書局，1997年）。

東漢許慎撰，清代段玉裁注，民國魯實先正補：《說文解字注》（臺北：黎明文化公司，1994年）。

梁朝劉勰著，陸侃如、牟世金譯注：《文心雕龍譯注》（濟南：齊魯書社，1996年11月第2次印刷）。

後晉劉昫等：《舊唐書》（北京：中華書局，1997年）。

宋朝司馬光編著，元胡三省音注：《資治通鑑》（北京：中華書局，1996年）。

宋朝歐陽修、宋祁編：《新唐書》（北京：中華書局，1997年）。

清代彭定求等編：《全唐詩》（北京：中華書局，1996年）。

2. 近人著作

內政部：《臺閩地區姓氏統計》（臺北：內政部戶政司，2005年）。

21世紀研究會編，張佩茹譯：《人名的世界地圖》（臺北：時報文化公司，2002年）。

Lansky & Sinrod編著，李金蓉譯：《英文命名DIY・女子篇》（臺北：寂天文化，1999年）。

Lansky & Sinrod編著，李金蓉譯：《英文命名DIY・男子篇》（臺北：寂天文化，1999年）。

丁山：《甲骨文所見氏族及其制度》（北京：中華書局，1988年）。

仇小屏：《文章章法論》（臺北：萬卷樓圖書公司，1998年）。

仇小屏：《古典詩詞時空設計美學》（臺北：文津出版社，2002年）。

仇小屏：《深入課文的一把鑰匙：章法教學》（臺北：萬卷樓圖書公司，2002年）。

方淑貞：《FUN的教學：圖畫書與語文教學》（臺北：心理出版社，2010年）。

王力：《中國語言學史》（臺北縣新店市：谷風出版社，1987年）。

王大良等編著：《中國大姓尋根與取名》（北京：氣象出版社，1994年）。

王叔岷：《鍾嶸詩品箋證稿》（臺北：中研院中國文哲研究所，1992年）。

王延林：《常用古文字字典》（臺北：文史哲出版社，1993年）。

王泉根：《華夏姓名面面觀》（南寧：廣西人民出版社，1988年）。

王泉根：《華夏取名藝術》（臺北：雲龍出版社，1993年）。

王泉根：《華夏姓氏之謎》（臺北：雲龍出版社，1993年）。

世界華語文教育學會編：《第五屆世界華語文教學研討會論文集，教學應用組下

冊》（1997年）。

臺灣省立新竹社會教育館編印：《臺灣姓氏之研究（三）》（臺北：新竹社會教育，1975年）。

臺灣師範大學華語文教學研究所編：《華語教學系所課程大綱彙編》（臺北：文鶴出版社，2010年）。

吉常宏等編：《古代漢語》（北京：中華書局，1999年）。

吉常宏：《中國人的名字別號》（臺北：臺灣商務書局，1994年）。

朱知一：《姓氏的尊嚴》（臺北縣永和市：致琦企業，2002年）。

朱榮智等合著：《實用華語文教學概論》（臺北：新學林，2009年）。

朱艷英：《文章寫作學：文體理論知識部分》（高雄：麗文文化公司，2001年）。

江惜美：《國語文教學論集》（臺北：萬卷樓圖書公司，1998年）。

何永清：《現代漢語語法新探》（臺北：臺灣商務書局，2005年）。

何淑貞等合著：《華語文教學導論》（臺北：三民書局，2008年）。

何榮柱：《姓名學教科書》（臺北：玄同文化，2003年）。

吳昆倫、林猷穆編撰：《臺灣姓氏源流》（臺中：臺灣省政府新聞處，1969年）。

吳當：《遊山玩水好作文》（臺北：爾雅出版社，1999年）。

宋如瑜：《實踐導向的華語文教育研究》（臺北：秀威資訊公司，2005年）。

李孟達：《姓名字義學》（臺北：武陵出版社，2002年）。

李學勤主編：《十三經注疏・春秋左傳正義上》（北京：北京大學出版社，1999年）。

李學勤主編：《十三經注疏・禮記正義上》（北京：北京大學出版社，1999年）。

李學銘：《中國語文教學的實踐與改革》（香港：香港大學出版社，2004年）。

李鐵筆：《命名資料庫》（臺北：益群書店，2001年）。

周小兵、朱其智主編：《對外漢語教學習得研究》（北京：北京大學出版社，2006年）。

周何：《國語活用辭典》（臺北：五南圖書公司，1990年）。

周法高：《周秦名字解詁彙釋》（臺北：中華叢書委員會，1958年）。

周思源主編：《對外漢語教學與文化》（北京：北京語言大學出版社，2006年）。

周慶華：《作文指導》（臺北：五南圖書公司，2001年）。

居閱時、瞿明安主編：《中國象徵文化》（上海：上海人民出版社，2001年）。

竺家寧：《中國的語言和文字》（臺北：臺灣書店，1998年）。

金良年：《姓名與社會生活》（臺北：文津出版社，大陸1989年，臺灣1990年）。

施孝昌：《洋名Smart命名法》（臺北縣新店市：三思堂，1999年）。

徐俊元、張占軍、石玉新等編著：《中國人的姓氏》（香港：南粵出版社，1988年）。

高瑞卿：《文學寫作概要》（高雄：麗文文化公司，1995年）。

高樹藩：《正中形音義綜合大字典》（臺北：正中書局，1974年）。

國立編譯館主編：《課程教材教法通論》（臺北：正中書局，1982年）。

國家對外漢語教學領導小組辦公室編：《高等學校外國留學生漢語專業教學大綱附件一》（北京：北京語言大學出版社，2002年）。

張金蘭：《實用華語文教學導論》（臺北：文光圖書，2008年）。

張紅雨：《寫作美學》（高雄：麗文文化公司，1995年）。

教育部人文及社會學科教育指導委員會主編：《國語文教學研究》（臺北：幼獅文藝出版社，1989年）。

許玲玲等編：《臺中市國教輔導團教學活水集第一集》（臺中：臺中市政府，2002年）。

陳弘昌：《國小語文科教學研究（修訂版）》（臺北：五南圖書公司，1999年）。

陳佳君：《虛實章法析論》（臺北：文津出版社，2002年）。

陳添球主編：《典範教學：教學活動設計與實施》（花蓮：花蓮教育大學，2007年）。

陳連慶：《中國古代少數民族姓氏研究》（長春：吉林文史出版社，1993年）。

陳新會：《史諱舉例》（臺北：文史哲出版社，1987年）。

陳滿銘：《多二一(0)螺旋結構論》（臺北：文津出版社，2007年）。

陳滿銘：《章法學新裁》（臺北：萬卷樓圖書公司，2001年）。

陳滿銘：《章法學綜論》（臺北：萬卷樓圖書公司，2003年）。

陳滿銘：《章法學論粹》（臺北：萬卷樓圖書公司，2002年）。

陳滿銘：《詞林散步：唐宋詞結構分析》（臺北：萬卷樓，2000年1月）。

陳滿銘：《篇章結構學》（臺北：萬卷樓圖書公司，2005年）。

陳誌祥：《顛覆姓名學》（臺北：臺灣先智出版社，2002年）。

傅海燕：《漢語教與學必備：教什麼？怎麼教？（下）怎麼篇：組織教學》（北京：北京語言大學出版社，2007年）。

彭桂芳編：《臺灣百家姓考：五百年前是一家續篇》（臺北：黎明文化公司，2001年）。

寧業高、寧耘：《中國姓名文化》（北京：中國華僑出版社，1991年）。

童慶炳：《中國古代心理詩學與美學》（臺北：萬卷樓圖書公司，1994年）。

黃文新：《中國姓氏研究及黃姓探源》（臺北：文史哲出版社，1984年）。

黃沛榮：《漢字教學的理論與實踐》（臺北：樂學出版社，2001年）。

黃國禎等：《翻轉教室：理論策略與實務》（臺北：高等教育文化，2016年）。

黃清良：《文道──作文與應用文寫作方法及範例》（高雄：復文書局，1996年）。

楊旭淵：《姓氏趣譚》（臺中：捷太出版社，2005年）。

楊汝安編著：《中國百家姓探源》（臺北縣中和市：玉樹圖書公司，2000年）。

葉俊逸編著：《農民曆》（臺南：世一文化出版社，2004年1月）。

葉保民等著：《古代漢語》（臺北：洪葉文化，1992年）。

葉蜚聲、徐通鏘：《語言學綱要》（臺北：書林出版公司，1993年）。

董同龢：《漢語音韻學》（臺北：文史哲出版社經銷，1995年）。

寧業高、寧耘：《中國姓名文化》（北京：中國華僑出版社，1991年）。

廖慶洲：《取好洋名行遍天下》（臺北：風和，1999年）。

趙瑞民：《姓名與中國文化》（海口：海南人民出版社，1988年）。

劉月華等原著：《實用現代漢語語法》（臺北：師大書苑，1996年）。

劉世劍：《文章寫作學：基礎理論知識部分》（高雄：麗文文化公司，1996年）。

劉孝存：《姓名‧屬相‧人生》（北京：中國文聯出版社，1998年）。

劉忠惠：《寫作指導上：理論技巧》（高雄：麗文文化公司，1996年）。

劉忠惠：《寫作指導下：文體實論》（高雄：麗文文化公司，1996年）。

劉雨：《寫作心理學》（高雄：麗文文化公司，1994年）。

潘麗珠：《國語文教學有創意》（臺北：幼師文藝出版社，2001年）。

潘麗珠：《國語文教學活動設計》（臺北：萬卷樓圖書公司，2001年）。

鄭昭明：《華語文的教與學：理論與應用》（臺北縣新店市：正中書局，2009年）。

鄭博真編：《創意教學點子王1》（高雄：復文書局，2002年）。

鄭博真編：《創意教學點子王2》（高雄：復文書局，2002年）。

蕭遙天：《中國人名的研究》（臺北：臺菁出版，臺北：明文經銷，1969年）。

龍宇純：《中國文字學》（臺北：學生書局，1987年）。

謝明輝：《井字格取名法的創意寫作》（高雄：麗文文化公司，2014年）。

謝明輝：《國學與現代生活》（臺北：秀威資訊公司，2006年）。

謝明輝：《應用華語文──以字典取名學為例》（高雄：麗文文化公司，2012年）。

謝海東編：《好姓名，好人生：中華起名大觀》（北京：新世界出版社，2005年）。

籍秀琴：《中國姓氏源流史》（臺北：文津出版社，1998年）。

3. 期刊論文

丁秀菊：〈漢字部首表義功能的弱化〉，《山東大學學報·哲學社會科學版》2004年6期。

戈春源：〈略論部首的特點及部首的確定〉，《蘇州科技學院學報，社會科學版》1987年2期。

王寧：〈漢字教學的原理與各類教學方法的科學運用（上）〉，《課程·教材·教法》2002年10期，頁1-5。

王寧：〈漢字教學的原理與各類教學方法的科學運用（下）〉，《課程·教材·教法》2002年11期，頁23-27。

白朝霞：〈姓名文化與對外漢語教學〉，《雲南師範大學學報（對外漢語教學與研究版）》4卷4期（2006年7月），頁61-64。

江惜美：〈國小高年級作文教學法論析〉，收入《第一屆小學語文課程教材教法國際學術研討會論文集》（臺東：國立臺東師範學院，1995年），頁477-487。

吳欣欣：〈中英姓名中蘊含的文化內涵〉，《長江工程職業技術學院學報》27卷第4期（2010年12月）。

李剛：〈漢語國際教育漢字教學探析〉，《瀋陽大學學報（社會科學版）》18卷3期（2016年6月），頁339-342。

李靜峰：〈論漢字形音義相結合的特點及其在識字教學領域當中的應用〉，《廣西大學學報（哲學社會科學版）》24卷5期（2002年10月），頁63-67。

蕭小月：〈中英姓名文化對比研究〉，《長江鐵道學院學報社會科學版》第11卷3期，（2010年）。

胡甲昌：〈依形釋義，以聲串字——探索漢字教學新途徑〉，《漢字文化》2006年6期，頁75-76。

楊衛東、戴衛平：〈中國人姓名文化特色〉，《思考與言說，作家雜誌》2008年8期。

楊繡惠：〈語文領域教學活動設計讀寫策略與作文教學〉，收入陳添球主編：《典範教學：教學活動設計與實施》（花蓮：花蓮教育大學，2007年），頁11-15。

趙志剛：〈對漢字部件中意象的動態考察〉，《衡水學院學報》17卷6期（2015年12月），頁106-108。

張樂平：〈英語姓名中的文化蘊含〉，《文化建設縱橫》2009年2期。

謝明輝：〈初探創作姓名對聯之具體策略及其應用〉，《國立臺灣科技大學人文社會學報》8卷4期（2012年12月），頁325-345。

謝明輝：〈略談井字格取名法對語文教學之創新意義〉，《中國語文》月刊668期（2013年2月），頁69-74。

謝明輝：〈運用井字格取名法進行華語識字教學〉，《臺灣科技大學人文社會學報》9卷2期（2013年6月），頁107-126。

謝明輝：〈字典取名學與章法學關係析論〉，《臺中教育大學：人文藝術》29卷1期（2015年6月），頁23-42。

謝明輝：〈試論一種創新的漢字教學課程設計：以井字格取名法替賈伯斯（Steve Jobs）取中文名為例〉《臺中教育大學：人文藝術》31卷2期（2017年12月），頁23-39。

羅容海：〈王應麟《姓氏急就篇》與宋代姓氏學及姓氏教育〉，《尋根》2011年1期。

譚汝為：〈傳統取字命名法例談〉，《漢字文化》2000年3期。

鄭韶風：〈漢語辭章學四十年述評〉，收入陳滿銘：《章法學論粹》（臺北：萬卷樓圖書公司，2002年），頁435-442。

4. 數位資源

謝明輝：〈井字格取名法心得〉，《臺灣新聞報・西子灣副刊》2013年9月3日，網址：http://www.newstaiwan.com.tw/index.php?menu=newst&ms=9&nnid=147625

謝明輝：〈心中的禪〉，《臺灣新聞報・西子灣副刊》2013年8月22日，網址：http://www.newstaiwan.com.tw/index.php?menu=newst&ms=9&nnid=147062

謝明輝：〈俠〉，《臺灣新聞報・西子灣副刊》2013年9月2日，網址：http://www.newstaiwan.com.tw/index.php?menu=newst&ms=9&nnid=147547

2018年4月4日查詢教育部《異體字字典》網頁，編號B01274，http://dict2.variants.moe.edu.tw/yitib/frb/frb01274.htm

2018年4月4日查詢教育部《異體字字典》網頁，編號B01067，http://dict2.variants.moe.edu.tw/yitib/frb/frb01067.htm

查詢《自由時報》電子報2011年2月16日，林恕暉、張釓泠〈去年新生兒取名承恩與彩潔最多〉

查詢《自由時報》電子報2011年2月16日，林恕暉〈去年申請改名 淑芬與志偉最多〉

查詢《自由時報》電子報2011年5月20日，〈林育賢嫁林育賢 婚後改沛錡〉

查詢《自由時報》電子報2010年3月24日，〈兒女取名立甄浩銘 諧音你真好命〉

查詢《自由時報》電子報2011年5月20日，〈什麼都要一樣，夫妻改同名〉

中央研究院編，漢籍電子文獻資料庫，網址：http://hanchi.ihp.sinica.edu.tw/ihp/hanji.htm

教育部異體字字典http://dict.variants.moe.edu.tw/variants/rbt/query_by_standard_tiles.rbt

象形字典http://www.vividict.com/WordInfo.aspx?id=1132
漢典http://www.zdic.net/z/jbs
韻典網http://ytenx.org/zim?dzih=%E5%B7%BE&dzyen=1&jtkb=1&jtdt=1
井字格發展理論https://www.youtube.com/watch?v=2WWMCjwOP5Q

5. 外文文獻

Bergmann, J. & Sams, A.(2012). *Flip your classroom:Reach every student in every class every day*. Washinton, DC:International Society for Technology in Education.

Bishop, J.L, & Verleger, M.A(2013, June). The flipped classroom: A survey of the research. Paper presented at 120th ASEE National Conference Proceeding, Atlanta, GA.

Chao, C.-Y., Chen, Y.-T., & Chuang, K.-Y. (2015). Exploring students' learning attitude and achievement in flipped learning supported computer aided design curriculum: A study in high school engineering education. Computer Applications in Engineering Education, 23, 422-431.

Hung, C.-M., Hwang, G.-J., & Huang, I. (2012). A project-based digital storytelling approach for improving students' learning motivation, problem-solving competence and learning achievement. *Educational Technology & Society*, 15(4), 368-379.

Nicolaidou, I. (2013). E-portfolios supporting primary students' writing performance and peer feedback. *Computing and Technology*, 3(2), 56-77.

Note

Note

國家圖書館出版品預行編目資料

井字格取名法之研究與教學實踐／謝明輝著.
－－初版.－－臺北市：五南，2020.04
　　面；　　公分
　ISBN 978-957-763-592-1（平裝）

1.漢語　2.寫作法　3.命名

802.2　　　　　　　　　　　108013364

1XGG 五南當代學術叢刊043

井字格取名法之研究與教學實踐

作　　　者 ― 謝明輝

發 行 人 ― 楊榮川

總 經 理 ― 楊士清

總 編 輯 ― 楊秀麗

副總編輯 ― 黃惠娟

責任編輯 ― 高雅婷

封面設計 ― 王麗娟

校　　　對 ― 李鳳珠、盧妍蓁

出 版 者 ― 五南圖書出版股份有限公司

地　　　址：106台北市大安區和平東路二段339號4樓

電　　　話：(02)2705-5066　　傳　　　真：(02)2706-6100

網　　　址：http://www.wunan.com.tw

電子郵件：wunan@wunan.com.tw

劃撥帳號：19628053

戶　　　名：五南圖書出版股份有限公司

法律顧問　林勝安律師事務所　林勝安律師

出版日期　2020年4月初版一刷

定　　　價　新臺幣440元

經典永恆·名著常在

五十週年的獻禮 —— 經典名著文庫

五南，五十年了，半個世紀，人生旅程的一大半，走過來了。

思索著，邁向百年的未來歷程，能為知識界、文化學術界作些什麼？

在速食文化的生態下，有什麼值得讓人雋永品味的？

歷代經典·當今名著，經過時間的洗禮，千錘百鍊，流傳至今，光芒耀人；

不僅使我們能領悟前人的智慧，同時也增深加廣我們思考的深度與視野。

我們決心投入巨資，有計畫的系統梳選，成立「經典名著文庫」，

希望收入古今中外思想性的、充滿睿智與獨見的經典、名著。

這是一項理想性的、永續性的巨大出版工程。

不在意讀者的眾寡，只考慮它的學術價值，力求完整展現先哲思想的軌跡；

為知識界開啟一片智慧之窗，營造一座百花綻放的世界文明公園，

任君遨遊、取菁吸蜜、嘉惠學子！